本郷は、狙いすましたように肉粒に水圧をかけた。
敏感な部分に加減なく圧を与えられ、
伽耶乃の頭の中が真っ白になる。
（気持ち、いい……もう、何も考えられない……）

悪党

巫女姫は永田町の覇王に奪われる

御厨 翠

Illustrator
北沢きょう

ジュエル文庫

目次

CONTENTS

※本作品の内容はすべてフィクションです。
実在の人物・団体・事件などには一切関係ありません。

序章

「脱げ」

「え……」

「俺に抱かれたいなら、その身で示せ」

キングサイズのベッドに座った本郷《ほんごう》は、不敵に口の端を上げて告げると、自身の首からネクタイを引き抜いた。女の視線を感じながらシャツのボタンを外していき、早く脱げと目線で促す。

いつになく高揚している。自分らしくないと思いつつも、欲望は留まるどころか膨れ上がっている。目の前の女は、それだけの魅力があった。

(早く、この手に堕ちてこい)

焦れた心のままに見据えると、女——伽耶乃《かやの》は、恥じらって頬を染めつつも、和装を解き始めた。帯を外し、着物を脱ぎ、長襦袢《ながじゅばん》を肩から滑らせる。その間、逸らすことなく彼女に視線を据え、舐め回すように眺めた。

美しい女が羞恥《しゅうち》に身悶《みもだ》えて肌をさらす様を見ていると、奇妙な背徳感がある。彼女が置かれている立場が、よけいにそう思わせるのかもしれない。

全裸になった伽耶乃が、恥ずかしそうに乳房と陰部を腕で隠した。これからすることを考えると、まったく意味のない行動だ。彼女の透き通るような白い肌も、両手に余るほどの豊かな双丘も、不安げな表情も、濡れた黒瞳も——伽耶乃のすべてが男の劣情を煽《あお》るものでしかないと気づいていない。

「来い」

端的に命じると、手を差し伸べる。おずおすと歩み寄ってきた伽耶乃は、まるで肉食獣に食される草食動物のようだ。びくびくと怯える表情にすらぞくりとする。募る劣情のままに、恐る恐る差し出された手を強引に引いた。

「あっ……」

ベッドに引き倒すと、長い睫毛《まつげ》に縁どられた伽耶乃の瞳が大きく見開かれた。自身の髪を乱して眼鏡を外してヘッドボードに置いた本郷は、戸惑う彼女に向かって宣言する。

「おまえは俺のものだ」

所有欲を滲《にじ》ませた声で言い放つと、胸のふくらみを両手で包み込む。瑞々《みずみず》しく弾力のある双丘に指を食い込ませ、乳首を押し出すように揉《も》みしだけば、伽耶乃の呼気が乱れていく。

（まだ足りない。理性など捨ててただの女になれ）

すべやかな肌の感触を愉しみながら、乳房の頂きに舌を這《は》わせる。乳首を吸引してやると、甘ったるい声が漏れ聞こえる。口中でころころと舐め回していくうちに、乳頭が徐々に芯《しん》を持ち始めた。

「あんっ、ん……ふ、ぁあっ」

桜色の乳首にねっとりと舌を巻きつかせ、もう片方は指の腹で転がしていく。自分の手でどんどん淫《みだ》らに花開く伽耶乃の姿に煽られ、下肢に熱が集まっていく。痛いくらいに張り詰めた己の欲望を感じつつ、顔を上げた本郷は囁《ささや》きを落とした。

「もっと声を出していい。ここには、俺とおまえのふたりだけだ」

誰に邪魔をされることなく行為に没頭できる。どれだけ乱れようと咎《とが》める者はいない。ただの男と女でいられるのだ。

伽耶乃を煽るように乳首を咥え、唇でそこを扱く。肌を撫で回して身体の線を辿っていくと、快楽を堪えるかのように頭を掻き抱かれた。

「や、ぁっ、本郷、さ……ンンッ」

肢体をしならせて喘《あえ》ぐ伽耶乃は、どれだけ自分がいやらしい姿をさらしているのか気づいていない。凛とした佇まいで皆から傅《かしず》かれる特異な存在の女が、今は己の腕の中で淫らに喘いでいる。そう思うと、これまで感じたことがないほど昂《たかぶ》った。

(この俺が、こいつに引きずられそうになる)

常に理性を保ち行動してきたが、伽耶乃に触れていると平静を保てなくなる。彼女から向けられる混じり気のない好意に感化されているのかもしれない。

本郷は乳首に軽く歯を立て、伽耶乃の足の間に指を差し入れた。淫らな露《つゆ》を纏《まと》った花弁《はなびら》を擦ると、淫猥《いんわい》な音が耳に届く。

口腔で乳首を遊ばせつつ、ぬるぬるになった割れ目を指で往復させた。時折上部の花芽を爪で引っ掻《か》くと、そのたびに伽耶乃の細腰が揺れる。

「は、ぁっ、あうっ……ンッ」

伽耶乃は無意識に腰を揺らめかせ、本郷の指戯《しぎ》に耽溺《たんでき》していた。胸と陰核への刺激だけで、蜜孔からは淫液が溢れて止まらない。思い通りの反応に満足し、そろそろ頃合いかと割れ目をいじくっていた指を蜜孔に挿入する。ところが、あからさまに身体を強張らせた。

「やぁっ……」

「力を抜け。指で痛がるようなら、俺のものを挿《い》れられない」

「ん……っ」

処女窟は指一本ですらも侵入を阻《はば》み、ぎゅうぎゅうと締め付けてくる。

伽耶乃の気を逸らすべく花芽を擦ってやると、わずかに身体が弛緩《しかん》する。その一瞬を見逃さず、埋め込んだ指を動かし始めた。

内部に溜まっていた愛蜜《あいみつ》を掻き出すように指を旋回させ、濡れ襞《ひだ》をぐりぐりと擦り上げる。そのたびに、ぬちゅっ、ぐちゅっ、と淫らな水音が鳴り響き、内壁が少しずつ解れていくのがわかる。中の指がふやけそうなほど愛液を滴らせた伽耶乃は、激しく身悶える。

「いや、ぁっ……」

「いいか、伽耶乃。おまえの此処《ここ》に、俺が入るんだ。そうすればおまえは、ただの女になれる。——一生俺のものだ」

声をかけると、連動するように媚肉《びにく》が指に吸い付いた。親指で花蕾を刺激し、中指で肉壁を擦り上げる。

「そこ、や……ぁっ」

「嫌だと言いながら、俺の指を美味そうに呑み込んでいる。俺に犯されたいんだろう？伽耶乃。素直になれ」

露悪的な言葉を投げかけると、伽耶乃の内側は素直な反応を示している。どこまでも自分好みだと思いながら、本郷はさらなる恭順を求めてぐいぐいと媚壁を押し擦る。

やがて伽耶乃は観念したのか、男の求めに応じて口を開く。

「っ……欲しい、です……」

「何を、どうして欲しい」

「あなたに……お、犯して、欲し……っ」

伽耶乃にとって処女を失うのは、普通の女以上に特別な意味を持つ。ここへくるまでには、かなりの葛藤もあっただろう。

それでも、彼女は本郷に抱かれることを選んだ。その覚悟といじらしさに応えるべく、本郷は女の身体を絶頂へと導いた。

1章　神々廻《ししば》の巫女姫

1

東京世田谷区《せたがやく》の閑静《かんせい》な住宅街に、威容を誇る屋敷がある。

三メートルはある高塀の上部には有刺鉄線が張り巡らされ、さらに周囲は他者の目が届かぬよう常緑樹で囲まれている。

どこまでも続いているかのような高塀がようやく途切れた先にあるのは、巨大な鉄の門扉だ。上方にある監視カメラのレンズが向けられると、訪問者は値踏みされているような心地にさせられる。

徹底的に人目を排除する造りはまるで要塞《ようさい》だ。敷地面積千坪を誇るその屋敷に表札はないが、ある界隈《かいわい》では著名だった。

『神々廻邸《ししばてい》』――それが、屋敷の名であり、住まう主の苗字である。

周囲の土地を長方形に切り取った敷地内にあるのは、純日本家屋の平屋建てである。

建物内に入って玄関を抜けると、長い廊下が左右に伸びている。右手に進んで突き当たりを左に曲がり、奥へと足を進めていくうちに、やがてガラス扉が見えてくる。外にある庭園を臨み板張りの廊下を歩くと、屋敷の最奥に障子《しょうじ》が現れる。

そこが、神々廻伽耶乃《ししばかやの》の居住する部屋である。

伽耶乃は長い睫毛を瞬《しばたた》かせ、黙々と書物に目を走らせていた。

白磁《はくじ》のごとき美しい肌、憂いを秘めた大きな瞳、烏の濡れ羽色の艶《つや》やかな髪。彼女を形容するのにもっとも相応《ふさわ》しい言葉は、〝美しい〟のひと言に尽きる。身に着けているのが和服というのも、独特の清廉《せいれん》さを際立たせていた。この世のものとは思えない神秘的な雰囲気と、見る者を畏怖させるほどの美を誇る――それが、伽耶乃という女だった。

室内は、鏡台と文机、それと書棚があるだけの簡素な部屋だった。特筆すべき点があるとすれば、鳥籠《とりかご》が置かれていること。その中には一羽の金糸雀《カナリア》がいる。

今年二十歳になる女性にしてはあまりに飾り気のない部屋だったが、置かれた立場を考えればしかたのないことだ。

静寂に包まれた部屋で読書に没頭していた伽耶乃だが、金糸雀がピィと鳴いた。ふと顔を上げたと同時に、障子の外から使用人に声をかけられる。

「巫女姫、阿佐伽《あさか》様がお待ちでございます」

「わかりました。すぐにまいります」

阿佐伽とは、伽耶乃の祖母でこの屋敷の主である。いや、屋敷のみならず、神々廻一族を束ねる絶対的な存在といえた。

腰まである艶やかな黒髪をひとつに束ねると、伽耶乃は障子を開けた。使用人に続いて板張りの廊下を進もうとして、ふとガラス扉の外に目を向ける。

暦は五月。空には青が濃く出ており、眩しいほどの晴天の天色に庭木が映えている。生命の力強さを感じさせる季節だが、外出を禁じられている伽耶乃には、季節の移り変わりは意味がない。

(きっと、お祖母様のお話は今年の儀式のことね……)

今年の年末、あと七カ月ほどで、伽耶乃は二十歳になる。神々廻本家の女性で、ある役職に就く者にとって、二十歳の誕生日は特別な意味を持つ。伽耶乃はその日が近づくにつれ、どんどん身体が重くなっていく気がしていた。

屋敷内で左折右折を繰り返すこと数度、ようやく祖母の部屋の前に到着した。

まるで迷路のような造りの屋敷は、『巫女姫』を――伽耶乃を閉じ込める鳥籠としての機能を十分に備えている。自嘲《じちょう》しつつ、部屋の中にいる人物へ声をかけた。

「伽耶乃です、お祖母様」

「入りなさい」

入室の許可が下りると、使用人が障子を開く。中は三十畳ほどある和室で、床の間には由緒ある日本刀が飾られている。

上座に座している阿佐伽は、孫と同じく和装に身を包み、傘寿《さんじゅ》に近いとは思えないほど矍鑠《かくしゃく》としていた。相貌《そうぼう》に刻まれた皺《しわ》の筋は、歩んできた道のりを表すかのように深い。背筋をぴんと伸ばして座る姿も、うなじで結っている白髪にも、いっさいの乱れがなかった。

孫の入室にまったく表情を変えず、阿佐伽が自身の前の座布団を指し示す。祖母の対応にも慣れたもので、伽耶乃は上品な所作で指定された場に座した。

「お話があるとお聞きしてまいりました」

美しい正座をした伽耶乃が正面の祖母に切り出すと、阿佐伽が恬淡《てんたん》とした口調で言う。

「年末の儀式についてだ。二十歳を迎えるおまえには、『奉納の儀』が控えておる。神々廻の巫女姫として、お役目をゆめゆめ忘れてはならぬぞ」

「承知しております」

伽耶乃は、祖母と同じように表情を違えず首肯する。

『奉納の儀』については、物心がついたころより聞かされてきた。

約千年もの長き間、連綿と受け継がれてきた『儀式』を執り行うことは、伽耶乃が『巫女姫』として力を受け継いだときから決められている。逃れられない定めである。

「わかっているのならよい。今日の務めは一件だ。初めての客人だが、身元はしっかりしておる。おまえはいつもと変わらず、ただ『視《み》』ればよい」

「承りました」

「もう下がってよいぞ。客は一時間後に来るゆえ」

祖母の言葉に一礼し、伽耶乃は部屋を辞した。控えていた使用人のあとに続いて自室に向かいながら、ふ、と目を細める。

『神々廻の巫女姫』——他者が伽耶乃を呼ぶときの名である。

そのふたつ名が示すとおり、伽耶乃は巫女を務めており、神より賜った『託宣』を、望んでいる人々に与えている。それが『巫女姫』の役目だ。

といっても、人外の力をその身に宿しているわけではない。ただ、通常の人間よりも『視る』力が強いだけだ。具体的には、目の前にいる人間を視ると、脳内に映像が浮かび、声なき声が聞こえてくるのである。

『巫女姫』は、神のお告げを聞く力を宿している神々廻の女性の総称で、先代の巫女姫が一定の年齢に達した時点で次代に力を受け継ぐ。その儀式が、先ほど阿佐伽が言っていた

『奉納の儀』である。

生まれたときから巫女姫の力を有しているわけではなく、儀式によって力は受け継がれる。次代は現巫女姫が一族の女児の中から決定し、その後数年の時を経て『奉納の儀』に臨むのだ。伽耶乃もまた過去に倣《なら》い、誕生して間もなくに巫女姫に選ばれた。

（二十歳になるそのときまでは、お役目をまっとうしなくてはいけない）

自室に着くと、隣室の衣裳部屋より巫女装束を持ってきた使用人の手で着替えさせられる。それまで纏っていた和装を解き裸になると、白の長襦袢と白衣を羽織った。ショーツやブラジャーといった下着を着ける習慣はない。幼いころからそうだったし、疑問すら抱かなかった。なぜなら、巫女姫となってからこの屋敷から出たことがなく、一般的な感覚を学ぶ機会がなかったのである。

勉強は、屋敷に通う家庭教師から教わった。そのため、学校には通っていない。

巫女姫は処女でなければならず、塵垢《じんこう》に塗《まみ》れては務めを果たせないとされている。その身は徹底的に管理されていた。

だから伽耶乃には、友人の類はいない。先代の巫女姫から力を受け継いで以来ずっとそうだったから、今さらなんの感傷も湧かない。外の世界のことなど、物語の中に綴《つづ》られているわずかな情報しか知らないからだ。

最後に緋袴《ひばかま》を穿き、薄手の白絹の千早《ちはや》を羽織った。千早には神々廻の家紋である桜柄が描かれている。すでに髪は一本に束ねる垂髪《すべらかし》にしていたため、その上に丈長を着けた。

この衣装を纏った瞬間から、『巫女姫』としての仕事の始まりだ。

神々廻家は、古より国の統治者を決定づける役割を担ってきた一族だ。近代では、巫女姫の託宣によって内閣総理大臣を決定するのが習わしになっている。逆に言えば、どれだけ財や権力を手中に収めていようとも、巫女姫の託宣なくしては総理になれないのである。

(初めてのお客様……また、政治家の人なのかしら)

屋敷の門を潜れるのは、格式ある家柄の者と潤沢な財がある人間のみ。もしくは、いずれかの仲介を経た者だ。一般人は巫女姫との『謁見《えっけん》』が叶わないどころか、敷地内にすら入れないのである。

そういった事情から、会うのはたいていが両親や祖母に近い年代の者ばかりだ。権力と財力を兼ね備えた立場のある者が、高齢者に多いことがその理由だ。また、巫女姫と会うには『拝謁料』と呼ばれるお布施《ふせ》が必要になる。けれども、一般人が簡単に支払える金額ではなかった。それは伽耶乃が決めたのではなく、先達たちによる取り決めだ。

神々廻家は時の権力者らに託宣を与え、対価として莫大《ばくだい》なお布施を得ることで家を栄えさせてきた。まさしくこの国の中枢《ちゅうすう》に根付いている一族といえるだろう。それだけの権勢を誇れるのは、巫女姫の託宣を欲する人間の多さの証だ。

（人は強欲、ということなのね）

伽耶乃は自室を出ると、迷路のような廊下を練り歩き、謁見の間へ向かう。

巫女姫の役目を果たしている部屋は、居室のある本邸ではなく離れにある。

本邸と離れは渡り廊下で繋がれており、玄関を素通りして廊下を進んでいくと、突き当たりに仰々しい扉が現れる。両開きのそれを使用人が開くと、ギギ、と重々しい音がした。

離れは窓ひとつない蔵のような場所だが、内装は極めて緻密な細工が施されている。使用人のあとに続いていくと、目的のふすまの前で足を止めた。

「巫女姫様のお出ましでございます」

使用人のかけ声とともにふすまが開かれ、伽耶乃は部屋に入った。

四十畳ある広さのうち、上段の間がその半分程度を占めている。総檜造《そうひのきづく》りの床の間や二重折上げの格天井をはじめ、下段の間にかけて壁やふすまには家紋の桜が描かれ、神々廻の権勢を見せつけるような絢爛豪華《けんらんごうか》さだった。

上段は畳敷きだが、下段は檜の板である。加えて格式段差があり、この場の最上位の者が『巫女姫』であることを示す造りになっている。

伽耶乃が上段に腰を下ろすと、先に入室していた男と視線がかち合った。その瞬間、思わず正面に座している男を凝視する。

男は、それまでの謁見で見た高齢者ではなかった。どう見ても三十代と思しき男性だ。濃紺のスリーピーススーツを隙なく着こなし、フラワーホールには議員徽章《きしょう》――俗に言う議員バッジが着けられていた。円形の赤紫色のモール中央に金の菊花模様が配されているそれは、衆議院議員のものだ。参議院は同じく金の菊花模様だが、モール部分が紺色で、衆議院か参議院かはモールの色で見分けられる。

若き衆議院議員の男は、伽耶乃が入室した瞬間から目を逸らさなかった。シルバーフレームの眼鏡の奥にある瞳は切れ長で鋭く、対峙していると圧を感じさせる。真っ直ぐに通った鼻筋や薄い唇が、シャープな輪郭に完璧な配置で収まっていて、まさしく美形と呼ぶに相応しい造作だ。

(まるで作り物のようだわ)

板張りの床に正座している男の姿は、美しく気品がある。ただ、強力な意志を感じさせる双眸《そうぼう》だけが、彼を人間たらしめていた。

「初めまして、『神々廻の巫女姫』。私は本郷拓爾《ほんごうたくみ》と申します」

異様なほど容貌の整った男――本郷は、腹に響くような美声を発した。

初めてこの場を訪れた者は、たいてい『巫女姫』の存在と、場の空気に臆《おく》するものだ。

しかし彼は、上段にいる伽耶乃と同じくらいに堂々とした振る舞いだった。その英姿を見るだけで、並みの人物でないことが窺える。

徽章以外で男の身分を推し量る術《すべ》はないが、さして問題はない。本郷がこの場にいるのは、誰某かの仲介者を経てのことだ。むろん、神々廻家でも厳しく身元を精査しているため、家格も財も潤沢なのは間違いない。

「……それで、今日は何用でおいでになったのですか」

伽耶乃は抑揚をつけずに本郷に尋ねた。巫女姫でいるときは感情を表に出すことはない。そう努めずとも、これまで感情を揺らしたことはなかった。客人の望みを聞き、叶うための道筋を示すだけ。

(それなのに、この人を前にすると……緊張してしまう)

すべてを透徹するかのような黒瞳で見据えられると、妙に肌がざわつく。それは、未知のものに対する恐れとよく似ている。黒々とした本郷の双眸は、見れば見るほど吸い込まれそうだ。底しれない深い穴を覗いたような感覚を覚え、伽耶乃の肌が粟立《あわだ》った。

視線を逸らしたい衝動に駆られるが、意思の力で堪える。巫女姫は、神の言葉を預かり余人に与える者。謁見者に気圧《けお》されたとあっては名が折れる。

「本日は、ひとつお伺いしたいことがあります」

内心で動揺していると、本郷がゆっくりと話し始めた。一音一音がはっきりと伝わる話し方で、広い室内によく響く。政治家らしい声音といえた。彼は伽耶乃から視線を外さぬまま、わずかに口の端を持ち上げた。

「私が大望を果たせるか否か。巫女姫はおわかりになりますか」

男の問いは、大枚をはたいて神々廻の門を潜った者にしては欲がなく抽象的だった。しかし伽耶乃は静かに首肯し、本郷の強すぎる視線を正面から受け止める。

「わたしは、ただ視たものを正直にお伝えするだけ。結果については保証できません。あなたの望んでいる結果は得られないかもしれませんが、よろしいですか」

「心得ました」

「それでは、始めましょう」

すっ、と、伽耶乃の双眸が細められる。他者を『視る』のは、心身に負担がかかる。人間の中に渦巻く欲望は巨大で、時に目を塞ぎたくなりそうなものも多いからだ。

意識を集中していると、伽耶乃の目に映る光景が変化する。本郷の輪郭はぼやけていき、これまでに感じたことのないような黒い感情に支配される。

(これはいったい……!?)

体内が圧倒的な力でかき混ぜられ、意識が負に引きずられる。何者とも取れぬ怨嗟《えんさ》の声が耳奥にこびりつき、嘔吐感《おうとかん》が増す。

しかし、暗黒の中、光明に照らされた本郷を前に、無辜《むこ》の民がひれ伏している姿が網膜に焼き付いた。

もちろん現実ではない。巫女姫の力が見せるいわば夢のようなもの。パズルのピースのようであり、砕けた硝子片《ガラスへん》のようでもある。ひとつひとつは意味をなさない光景から神の声を拾うのは、巫女姫の役目だ。

おぼろげだった世界の輪郭が線を結び、伽耶乃の意識が現実に引き戻される。その瞬間、

――覇王《はおう》。

声なき声が耳の奥をくすぐった。

ぶわりと全身が総毛立ち、我に返った伽耶乃は、息苦しさに柳眉《りゅうび》をひそめる。

(まさか、この人が……)

信じられない思いで本郷を凝視する。端整な顔立ちの男は、『巫女姫』から目を離していなかった。だが、その表情にわずかな驚愕《きょうがく》が見て取れる。

巫女姫と初めて対面した者は、皆一様にこのような反応を見せる。好奇、畏怖、動転。いずれもこれまで多々見てきた。だから伽耶乃に驚きはない。むしろ、本郷の反応はこれまでの謁見者より薄いくらいだ。

務めを果たしているときの己の姿を伽耶乃は知らない。おそらく常人がこのような反応をする程度には奇異なのだと思う。この屋敷から出ること叶わず、巫女姫の力を有しているのだから、尋常ではないと心得てはいるが。

（いけない。まだ引きずられている）

本郷を『視た』余波で思考が侵されている。謁見者を前に意識を逸らすことなど初めてだった。いっさいの感情を排し、ただ『視た』ままを伝えなければ『巫女姫』失格だ。凝縮した悪意を身の内に呑み込んだような不快感に苛《さいな》まれながら、伽耶乃は男を見据える。

「……あなたは救世主、もしくは破壊者となる者」

ひりつく喉から絞り出すように告げると、本郷は虚を衝かれたような顔をした。けれどもすぐに、秀麗な顔を崩して嗤《わら》う。

「意味は？」

「抱く大望が私欲か無欲かによる。あなたはその気になれば、この国の頂点に君臨できる。ただし、そのためには痛みを伴うことになる」

「なるほど、面白いことを言う。今日のところはこれで失礼しましょう」

慇懃《いんぎん》に言い放った本郷が、スッと立ち上がる。だが、ふすまに手をかけようとして、男は動きを止めた。首だけを振り向かせ、伽耶乃を見遣《みや》る。

「あなたは、託宣のあとはいつもそうなのか」

「え……?」

「いや、なんでもない。また来ます」

すぐに視線を外した本郷が、ふすまを大きく開く。それが、謁見を終えた合図だ。

客人が立ち去ると、伽耶乃はぐったりと紫檀《したん》の脇息にもたれた。中に入ってきた使用人に「大丈夫ですか?」と声をかけられたが、水を持ってきてくれるように命じて目を瞑った。移動できるような体力が残されていないからだ。

(あの人は、ふつうの人と違う)

『巫女姫』の務めで、これほど心身ともに疲労することなどなかった。それに、客人を前にして意識をほかに逸らすことも。それだけではなく、容姿に見入ることなど初めてのことだ。これまでにない経験ばかりをしたことで、戸惑いが深くなる。

(救世主か、破壊者……)

本郷の抱く大望とは何か、伽耶乃は知らない。知る必要はない。ただ、あの男を『視た』結果を告げるだけの存在で、己の主義も主張も関係がない。

けれども、いまだに動けぬほどの衝撃に襲われ、不安が胸を過ぎる。

(また、来ると言っていた)

あの男は危険だと、伽耶乃の身体が警鐘《けいしょう》を鳴らしている。

二度と会いたくないような、もう一度見てみたいような不思議な心地だ。

初めて会った男の存在が、湖面に広がる波紋のように、伽耶乃の感情を波立たせていた。

2

その日の夜。本郷拓爾は、東京駅八重洲《やえす》地下街にある喫茶店で、とある文庫本を読んでいた。といっても、作家に興味があるわけでもなければ、読書家というわけでもない。待ち人が来るまでの時間つぶしと、仕事上に必要だから読んでいるに過ぎない。

このご時世では喫煙できる店を見つけるのは難しいが、今いる店は昭和の匂いを感じさせる喫茶店で喫煙可能だった。煙草の煙独特の薫りが染みついている店内には、愛煙家たちがたむろしている。喫煙者の本郷にとって居心地がよく、たまに訪れてはドリップコーヒーを楽しんでいた。

本郷は、衆議院議員――いわゆる国会議員だが、今はスーツのフラワーホールに議員徽章を着けていない。議員であると知らしめる必要のない、プライベートだからだ。

店の一番奥にあるテーブル席に陣取り、コーヒーカップに口をつけながら文庫の文字に目を走らせる。本の内容は、至ってシンプルな恋愛ものだ。帯には大々的に『号泣必至』と煽りがあり、表紙もタイトルもそれらしい雰囲気を漂わせている。

しかし本郷にとっては、まったく興味のない内容だった。それならなぜこの本を手に取ったのか。理由はひとつ。自身の選挙区に住んでいる作家の作品だったからだ。

選挙区に住んでいる著名人はすべて頭に入れていたし、地元を題材にした作品は大抵目を通している。いずれある総選挙で役立たせるためだ。

『選挙区では、その地域ならではの演説をすることで投票者に親近感を持たせろ』とは、本郷の祖父である恒親《つねちか》の発言だ。祖父は、現職時代に『影の総理』と呼ばれ、かつて官房長官の地位まで上り詰めた人物である。

本郷家は、かつて日本の六大財閥に名を連ねていた家系だ。

一八〇〇年代半ばに本郷安太郎《やすたろう》が創設した本郷財閥は、主に重化学工業に特化していた。本郷商会という屋号で貿易を担っていた商会だが、一八七〇年代に蜂起《ほうき》した西南戦争で転換期を迎える。積極的に政府に協力し、軍需品の輸送を行ったのである。これが契機となり、時流も味方したことで、国内有数の貿易会社として成長を遂げていく。

戦後GHQによる財閥解体や、過度経済力集中排除法により企業分割を強いられたものの、統合と分離を繰り返して巨大企業集団となった。

およそ半世紀前、恒親は巨大企業の創始者一族として、その莫大な富と人脈をバックボーンに政界に進出した。今はすでに引退しているが、いまだその名は政財界に轟《とどろ》き、各界に強い影響力を残している。

本郷は、祖父の地盤を引き継いで政治家になった。三十歳のときのことだ。強固な地盤と後援会の後押しで初当選を果たすと、それ以降順調にキャリアを重ねていく。現在、当選回数四回を誇り、その知名度は自身の所属する自由民政党《じゆうみんせいとう》でも随一である。類まれな容姿と華麗な経歴からメディアで取り上げられることも多く、下手をすれば党の三役と同等以上にその名は浸透していた。

自由民政党──結党以来、長きにわたり日本の政治の中心にいた政党に、本郷は所属している。現副総裁の細野剛三《ほそのごうぞう》が、以前祖父の政策秘書を務めていたこともあり、新人のころから目をかけられている。そのため、出る杭《くい》を快く思わない輩《やから》から『副総裁の懐刀《ふところがたな》』などと悪意を持って揶揄《やゆ》されることもあった。

しかし本郷は、特段気に留めていない。異名はひとつではなく、自分を噂する輩がどの世界に属しているかで、呼ばれる名も変化するからだ。

「本郷、待たせたね」

声をかけられて文庫から目を上げると、待ち人の岩淵賢人《いわぶちけんと》が対面に座った。

同じ大学の出身で学生時代から付き合いのあるこの男は、パーマをかけたようにくるくるとうねる毛先と、彫の深い顔立ちが特徴的な男だ。イタリア人を祖母に持つとあり、日本人離れした容姿でどこにいても目立っている。

岩淵は店員にコーヒーを頼むと、やや不服そうに眉根を寄せた。

「どうせ来るなら、喫茶店じゃなくバーのがよかったなあ」

「飲んでいる暇はない。おまえの帰り道なんだから構わないだろう」

すげなく答えた本郷は、文庫本を閉じてテーブルの隅に置く。

岩淵の職場は霞《かすみ》が関《せき》にある。つまりは官僚というやつだ。大学時代に国家公務員採用総合職試験に合格し、入省後順調にキャリアを積んでいるエリートである。

「確かに帰り道ではあるけど、東京メトロからここまでかなり歩くじゃないか」

この男は東京メトロ丸の内線東京駅から八重洲地下街までの距離すら歩きたくないようである。どれだけ横着なのかと半ば呆れたとき、岩淵はやや声をひそめた。

「それで、『神々廻の巫女姫』と初対面した感想は？」

「特に感慨《かんがい》はない。ただ、あれを崇《あが》め奉《たてまつ》る爺《じじい》どもの気分は理解できないこともないな」

率直に告げた本郷は、巫女姫の姿を思い出す。

美しい、女だった。いや、〝女〟というよりは、まだ〝少女〟と言ってもいい。性的な匂いはなく、どこか浮世離れした美を湛えた女だ。それだけでも一見の価値はあるが、何よりも驚いたのは巫女姫としての能力だ。

時の権力者は、『神々廻の巫女姫』の託宣で決定する。――それは、政財界の重鎮の中でもごく限られた人間のみが知る事実だった。

神々廻家の歴史を紐解くと、約千年前まで遡る。その存在が確認されたのは、久寿《きゅうじゅ》二年。摂関家《せっかんけ》、藤原忠実《ふじわらのただざね》の次男で、左大臣の頼長《よりなが》が書き記した日記『台記《たいき》』に記されている。

その当時頼長は、鳥羽《とば》上皇《じょうこう》の恨みを買って父ともども失脚した。それはなぜか。先帝の近衛《このえ》天皇《てんのう》崩御《ほうぎょ》の際、口寄せの巫女に乗り移った先帝が、「何者かの呪詛《じゅそ》により自分は死んだ」と語ったのが原因である。呪詛を用い先帝を弑《しい》したのが忠実父子だとされ、失脚したというわけだ。

この口寄せの巫女こそが、神々廻家の祖先であり、現在まで続く権勢の始まりだった。

巫女は、神の声を聞き、神をその身に宿す者。――『神々廻の巫女姫』との謁見を申し出た際に会った当主の老婆に言われたことだ。

正直本郷は、眉唾物《まゆつばもの》だと思っていた。もっともらしく虚実を織り交ぜて語り、相手を信じさせるのは、詐欺師《さぎし》の常套手段だ。神や仏をありがたがる敬虔《けいけん》さは持ち合わせていないし、託宣で時の権力者を決めるなど馬鹿げている。

（だから、爺様は総理の椅子に座れなかった）

祖父の恒親は、巫女姫の託宣を受けることが叶わなかった。謁見はできたものの、「総理の器ではない」と断言されたのだ。それは、今日会った女にではなく先代の巫女姫に告げられたものだが、当時恒親は巫女姫の託宣を信じなかった。

祖父は託宣に逆って総裁選に出馬し、票固めを盤石にして臨んだ。しかし、『影の総理』と呼ばれる権力を手中に収めながらも、ついぞ総理の椅子に座ることができなかった。

「そんなに美人だったのか」

岩淵の声で、思考が引き戻される。本郷が「そうだな」と相槌を打つと、運ばれてきたコーヒーに口をつけた男が可笑《おか》しげに笑う。

「謁見にいくらかけたんだ？」

「初見でレンガがこれだけ。二回目以降は半分になるそうだがな」

手のひらを開いて見せると、岩淵が目を剝いた。

レンガとは、一千万円の隠語である。ちなみに一億は座布団、百万は蒟蒻《こんにゃく》と言い換える。意味を知っている岩淵は、「それだけの価値があるのか？」と懐疑的である。

そもそもこの男は、本郷が『神々廻の巫女姫』の存在を話したとき、「胡散臭《うさんくさ》い一族だな」と切って捨てている。もともと神も仏も信じていない本郷も、感想は同じだった。

「五千万か。美人を眺めるだけのために使う額じゃないなあ」

「そんな酔狂《すいきょう》な真似をするわけないだろう。あくまでも目的は『託宣』だ」

本郷には目的がある。巫女姫に語った大望もあるが、まずはそのために密命を果たす必要があるのだ。

「実際目の当たりにして、巫女姫の力は少なくとも詐欺ではないと確信できた。レンガ五つの収穫としては充分だ」

岩淵に答えた本郷は、今日見た光景を脳裏に思い浮かべる。

巫女姫は、本郷を『視て』いる間、微動だにしなかった。まるで、彼女の周囲だけ時が止まってしまったかのような状態で、最初は気を失っているのかと思った。開いた瞳孔に本郷を映してはいたが、意識が完全になかった。

(それだけなら、驚きはしないが……)

ごくわずかな光量が彼女を覆っていた。最初は人工的に作られた演出を疑ったが、部屋に視線を走らせてもそのような装置は見当たらなかった。巫女姫の輪郭をなぞるような光に困惑していると、ややあってそれが消えたとき、彼女がこの世に〝戻って〟きた。

本郷はリアリストだ。信心など欠片もない。ただ、今日見た光景は本物だった。実際に目にしたことで、なぜ政財界の爺どもが巫女姫を崇めるのか理由がわかった。

（信心深い者なら、縋《すが》りたくなるだろう。しかもあの美貌……効果覿面《てきめん》だ）

託宣によって総理を決定する是非はともかく、神々廻家には——巫女姫には価値がある。日本の政財界に深く根差す一族だ。つながりを持つに越したことはない。

「利用価値はある」

本郷が呟くと、岩淵が興味深そうに身を乗り出してくる。

「このところ、神々廻家について調べ回った甲斐《かい》があったってわけか。怖いねえ。『巫女姫』に同情するよ、俺は」

「目的に必要なら、いくらでも金と時間をかけて調べるさ」

端的に答えた本郷の脳裏に、巫女姫の顔が過ぎる。

神々廻家の調査は難航したが、その分手に入れた結果は上々だった。この国の権力を裏で操ってきた一族は、おそらく非道な行いによって力を蓄えてきた。それを知ったとき本郷は、あまりの理不尽さに嫌悪感を抱いた。

（今まで散々いい思いをしてきたんだ。この辺で、政界からは手を引いてもらうぞ）

「それで、頼んでいたことは調べたのか」

心のうちで考えた本郷が、本題に入ろうとしたときである。

「ああ、これ今話題になってる本だね。どうだった？」

岩淵の目が、テーブルの隅に置いていた文庫本に向いた。

「……べつに、どうもこうもない。ただの恋愛小説だ」

「その答えはつまらないなあ。俺は、本郷がこの本を読んでどんな感想を持ったのかを知りたいんだ。ここまで歩いてきた駄賃に、それくらい聞かせてくれてもいいだろう？」

しまった、と本郷は思った。

岩淵はスイッチが入ると、どんな話題でも延々と語る癖がある。そういった場合、本来の目的をひとまず置いても、この男が満足するまで付き合ってやる必要がある。話を変えようとしても聞かないからだ。

無理に話を引き戻そうとすると、とたんに不機嫌になってしまう。好奇心旺盛な変わり者、それが岩淵という男である。

「俺もこの本は読んだけど、ストーリー的には王道だったな。けど、台詞回しに面白味があるし、キャラクターも好感が持てたよ。でもね、俺が面白いと思っているこの本の評価は低いんだ。これを見てどう思う？」

携帯を操作した岩淵は、画面を本郷に向けた。そこには、大手ネット通販サイト内の販売ページが表示されている。本郷が『ただの恋愛小説』だと評した本は、五つ星中、平均が二・八。映画化が決定した話題作ということで、レビューが四十件ほどついていた。

「分母が大きければ、必然的に平均値は下がる。全員が五つ星で評価するわけじゃない」

「そうだよ。けど、今本郷は、〝評価が低い〟と認識しただろ。それこそが、この通販サイトのみならず、電子書籍サイト含めたネットの罪だとは思わないか？　そもそも誰が使っても同じ動作が必要な家電なんかとは違って、書籍なんて個人の嗜好性《しこうせい》が強い商品だろ。にもかかわらず、なぜか消費者はレビューを参考に購入する傾向にある。友人知人ならいざ知らず、見たこともないような赤の他人の評価なんて参考にならない。そのレビュワーが何を重要視して評価しているかわからないからね」

滔々《とうとう》と語る岩淵に、本郷は「まあな」と言うに留めた。この男は今、自分の答えなど求めていない。なぜなら、過去の出来事を思い出して憤っているとわかるからだ。

長い付き合いで理解しているため、こういった場面に直面したときは気の済むまで喋らせておくことに決めている。

ポケットから煙草を取り出した本郷は、オイルライターで火をつけると、薫りを楽しみつつ知人の話に耳を傾けた。ところが、しばらく経っても岩淵の舌鋒《ぜっぽう》は止まるどころか勢いを増していく。頃合いを見計らい、言葉が途切れたところで口を挟んだ。

「……それで、何があったんだ？　おまえは。〝あのこと〟を思い出して憤るほど、嫌なことがあったんだろ」

煙草が半分ほど灰になったところで問いかける。すると岩淵は、椅子に置いていたブリーフケースの中から一冊の文庫本を取り出した。何度も読んだであろう本の小口は汚れ、書店のカバーも紙が毛羽立っている。

それを見た本郷は、「ああ」と、理解を示し、紫煙とともにため息を吐き出す。

「今日は、妹がデビューした日だったのか」

この男がこうも感情を波立たせているのは、過去の出来事を思い出すスイッチが入ったんじゃない。〝過去の出来事そのもの〟が、関係していたのだ。

岩淵には年の離れた妹がいた。本郷も何度か会ったことがあるが、傍から見ても兄妹仲がよかった記憶がある。

彼女は大学の在学中に、ある文学賞の公募で大賞を受賞した。現役大学生作家として大々的に宣伝し売り出された。ちょうど、今から七年前の今日のことだ。

岩淵は妹のデビューをたいそう喜んだが、その後彼女が新たな本を上梓することはなかった。一作限りで筆を折ったのだ。その後は自室に引きこもり、家族にすら顔を見せない日々が七年続いている。

この男は、妹が引きこもる前に、悩みを打ち明けられていた。『自分の本のレビューを見て怖くなった』と。

「本をアタリ、ハズレで評するのも不遜《ふそん》だな。そもそも自分が選んで買った本で何かが得られないのは作家のせいか？　読者の読解力まで作家が責任を持てないだろ。書いてあることだけしか読み取れずに、物語に想像を巡らせることもなく、行間を読むこともできないやつらに、本を評する権利があるのか？」

岩淵は、彼女の最初で最後の本についたレビューを諳《そら》んじた。延々と紡がれる呪詛は、そのまま彼の嘆きの深さに直結している。

感想という名の〝個人の思考の可視化〟——インターネットの普及により、それまで周囲にしか届かなかったはずの個人の〝声〟が、一億総ライター化とでもいうべき構造が、岩淵の妹を追い込んだ。

ネット社会が発達して情報だけは多く手に入る。だが、それに見合うリテラシーが育っていない。また、他人の評価を基準にする背景には、現代社会における貧しさもあるだろう。時間や金をかける余裕がないのだ。自身で試行錯誤《Trial and Error》をせず情報が得られる分、思考は停止している。便利さゆえの弊害《へいがい》だといえる。

「誰でも見られる公の場で発言したんだ。自分の言葉に責任を持って当然だろう？　俺は絶対に忘れないし逃がさない。書いたやつの身元はすべて押さえてるんだ。……いつか、社会的に殺してやるためにね」

それは、岩淵の決意だ。ある意味妄執《もうしゅう》である。

レビュワーの身元を特定するのは、そう難しいことじゃない。金さえかければ、住所氏名は明らかになる。誹謗中傷《ひぼうちゅうしょう》を受けた場合などは、弁護士を通じて該当サイトにＩＰアドレスの開示請求を求められるが、岩淵の場合は正規の方法で摑んだ情報ではない。

おそらく、相手の住所氏名を知った時点で、岩淵は家族構成や勤め先まで調べている。それらの情報を手中に収めていることにより、心のバランスを保っていた。『いつだって、おまえたちを社会的に抹殺《まっさつ》できる』と思うことで、復讐したい衝動に耐えている。この男が本気になれば、その辺の一般人を社会的に葬ることなど赤子の首を捻《ひね》るくらいたやすい。

岩淵の嘆きは、七年程度の時間じゃ消えることがなかった。その執念を、本郷は気に入っている。感情を持続させるのは難しい。人は忘却する生き物だからだ。だが、岩淵は時間による解決を望んでいない。

岩淵の抱える負の感情と、本郷の抱く妄執ともいえる感情は酷似している。この男に対して唯一共感できるのはそこだ。

「――たかがレビューが、ひとりの作家を殺したんだ」

血を吐くような言葉だった。

日本人は良きにつけ悪しきにつけ、他者に影響、同調しやすい傾向にある。一九四六年に発行されたアメリカの文化人類学者ルース・ベネディクトによる著作『菊と刀』において、日本人は、独自の文化を形成している——集団主義だと言われてきた。

本郷はこれをすべて肯定はしないが否定もしない。日本人が『集団の中の個』を意識し、マイノリティであることを嫌う傾向にあると感じているからだ。

しかし、ほかの人間が絶賛、もしくは酷評しているのを目にしているということは、その商品に対してバイアスがかかっているといっていい。正負どちらのレビューであっても客観性は疑わしいだろう。こと趣味嗜好に左右される商品の場合、他人の評価ほどあてにならないものはない。そもそも分母が少数であれば平均値になり得ないのだから、星の数を気にするのもおかしな話だ。

『たかがレビュー』で筆を折った岩淵の妹は、作家に向いていなかった。目の前の男に伝えはしないが、本郷の正直な感想だ。

「……駄目だな。どうも妹のことになると感情がコントロールできなくなる」

憤《いきどお》りを吐き出して少し落ち着いたのか、岩淵は大きく息をついた。黙って煙草を差し出すと、男が口に咥えたところで火をつけてやる。

先ほどまで吸っていた煙草は、いつの間にかフィルターを残して灰になっている。自身も二本目の煙草に火をつけると、本郷はちらりと件《くだん》の恋愛小説に目を向ける。

（……巫女姫なら、どんな感想を持つんだろうな）

『ただの恋愛小説』と自分が評した本。それ以外の感想を本郷は持てない。感想を抱く前に、物語の構造や作者の意図、ひいては出版社の売り方——マーケティング手法に目がいくからだ。本の内容自体はどうでもいい。

ただ、感情の起伏に乏しいあの女が、本をどう読み解くのかは多少興味をそそられる。読書の感想には、その人間の思考が如実に現れるからだ。これまでの人生経験や嗜好性を知れば、篭絡《ろうらく》するのは格段にたやすくなる。

（巫女姫は……あの女は、何を求めている？）

煙草を燻《くゆ》らせながら頭を巡らせていると、先に吸い終えた岩淵が、灰皿に吸い殻を押し付けた。その手でブリーフケースの中からＡ４サイズの封筒を取り出す。

「頼まれてたものだ。渡しておく」

ようやく目的の品が出たことに、本郷は喉を鳴らした。

「すっかり忘れていると思っていた」

「忘れるわけないよ。このために来たんだから」

岩淵は先ほど長広舌を振るっていたのが嘘のように、へらりと笑った。

今日の分の毒は抜けたということだろう。聞いているほうはいい迷惑だが、岩淵が持参した封筒の中身を考えると、充分釣りがくる。

封筒から取り出さずに中身の書類をザッと確認した本郷は、口角を上げた。

「これで解散風を吹かせてやる。――会期中に解散総選挙だ」

「『永田町《ながたちょう》の悪魔』本領発揮か」

「妙な異名をつけるな。俺はただ、使命をまっとうしているだけだ」

「レクチャーに来た各省庁の職員よりも専門知識を持ってた挙句、論破したんだから、そう言われてもしかたないだろ。官僚の面目が丸つぶれだ。『本郷係』が各省庁にいるってもっぱらの噂だぞ。確かおまえが一年生議員のときに、インクルーシブ教育についてレクを受けたときが最初だったよな」

「あれは、こちらが当選したてだと侮って下っ端職員を寄越したからだ。政治家に講義されたくなければ、もっとまともな職員を寄越せばいい」

その当時レクチャーにやって来た職員の用意した資料は役に立たないものばかりで、逆に本郷自身が職員に講義まがいのことをしたことがある。官僚は政治家をランク付けしており、新人議員のレクにはそれなりの職員しかやって来ない。有り体に言えば、本郷は自分が官僚に舐められないようにマウントを取ったのである。

「官僚の作る書類は読みにくいが、おまえの資料は読みやすいな」

先ほど確認した書類は、いわゆる〝霞が関文学〟と揶揄される文章ではなく、要点が簡潔にまとまっていた。官僚の作る文書は、とかく読みにくい。なぜなら、〝てにをは〟や句読点の位置を変え、〝～等〟というあいまいな表現を用いることで、如何様《いかよう》にも法律を解釈できるよう文書を作成しているからだ。

本郷は、官僚の作成した文書を〝読み解く〟術に長けていた。たとえば、『～A等を含む』という一文でも、本郷は見逃さない。〝等〟が、Aだけを含むのか、ほかの範囲も含むのかを徹底的に追求する。ゆえに、官僚からは『永田町の悪魔』などと渾名《あだな》され、警戒されるのである。

自ら考えることをせず、『政治家は官僚の作成した文書を読むのが仕事だ』などと言って憚《はばか》らない議員もいるが、だから官僚に侮《あなど》られることになる。

「風が吹いても、俺たちが職を失う恐れはない。その点、政治家は大変だな」

岩淵の言葉に、本郷は目を眇《すが》めることで返事とした。

3

──其処《そこ》は、薄暗い闇に支配された陰鬱《いんうつ》な場所だった。

（ああ……また、この夢……）

伽耶乃はぼんやりと思いながら、夢の中にいる己の目で周囲を見渡した。

夢の中ではまだ『巫女姫』ではない。先代に力を受け継がれる直前の十歳の子どもだ。

生まれて間もなくに次代の巫女姫に選ばれたのち、外の世界に触れぬまま十年間生きてきた伽耶乃だが、その日は初めて外の世界を見ることができた。といっても、車の窓から見える景色限定で、自由があるわけではない。それでも嬉しかった。屋敷の外は予想以上に賑やかで、人も建物も生き生きとしている。ただ見ているだけで、心が躍《おど》るほどだ。

やがて車は、鬱蒼《うっそう》とした木々が生い茂る寂しげな場所に到着した。

山だ、と思ったとき、祖母に促されて車から降りる。すると、やけに空気がひんやりとしていた。季節は夏のはずなのに、汗ひとつ掻くことがない。清涼さを感じさせる場だ。

しかし、山道を少し進むと清々しさは消え失せ、肌に湿気がまとわりついた。祖母と自分が土を踏みしめる足音と、時折木の枝に止まっていた野鳥が羽ばたく音しかしない。

伽耶乃は、だんだん怖くなってきた。もしかして、誰の目にも触れない場所に自分は捨てられるのではないか。そんな不安が胸を衝く。

「おばあさま……どこへ、行くのですか」

「現『巫女姫』のところです。今から『奉納の儀』が行われ、おまえは『神々廻の巫女姫』となるのですよ」

抑揚をつけず告げた祖母は、山中に現れた木造の建物の前で止まった。鍵を取り出すと、鉄製の和錠を開け、扉に手をかけた。

「入りなさい。儀式を始めます」

建物の内部は昼間だというのに、暗闇に包まれていた。耳鳴りがするほどの静寂の中、暗闇で目を凝らした伽耶乃は、つま先に何かが触れてびくりと身を震わせた。

「何か、足に……」

「ああ、それは過去、『巫女姫』だった者の骨壺ですよ」

まるで頓着《とんちゃく》していない物言いを不思議に思い、しゃがみ込んでその物体を持ち上げる。

刹那《せつな》、伽耶乃は悲鳴すら上げること叶わずその場で腰を抜かした。

自分が手に持ったのは、人間の焼骨。その場は、かつて『巫女姫』だった者を神に『奉納』する場所だったのである——。

「……っ、ぅ」

はっとして顔を上げた伽耶乃は、夢から覚めたことを知ると吐息をついた。

最近、同じ夢をよく見る。自分が『巫女姫』の力を受け継いだときの夢だ。無意識に、約七カ月後に控えた『奉納の儀』を意識しているのかもしれない。

五月も中旬に差し掛かり、窓から見える景色も色がはっきりとしてきた。木々は青々と生い茂り、空は吸い込まれそうなほど深い蒼を湛えている。それらを室内から眺め、ふう、とため息を吐き出した。

ここ最近、『奉納の儀』のほかに、伽耶乃が気にかけていることがある。

(あの人……また来ると言っていたけれど、簡単に来られるわけがないものね)

本郷という男を『視て』から十日が経つ。

このところ、ふとした間隙を縫ってあの男の顔が思い浮かぶ。本を読んでいても内容が頭に入ってこず、祖母から呼び出しがあっても気もそぞろだった。

理由はわかっている。本郷拓爾——あの男の毒気にあてられたのだ。

(……あの人は、危険)

今までに伽耶乃が視た人々は、あれほど強烈な残滓《ざんし》を残さなかった。それだけ、あの男は稀有《けう》な存在なのだ。いずれ日本を背負って立つか、滅びに導くか。数百年にひとりの割合で現れる『覇王』と呼ばれる者だからかもしれない。

(ううん、〝かもしれない〟のではない。……声が、聞こえたもの)

彼を視たときに、確かに耳の奥で響いたのだ。『覇王』と。

神々廻家の歴史の中で、巫女姫が覇王に遭遇したのは片手で足りるほどだ。いずれも視た瞬間に、〝救世主〟もしくは、〝破壊者〟だと巫女姫が告げたと、文献に記されている。

覇王だと託宣のあった者は、すべてが歴史上の偉人たちだ。

近代では現れることがなかったが、なぜこのタイミングで出会ったのか。伽耶乃は、数奇なものだと目を伏せる。

（わたしの命は今年中に消える。そんなときに出会うなんて）

祖母には、視たままを伝えた。本郷は覇王の可能性があり、もう一度視たい、と。しかし、「こちらから特定の人物を呼び出すのは、時の総理を決めるときのみ」だと言われた。どこまでも、伽耶乃に自由はないのだ。

衆議院議員の任期は四年。前回の選挙の際、総理となる者に託宣を与えたのは伽耶乃だ。政党の中から有力者を二名呼び、ふたりを同時に視た。巫女姫の託宣は、なんの忖度《そんたく》も利害関係もない。ただ、そのとき最良の支配者が誰かを告げるだけだ。その結果、総理の椅子に座ったのは、当時官房長官を務めていた小林武雄《こばやしたけお》という六十代の男だ。

その後、自由民政党は長期政権を敷いており、現内閣総理大臣である小林は、総理在職日数で歴代三位に食い込もうとしている。安定という意味では、小林に勝る総理はいない。

まだ任期は一年残っている。小林が病に倒れた場合、もしくは解散総選挙でもなければ、伽耶乃が総理に託宣を与える機会はもうない。

それについては、なんの感情も湧かない。けれど、本郷がもし覇王であるならば、あの男の行く末を見てみたかったと思う。なぜそんなふうに感じるのかわからずに、しばし考えたが、おそらく己の命の期限が迫っているからだろうと結論付けた。

『神々廻の巫女姫』には、命の期限がある。それは、次代に力を受け継ぐための『奉納』が原因だ。長きにわたり脈々と伝わってきた神々廻家の伝統。これがあったからこそ、伽耶乃は巫女姫の力を授かった。

（だからわたしも、祖先の歩んだ道を違えるわけにはいかない）

つらつらと考えながら、鳥籠を見遣る。金糸雀がピイ、と鳴いて羽をばたつかせている。

あの金糸雀は、伽耶乃が初めて自らの意思で『飼いたい』と祖母にねだったものだ。それが最初の願いであり、最後の願いになる。

「あなたも可哀想ね……」

籠に囚われた金糸雀は、人の手で飼育されて野生の中では生きていけない。まるで自分のようだと伽耶乃は自嘲する。

神々廻という巨大な籠に囚われている己は、たとえ外に出たとしても生きてはいけない。

これまで外に出ることも人と関わること叶わず、巫女姫として傅かれてきた。けれど、この家から出ればなんの価値もなくなる。

（あと七カ月……）

行く末を想い、伽耶乃の表情が沈んだときである。部屋の外から、使用人の声がした。

「お客様がおいでです。すぐにお召し替えくださいませ」

「わかりました」

返事をすると同時に障子が開き、使用人の手によって巫女装束を身に纏う。

あらかじめ客人の訪問を聞かされることはほとんどない。謁見を申し出た者の中から誰を優先して視るのかについては、当主である祖母の胸先三寸で決定する。決定権どころか意思を持つことすら赦されない伽耶乃は、神々廻家繁栄のためだけに存在する傀儡だった。

いつもと同じように離れに向かうと、使用人がふすまを開ける。上段の間へ入室して正面を見遣った伽耶乃は、わずかに目を見開いた。

（あの人……）

「この前の約束どおりまたやって来ましたよ、『巫女姫』」

そこにいたのは、つい先ほどまで伽耶乃の思考を捉えていた男——本郷である。

まさか、そう時を置かずして再会するとは夢にも思わなかった。なぜなら、巫女姫の謁見には、莫大な金が必要になる。若き政治家が、やすやすと用意できる金額ではない。

「あなたは……何者なのですか」

思わず問うた伽耶乃だが、己の発した言葉に驚いた。

通常、巫女姫は客人と会話を交わすことはほとんどない。一方的に託宣を告げるだけだ。それが正しい在り方だと教わってきた。

けれども、伽耶乃は本郷に声をかけた。しかも、ほぼ衝動的に。

「何者でもない。一介の政治家だ」

本郷は、一度目の謁見とはガラリと口調を変えた。いや、口調のみならず、声音は一段と低くなり、表情は不遜と呼ぶにふさわしい尊大さである。これが本性かと驚嘆したとき、男が射竦めるように伽耶乃を見た。

「あと七カ月ほどで『奉納』されるそうだな」

「なぜ、それを……」

「少し調べればわかることだ。『神々廻の巫女姫』が、二十歳を過ぎたら殺されるのは」

「殺される、わけでは……」

反論しかけた伽耶乃だが、本郷はさらに踏み込んでくる。

「同じことだ。神々廻が祀る神へ、『奉納』されるんだろう。代替わりした巫女姫は、時を置かずして死亡届が提出されている。しかも、いずれも死亡届の診断書には急性心不全と記載があった。神々廻家のお抱え医師が診断しているんだから、死因などあってないのも同然だ。——巫女姫は『奉納』と称して殺される。違うか？」

吐き捨てるような本郷の言葉に反論はできない。なぜなら、それは真実だからだ。

次代の『巫女姫』に力を受け継ぐには、儀式が必要になる。生きたまま神々廻が所有する館に入り、命尽きるまで祈りを捧げるのだ。

山深くに建立された『奉納の館』と呼ばれる建物の中で、水すら飲むこと叶わず祈りを捧げ、次代に能力を受け継ぐ。命が尽きると同時に、儀式は完成するのである。

『奉納』された巫女姫は、必ず十日で命を落とす。それはなぜなのか、誰も説明できる者はいない。ただ、過去に行われた『奉納の儀』において、異例はないという。だから伽耶乃の寿命は、二十歳と十日で尽きることになる。

「いまどき、とんだ鬼畜《きちく》な儀式だな。おまえは嫌じゃないのか」

「……それが、わたしの務めですから」

伽耶乃も先代から力を受け継いだ身である。神々廻家の歴史を考えても、疑問を持つことなど許されない。諦念とも取れる感情を抱いて本郷を見ると、男は不敵に言い放つ。

「俺が助けてやってもいい」

「え……」

「『巫女姫』の託宣で総理を決定するなんて馬鹿げている。おまえを助けることで、神々廻家の権勢を削ぐ足掛かりになるだろうからな」

立ち上がった本郷は、下段の間から上段の間へと入ってきた。そんなことをする客人はこれまでおらず、伽耶乃の目に困惑が浮かぶ。

ずかずかと歩いてきた男は、目の前に腰を下ろした。手を伸ばせば触れられる距離に異性がいることに、動揺してしまう。

「俺が命を助けてやる。その代わり、次の選挙では総理の椅子を返上するように小林に言え。おまえの『託宣』で総理になった男だ。おまえに息の根を止められるなら本望だろう」

「そんなことはできません。わたしは、『視た』ままを伝えるだけです」

間髪を容れずに答えた伽耶乃に、本郷が瞠目《どうもく》する。

「自分の命が掛かっているというのに、『巫女姫』として務めをまっとうすると？」

「はい。わたしは、そうやって今まで生きてきたのです。……わたしが道を違えれば、それは歴代の巫女姫の託宣も穢《けが》してしまうことになります」

『神々廻の巫女姫』の託宣は、神の声を違えず人間に伝えること。連綿と続いてきた歴史に背くわけにはいかない。仮に誰が偽りの託宣を赦《ゆる》そうとも、伽耶乃自身が己を赦さない。

「それがおまえの矜持《きょうじ》か。見上げた根性だが、憐《あわ》れだな」

男の腕が伸びてくると同時に、その腕に抱きしめられた。抱擁《ほうよう》というにはあまりにも乱暴で力強く、傲慢《ごうまん》さを感じさせる。

このような非礼を働く者など今までいなかった。むろん、危険に備えて別室には訓練を積んだ警備の者が控えている。しかしこの場に訪れるのは社会的地位が高く、財を蓄えている者ばかりだ。神々廻家を敵に回すような真似をする者は皆無で、警備の者の出動はこれまで一度として経験していない。

(人を呼ばなければ、いけないのに……)

巫女姫の務めを行うときは、有事の際すぐに警備の者を呼べるようワイヤレスの発信機が手元に置かれている。円形状で手のひらに収まる程度の大きさだが、軽く押すだけで別室に異変を伝えられる代物だ。

けれども伽耶乃は、発信機を使用しなかった。この男に、『憐れ』と言われたのが気になったのだ。

(そんなこと、誰にも言われたことはなかった)

伽耶乃は父母の顔を知らずに育った。『巫女姫』に選ばれたときから、祖母のもとに引き取られ、その後父母と会うことを禁じられたからだ。ゆえに身内と呼べるのは祖母の阿佐伽だけだが、彼女は神々廻家の当主としてしか接してくれない。それが当たり前だと思って生活してきた。

屋敷にいる人間は、伽耶乃を——『巫女姫』に粗相がないよう接しており、崇め奉っていた。信仰心とも呼べるその態度は、血のつながり以前に身内とは言いがたい。

だから、初めてだったのだ。『巫女姫』が憐れまれる経験は。

信仰の対象としてではなく、自分自身へ言葉をかけられた。そんな気がして、男の腕を振り払うことができない。

「このまま死ぬのを待つくらいなら、俺の言うとおりにしろ。世界を変えてやる」

身体を少し離すと、壮絶な艶笑を浮かべて本郷が言う。

発信機を使えば、この男は神々廻家に二度と出入りすることができなくなる。それは嫌だと伽耶乃は思った。本郷が〝何を〟果たせば救世主となるのか、もしくは破壊者となり得るのか。命の許される限りは見届けたい。

それは、今まで務めを果たしてきた中で、初めて芽生えた意思であり希望だった。

だが——。

「……偽りの託宣など告げることはできません」

伽耶乃はきっぱりと男の誘いを断った。自分自身ではなく、『巫女姫』として務め上げた歳月が言わせた言葉である。

「人形のようでいて意思は存外強いな。世間を知らないゆえの恐れ知らずか」

ひとりごちた男は、伽耶乃の顎に指をかけた。その刹那《せつな》。

「んぅ……っ⁉」

強引に唇を重ねられ、くぐもった声が漏れた。

(なぜ、こんなこと……⁉)

内心で狂乱して本郷の胸を押し返すも、その手を摑まれてしまう。抵抗できずにいると、後頭部を引き寄せられた。それと同時に、閉じていた唇の合わせ目をこじ開けるように舌が割り入ってくる。

「ンンンッ、ふ……っ、ぅ！」

男の舌が口腔に侵入する。柔らかな粘膜を撫でられ、伽耶乃は恐れおののいた。

キスという行為は知っている。読んでいる本にも何度か出てきたからだ。けれども、今本郷にされているような不埒《ふらち》なものではなかった。自分の知識になかった口づけを施され、ますます混乱が深くなる。

本郷の舌は、伽耶乃の口の中を妄りに這いまわった。舌同士をぬるぬると擦り合わせられ、腰に痺れのような感覚が走る。初めて覚えた感覚が怖くて逃れようとするのに、男の

手に阻まれて身動きが取れない。

(怖、い……)

伽耶乃は『男』を知らない。比喩《ひゆ》ではなく、身近に異性がいない生活を送っている。屋敷の中の使用人や警備の者にも男はいるが、彼らと日常で接することはない。唯一異性と対面するのは、『巫女姫』としての務めのみ。それゆえ、こうして抑え込まれたときに上手く対処する術を持っていなかった。

口中をいいように舌でかき混ぜられ、唾液が攪拌《かくはん》される。くちゅくちゅと淫らな音が耳につき、とてつもない羞恥に襲われた。

そう、この口づけは本で読んでいたような綺麗なものではなく、ひどく恥ずかしくなる行為だった。歯列を撫でられ、頬の裏を舐められ、逃げ惑う舌を搦《から》め捕られる。すると、なぜか身体が熱くなるのだ。それが怖い。

「い、や……っ」

思いきり身を捩ってキスから逃れると、眼鏡の奥の瞳とかち合う。恐ろしいほどの怜悧《れいり》さを湛えた双眸に捕らえられ、ぞくりと肌が粟立った。

「おまえは必ず俺に従うようになる。これは、俺の『託宣』だ」

くっ、と喉を鳴らした男は尊大に言い放ち、おもむろに立ち上がった。

あっさり伽耶乃を解放して下段に戻ると、無造作に置かれていたブリーフケースの中から文庫本を二冊取り出し、その場に置いた。

「これは土産だ。——また来る」

そう言い置くと、本郷はふすまを開けて呆気なく立ち去った。残された伽耶乃は、呆けたようにその場から動くことができない。

あの男の唇の感触が、強い意思を感じさせる言葉が、身体の隅々まで浸透している。

(あの人は、怖い。それなのに……もう一度、会いたいと思ってしまう)

強烈な存在感と不遜な言動をとる男。しかし、不思議と嫌悪感は抱いていない。

自分を初めて憐れんだ男に感情が揺さぶられ、伽耶乃は熱に浮かされたように頰を紅潮させていた。

2章　永田町の悪魔

1

本国会の会期は、予定どおりであれば百五十日で閉幕する。本年度は一月二十五日に召集されたため、六月二十三日で閉会だ。むろん審議すべき法案によっては延長もあるが、幸いというべきか重要審議はすでに終えている。

五月下旬。本郷は、国会議事堂の程近くにある自由民政党の党本部にいた。

地上九階、地下二階からなる建物は、両院議員総会や総裁選が行われる大ホールをはじめとして、会議室や事務局などが配されている。中でも特別なのが四階だ。総裁室、総裁応接室、幹事長室があるこの階だけは、党本部で唯一赤じゅうたんが敷かれている。

本郷が呼ばれたのは、本部にある会議室のひとつだ。そこで、ある人物を待っていた。

件の四階では、自由民政党総裁にして総理の小林、副総裁の細野、党三役の幹事長、政調会長、総務会長が、膝を突き合わせている。小林が緊急招集をかけたのだ。その理由がわかるだけに、内心で笑いが止まらない。

（小林はさぞ慌てふためいていることだろうな）

本国会閉会まで、ひと月を切った。重要法案は成立の目途が立ち、来月には延長なく会期を終えられると皆が思っていたはずだ。

しかし、昨日付けの週刊誌にある記事が出た。厚生労働省の統計不正問題である。不正が行われたのは、厚生労働省が実施している毎月勤労統計調査である。これは賃金や労働時間に関する統計で、調査結果は景気動向や経済政策の指標となり、雇用保険や労災保険の給付額の基礎となる重要な調査だ。

ところが、本来従業員五百人以上の事業所を悉皆《しっかい》調査（全数調査）しなければならないところ、およそ三分の一しか抽出せずに行われていたのである。調査先を減らせば、推計が過少になる。その影響を補正することなくこれまで放置されていた。

おそらく野党はこの問題で、厚生労働大臣の責任を追及し、辞任を求める。小林は内閣総理大臣として、長年不正を見抜けなかった責任を問われるのは必至だ。さらに、来月には党首討論も控えている。野党第一党である立憲国民党《りっけんこくみんとう》が先陣となり、統計不正問題をテーマに論戦が繰り広げられたのち、内閣不信任案が提出される運びになるだろう。

この火種を撒いたのは、ほかの誰でもなく本郷である。先日岩淵と会って手に入れた資料も、この件に関連していた。元厚労省の職員のヒアリング調査の結果だ。岩淵の同期が厚労省に勤めており、極秘に手に入れたものだった。

国が行う公的統計調査は、公益性のある学術研究などの用途であれば、必要な手続きを経て集計前のデータの個票が提供される。とはいえ、専門知識がなければ集計データの誤りを発見することは難しい。

だが、昨年から毎月勤労統計調査の数値が異様に高く出ていたことで疑問を持った本郷は、厚労省の統計部門の職員を呼び尋ねたことがある。その際は、調査方法の変更があったと説明されたが、腑に落ちなかった。そこで独自に調査したところ、それまで二、三年に一度調査対象を入れ替え行っていた毎月勤労統計調査の方法について変更を指示したのが、総理の小林の秘書官である疑いが出てきたのである。

『ゴミを入れれば《Garbage In》ゴミが出てくる《Garbage Out》』——統計学やプログラミングの世界で聞く格言だ。バイアスのかかったデータを収集しても、その結果はまったく意味をなさない。要するにゴミだ。

小林が長期政権を実現できているのは、戦後最長の景気伸び率を誇っていたことが大きい。総理官邸の主導で統計の操作が行われたのであれば、これまで発表してきた景気動向の信頼性が根底から揺らぐことになる。いや、統計のみならず政権への信頼も失せる。

（これで、また一歩近づいた）

本郷は小会議室に入ると、副総裁の訪れを待った。

今年の九月に総裁選を控え、再選を目論む小林にとって、不正発覚は痛手になる。

目下総裁選は、現総裁の小林と副総裁の細野の一騎打ちと目されている。そこで本郷は、小林を追い落とすための手段として今回の統計不正問題を利用することにしたのである。

祖父・恒親の政策秘書を務めていた細野が総理総裁になれば、本郷にとっても有利に働く。しかし今回は、そういった利害よりも、小林を追い落とすことに意味がある。

（爺様も、これで納得するだろう）

『影の総理』とまで言われた祖父の恒親は、悲願である総理の椅子に座ることが叶わなかった。それは、実力がなかったわけでも運に恵まれなかったわけでもない。総理になれなかったのは、小林に裏切られたからだ。

総裁選は、議員票と党員票を合わせた票数を争い、過半数を獲得すれば当選する、現職が有利とされる選挙だ。党員票とは全国の自由民政党の票を表し、議員票の数と同数にして全国に割り振る。対して議員票とは、その名の通り党に所属する国会議員の票だ。

議員票については、党内の派閥《はばつ》が大きく関係してくる。現在自由民政党には派閥が七つあり、加えてどこの派閥にも属さない無派閥議員が存在する。

立候補者は、自分が所属する派閥以外の票をいかにして獲得するかが鍵になる。また、立候補するにも二十名の推薦者が必要だ。かつては五十名ほどの推薦が必要だったというから、無派閥の議員などは立候補すらできない。推薦人を集めるだけでひと苦労だからだ。自由民政党の総裁はすなわち、この国の総理になる。しかしその実、派閥同士の争いというのも滑稽《こっけい》だ。

たとえ推薦人を集めて総裁選の舞台に立ったとしても、敗れればその後に待っているのは報復人事だ。立候補者のみならず、所属している派閥、候補者を支持した派閥は重要ポストから外される。それを恐れ、立候補を断念する派閥の長もいるほどだ。

恒親が総裁選に出馬した当時、小林は党内の第二派閥の領袖だった。数がものを言う派閥の中、第一派閥に肉薄する人数を誇る第二派閥のトップに、恒親は自身の支持に回るよう働きかけた。結果、小林の派閥は恒親支持を表明し、現職が有利とされている選挙において恒親が総裁となる道が一気に開けた。

だが、いざ投開票になると、恒親は大敗を喫した。小林の派閥が恒親支持を翻《ひるがえ》し、現職総理に投票した結果である。党員票では現職を上回ったものの、議員票では自らが率いる派閥票しか得られなかったのだ。

自由民政党の党規では、総裁選は三年に一度しかなく、三期九年を上限としている。恒親が出馬をしたときは古希を過ぎており、次の総裁選を待つには年を取り過ぎていた。

そうして祖父は満を持して出馬したはずが、あと一歩のところで総理の椅子を得られなかったのだ。

落胆を隠せなかった恒親は、選挙後、小林に裏切った理由を詰め寄った。そこで聞いたのは、『神々廻の巫女姫』の託宣の話だった。巫女姫が当時の現職を選んだことを知り、小林は寝返ったのだという。

巫女姫に選ばれなければ、どれだけ功績があろうと、信念を持って行動していようと、すべてが水泡に帰す。恒親は、総裁選に出馬する前から負けが決まっていたのだ。

くだらない、と本郷は思う。祖父が総理になっていたとして、歴史に名を残す何かを成し得たかと問われれば答えられない。景気が劇的に上昇するわけでもなかっただろう。

ただ、派閥争いで決定するような総裁選も愚の骨頂だが、政治手腕以外――『託宣』などというおよそ非科学的な方法で選ばれるのも腑に落ちない。

総裁選に敗れて以降、恒親はそれまでの求心力を失った。ぎらぎらと野心に燃えていた瞳からは炎が消え、みるみるうちに老け込んでしまった。

そしてとうとう引退を決意し、地盤を本郷に譲ったのだ。

本郷の目的は、まず現内閣総理大臣である小林をその座から引きずり下ろすことにある。そのために統計不正問題をリークし、総選挙に持ち込もうとしている。自由民政党は逆風の中の選挙になるだろうが、あくまでも、小林政権を終わらせることが第一の目的だ。

選挙に強い本郷は、逆風など問題ではない。それよりも厄介な存在が、『神々廻の巫女姫』だ。だからこそ、本郷は大金を積んで神々廻家に通っている。あと半年後に命を奪われるだろう女に付け入り、操ろうとしているのだ。

(せいぜい俺の手のひらの上で踊ればいい)

世間知らずの巫女姫を懐柔し、現政権を終わらせる。もし仮に、野党が政権を取ることになろうとも構わない。その場合は巫女姫を通じ、都合のいい人材を総理として選ばせればいいだけだ。

とはいえ、自由民政党が勝利するに越したことはない。小林以外で総理の椅子にもっとも近いのは副総裁の細野だ。自身の政策秘書を務めていた細野を祖父は買っていた。それに加え、外務省の官僚だった経歴から、外交関係の手腕を期待できる。官房長官の座に就いたこともあり、実績も充分だ。あの男が総理になるなら都合がいい。

どちらに転んでも、第一の目的は達成する。本郷が考えを巡らせていると、ノックもなく会議室のドアが開いた。入ってきたのは、細野である。

愛嬌のある丸顔に小柄な体軀、やや薄くなった頭髪をオールバックに纏めている細野は、議員徽章をつけていなければどこにでもいそうな男だ。野心を感じさせない風体だが、それは表面上のことだろう。野心家でなければ、副総裁など務められるはずがない。

「総理のご様子はいかがでしたか」

本郷の問いかけに、細野が苦笑を浮かべた。

「かなり慌てていたよ。そうそうに火消しをしなければならないとね。だが、ひょっとすると会期の延長もあるかもしれないね。野党がこの好機を逃すはずがないからねえ」

「問題が収束しない場合は、解散もありえるということでしょうか」

「そうなるだろうね。まだなんとも言えないが、旗色が悪くなれば党の内部からも解散の声が上がるだろう。何せ、政権の基盤を揺るがしかねないわけだから」

(よく言う。腹の中では、解散を望んでいるだろうに)

小林が失脚すれば、細野に総理の椅子が転がり込んでくる。恒親のもとで学んだ細野は、副総裁の地位に甘んじている男ではない。党内の声を誘導し、小林に解散を決意させる腹積もりなのだ。

本郷も細野も選挙に強い。出馬した選挙区ではいずれもトップ当選を果たし、得票率は八割に上る。二位に比例復活を許さない圧勝だ。

特に本郷は前回の選挙において、一騎打ちではなく他党の候補者を押さえての得票率を誇った。比例との重複立候補でなくとも選挙に勝てる見込みのある者は、そう多くはない。祖父の地盤を引き継ぎ、圧倒的な知名度と人気を誇る本郷は、現在自由民政党では『筆頭副幹事長』を務めている。総裁が総理となり執政に専念するため、予算、人事、選挙に権限を持つ幹事長は、党内のナンバーツーだ。党務を掌握する幹事長を補佐し、党内にいる三十余名の副幹事長を束ねるのが本郷の役割だ。

次の選挙では次期幹事長候補の呼び声も高く、いずれ総理の座を摑むと目される本郷だが、いかんせん政治の世界では年が若い。とはいえ、初代内閣総理大臣の伊藤博文《いとうひろぶみ》がその座に就いたのは四十四歳。戦後は四十代で総理になったものはおらず、戦後初の四十代総理大臣になると世間では期待されている。

だが今は、勉強と言う名の下積み、いわゆる雑巾《ぞうきん》がけをする時期だ。むろん、それだけに留まるつもりはなく、端整な顔の裏には野心をひそませている。

「……解散総選挙も踏まえ、準備しておく必要がありますね。今日は幹事長ともお約束があるので、早急に対策を練ります」

「ああ、頼んだよ」

「それと、できれば総理とも面会を願いたいのですが、まだ総裁室においでですか？」

「ああ。だが、そろそろ出るはずだ」

「五分もあれば充分です」

総裁室と言っても、総理がこの場に常駐することはない。通常は総理大臣官邸に詰めており、だからこそ党内を幹事長が仕切るのだ。

この機会を逃す手はない。本郷は小会議室を出ると、急いで四階へ向かった。小林の政策秘書の姿を見かけて声をかけると、「総理はまだいらっしゃいますよ」と確認が取れた。

「失礼します、本郷です」

ノックをして総裁室に足を踏み入れる。すると、小林がくたびれたように椅子に深く座っていた。

小林は贅肉《ぜいにく》を蓄えたでっぷりとした太鼓腹《たいこばら》で、額は脂ぎっている。細野と違い毛髪は豊富だったが、こちらは一度見れば忘れないような悪人面だ。しかしその悪人面が、今は困り切ったというふうに眉尻を下げている。

「お忙しいところ、お時間を頂戴して申し訳ありません、総理」

「いや、いい。なんだね？　あまり時間は取れないよ？」

「心得ております」

本郷は短い挨拶をすると、さっそく本題を切り出した。

「この度発覚した統計不正問題について、懇意《こんい》にしている記者からオフレコで情報を得ました。なんでも元統計担当が、『現政権への忖度があった』と証言をしているとか。第二第三の追及記事の用意があるそうです」

「な……そんな記事が出れば、野党はここぞとばかりに追及してくるぞ！」

もちろん話は事実である。けれどもこの情報は、記者から得た話ではなく、本郷がメディアにリークしたものだ。小林政権の息の根を止めるために。

だが本郷はそんなことを気取らせることなく、いかにも忠臣であるかのような態度でさらに続ける。

「信頼できる筋からの情報なので、間違いありません。一応お耳に入れておくべきかと思いまして。それと……もしもの場合に備え、一度神々廻家を訪れてはいかがかと思い、こちらに伺った次第です」

「神々廻家……本郷くんも知っていたのかね」

やや驚いたように小林が言う。本郷は頷くと、部屋の壁に飾られている歴代総裁の写真をちらりと見遣りつつ声を潜める。

「『神々廻の巫女姫』の話は、祖父より聞き及んでいます。時の総理を指名する一族だそうですね。……今回の一件が果たして政権に影響するか、巫女姫にお伺いを立ててはいかがでしょうか」

本郷は、あえて元気づけるような口調で語りかけた。小林は面構えこそふてぶてしいが、本質はそうではない。蚤《のみ》の心臓と揶揄されるほどの小心者だ。それゆえに慎重で、自身の周囲に置く人間――党の幹事長や内閣官房長官といった重要ポストに置くのは、絶対に裏切らない者だ。

背後から銃を撃つような輩を置けば、執政に集中できない。だから小林は、自身に忠誠を尽くし、総理の地位を禅譲してもよいと思える者のみをそばに置いている。

小心者は今、見るからに動揺している。火消しができなければ、総裁選の再選も危うくなるとわかっているからだ。このご時世、わずかな失言ですらネットで取り上げられ、下手を打てば辞任、辞職に追い込まれる。まして総裁選が数カ月後にあるのだから、マスコミや世論の反発を避けたいのは当然だ。

「巫女姫が、影響なしと判断をすれば……火消しに躍起にならずとも、解散総選挙という方法を取れるかと」

本郷は、巫女姫の託宣が重要視されていることを逆手に取った。託宣により総理になった小林にとって、巫女姫の存在は特別な意味を持つ。『政権は安泰』だと言われれば、この小心者にとって心強い言葉だろう。

逆に言えば、『政権交代』に準ずる託宣を受ければ、その時点で小林は終わる。だが、この男には長期政権を実現したという自負があり、不正問題程度で揺らがないという驕《おご》りがある。本郷はそれを見逃さずに、あえて抑揚をつけて話を進める。

「報道を受け、野党は責任を追及してくるでしょう。火消しが上手くいかなければ、内閣不信任案を提出されたのちに可決する、という流れに発展するかもしれません。ですが、あらかじめ『託宣』を聞いておくことで、総理の精神的な負担も軽くなるのではありませんか？　私もお連れいただければ、総理の拝謁料は負担させていただきます」

あくまでも慇懃な態度を崩さずに、本郷はいかにも〝小林に取り入って〟いるかのように振る舞った。もちろん演技だが、ある一定の年代にはあからさまなくらいの態度のほうが効果的だ。必要とあれば、滑稽と思えるような太鼓持ちもする。すべては、自身が抱く大望のためだった。

とはいえ、政治家は愚かであっても老獪《ろうかい》で、己の地位を脅かす輩には敏感だ。いかに耳心地のいい言葉を並べ立てても、政治家は信用しない。信用するのは実弾《カネ》だけだ。『神々廻の巫女姫』の拝謁料は高額だ。それを払うというのだから、小林にとっても悪い話ではないだろう。

「きみは、巫女姫に興味があるのか？」

「ええ。私はまだ託宣を受けられるような身分ではありませんが、後学のために同席させていただきたいのです。巫女姫に謁見した事実があれば、それだけで箔《はく》がつきますので」

本心とはまるで逆のことを言い、表情と声音を作る。『永田町の悪魔』と囁かれる怜悧さを隠し、『政治屋』として卑小な男の仮面をつける。分は弁《わきま》えていると見せつけることで、相手の侮りを誘うのだ。

小林はしばし考える素振りを見せたが、やがてひとつ頷いた。

「きみの提案、覚えておこう。時間を作り、神々廻邸に行く。もちろんきみも一緒だ」

「お聞き届けいただき感謝いたします、総理。噂に名高い『神々廻の巫女姫』に一度お会いしたいと思っていたので大変光栄です」

人間の厄介《やっかい》なところは、〝理由なく自分に金を使ってくれる存在〟であっても簡単に信用しないところにある。〝何か裏があるのではないか〟、と勘繰るからだ。そこで本郷は、あくまでも〝自分が巫女姫に会いたい〟のだとアピールした。そのために、大金を払うのだと。

自分ひとりでは面会が叶わないが、総理と一緒なら面会ができると匂わせた。小林のプライドを傷つけることなく、本郷は思い通りに小林を動かす。

「日程が決まり次第、ご連絡ください。それと……しばらくマスコミが騒がしくなるでしようから、ぶら下がり等でコメントを求められた場合、情勢によって『解散もやむなし』と言っておきます」

「ああ、そうだね。きみが反発の声を上げれば、世論のガス抜きにもなるだろう」

小林の答えを聞いた本郷は、一礼して総裁室を立ち去った。

（賽《さい》は投げられた）

あとは、結果がどうであれ突き進むだけだ。本郷は眼鏡のブリッジを指で押さえ、いずれ己の部屋になるだろう総裁室の扉を見据えた。

2

六月上旬。関東が梅雨入りし、窓から見える空は厚い雲に覆われていた。

自室から見える代わり映えのない景色を目に映した伽耶乃は、悩ましげに柳眉を寄せる。

（これが、わたしが過ごす最後の梅雨になる）

時は無情なほど平等だ。どう過ごそうとも、『奉納』の日はじりじりと迫ってくる。

この世との別れに恐れがないと言えば嘘になるが、それも自らに課せられた使命だと腹をくくっていたつもりだった。――本郷拓爾に会うまでは。

『このまま死ぬのを待つくらいなら、俺の言うとおりにしろ。世界を変えてやる』――あの男はそう言った。不遜なほどの力強さが、無理やり奪われた唇のぬくもりが、伽耶乃の心を惑わせる。

（あの人は、嘘の『託宣』をさせたいだけ。そのために、わたしを助けると言っただけ。そんなことはわかっているのに……）

初めて憐れまれ、助けると言われた。それは本郷が、伽耶乃を、〝人〟として見てくれたことにほかならない。何をしていても、あの男の顔がちらつく。年末に訪れる死を待つだけの伽耶乃には、本郷の存在感や生命力は眩しかった。

ため息を零し、机の上に置いてある二冊の文庫本に目を遣ると、無意識に唇に触れる。

あの男が置いていった本は、すでに読み終わっていた。一冊は映画化される恋愛もの、もう一冊は七年前に文芸賞を取った岩淵某のデビュー作で、青春群像劇に分類される本だ。

伽耶乃が普段読む本といえば、文学と呼ばれる分野の作品ばかりだったため、その違いに驚いた。文体も書体も、普段読んでいるそれらとはだいぶ異なっていたからだ。

だが、伽耶乃にとっては新鮮だった。その日のうちに二冊読み終え、次の日にはもう一度目を通し、さらに次の日には再度目を通した。本の内容が気に入ったという単純な理由から再読したわけではない。ただ、本郷が〝なぜ自分にこの二冊を選んだのか〟を読み解こうとしていたというのが正しい。

（でも、全然わからない）

何か意図があったのかもしれないし、たまたま持っていただけだったのかもしれない。そんな些細《ささい》な疑問がずっと気になっている。

（どうして、こんなにあの人のことばかりを考えてしまうんだろう。あの人が、『覇王』だからなの……？）

突如、伽耶乃の世界に割り入ってきた傲慢な男。『神々廻の巫女姫』を利用するために近づいてきた輩など、普段は歯牙にもかけない。それなのに、本郷を意識してしまう自分に戸惑っている。『覇王』という以前に、彼は心の奥に侵食してくるのだ。

（……わたしは、世界を変えたくなんかないもの）

『巫女姫』になったときから、伽耶乃の寿命は決まった。神々廻の屋敷から出ること叶わず、閉ざされた世界で生きてきた。変化に乏しい恐ろしく無味乾燥な生活を送り、それが当たり前だと言われて育った。

（わたしを、乱さないで欲しい）

本郷の存在は強烈だ。吸引力と言って差し支えないそれは、これまで『視た』どんな政財界の重鎮よりも強い。整い過ぎている相貌に隠した毒が、野心が、いっそう他者を惹きつけるのだ。

そこまで考えて、軽く首を左右に振った。これでは、まるであの男に魅了されているようだと自嘲する。

自分の『視た』あの男が、救世主か破壊者なのか。『覇王』がこの世界で何を成し得るのかを知りたい欲求がある。だから、あの男のことが頭から離れない。それだけだ。

自分自身を強引に納得させた伽耶乃は、本を開いた。

恋愛を主題にしたその本は、読んでいて不思議な気持ちになった。あまりにも自分とかけ離れた世界の話だからだ。伽耶乃よりも三歳年上の女性が主人公で、恋に泣き恋に笑っていた。彼氏とすれ違い、一度は別れたものの、それでも諦められない強い気持ちを相手に抱いている。どこにでもいるような恋人たちの一年を綴った恋物語だ。

読んでまず、〝羨《うらや》ましい〟というシンプルな感情を抱いた。そこまで誰かに執着したことなど、伽耶乃には経験がない。異性、同性にかかわらず、誰かに強い思い入れを持つ主人公の姿には羨望すら覚える。

（……この本も、あの人と出会わなければ読むことはなかった）

本郷が『巫女姫』を訪ねてきたときから、それまで寸分の狂いもなかった伽耶乃の生活に変化が現れている。誰か特定の人物をもう一度『視たい』と祖母に伝えたことも、それまでの生活を思えば考えられなかった。

（あの人は、怖い。わたしを変えてしまう）

屋敷で庇護され今まで育ってきた。自分の意思で選んだことなど何もなかった。乞われるがまま他者を『視る』だけの存在だった。つらいことがない代わりに喜びとは無縁で、気持ちが揺さぶられることはなかった。

（自分の在りように、疑問を持つことなどなかった。それなのに）

あの男の存在が、凪《な》いだ湖面のごとく平穏だった伽耶乃の心に楔《くさび》を打った。それは波紋のように徐々に広がっていき、じわじわと心を波立たせる。

「失礼いたします。お客人がお見えです」

いつものように使用人に声をかけられ、伽耶乃はハッとして己を律する。またしても本郷に気を取られてしまったからだ。

和装を解き、使用人が隣室より持ってきた巫女装束を身に着ける。もう幾度となく袖を通し、着慣れたはずの衣装だが、最近はこの姿になると身体と心が重くなる。務めが嫌だというわけではないのに、気鬱《きうつ》になるのだ。

明らかに『奉納の儀』が原因だが、誰にも相談できない。ひとりで悩みを抱えていると、ふと気を抜いたとき本郷の声が耳の奥で響く。『俺が助けてやってもいい』――幾度となく反芻《はんすう》した言葉だが、命を助けてもらってもどうにもならないことはわかっていた。

外の世界を知らない伽耶乃は、神々廻という巨大な籠の中で育った鳥に過ぎない。部屋の片隅に置いた鳥籠の中にいる金糸雀と同じだ。飼育用の鳥が野生で生きられないように、屋敷外の生き方を知らない自分はどこにも行けない。さながら、羽をもがれた鳥のように。

（分は弁えている。わたしは……夢なんて見ない）

身支度を整え、離れの謁見の間へ向かう。使用人がふすまを開けると、中に入った伽耶乃は一瞬足を止めた。

「最初の謁見から比べると、ずいぶんと感情を出すようになったな。『巫女姫』」

下段の間で不遜に声を上げたのは、本郷である。

「あなたは……どうして、またいらしたのですか」

座ることも忘れて伽耶乃が問うと、男が薄く笑う。

「前回も言ったはずだ。小林に託宣を与えろと。もう一度言い含めておこうと思って今日は来た。それと、この前の本を読んだかの確認だ」

「本、って……たったそれだけのために、拝謁料を払ったのですか」

「その程度のことで、わざわざ訪ねてくるのかと不思議そうだな。だが、金を使う理由なんて人それぞれだ。俺にとっては、おまえに会うために払う金は無駄じゃない」

拝謁料など大したことがないような物言いに驚いていると、立ち上がった本郷は、先日と同じように下段の間から上段の間へと移動してきた。長身の男は腰を折り、伽耶乃の顔をのぞき込む。

「それで、読んだのか？　読んでないならそれでもいいが」

「いえ……二冊とも、読みました」

伽耶乃は、なぜこの男が本を気にかけるのかわからぬまま、自分の感想を伝える。

恋愛小説については『羨ましい』と感じた。しかし、岩淵某の書いた本については——。

「寂しいと……思いました」

ぽつりとつぶやいた伽耶乃は、本郷を見上げる。

岩淵という作家の本は、同じクラスの男女五人が、それぞれ友人や両親との関係に悩みながらも成長していく。いわゆる青春群像劇である。

大人でも子どもでもない微妙な年ごろの学生が、直面した壁を打ち破り、大人になっていく姿は清涼感がある。文体も読みやすく、特に景色の描写と登場人物の心情は秀逸だった。作者がこれらに力を入れていたことがわかる。

「なぜ『寂しい』んだ？　そういう話ではなかっただろ」

怪訝そうに問われた伽耶乃は、自分の中にある言葉を探す。

会話において重要なのは、どれだけ自分の心と発する言葉に乖離がないかだと伽耶乃は思っている。だが、他者との関わりが極端に少なく、話も得手とはいえないため、自分の知る言語を駆使して伝えようと努める。

「主人公が、ラストまで孤独だったからです。表面的に問題は解決したし、未来への希望を感じさせる最後でした。でも、主人公が救われたわけじゃない。あの主人公が一番望んでいたのは、孤独から救われることだったと思います」

伽耶乃の感想に、本郷が瞠目する。

「……そんなことは、一行だって書いていなかった。確かラストは、主人公の前向きな心情描写で終わっていたはずだ。なぜおまえは本文に書かれていない主人公の心理がわかる」

「本文に書かれていないことを想像するのは、読書の醍醐味《だいごみ》ではないのですか？」

フィクションの醍醐味は、物語を読み解くことにある。それが伽耶乃の読書方法だ。記された事柄だけを追うよりも、その裏側にある人間の感情を知りたいがゆえに、虚構の世界に触れている。

「初めて『巫女姫』の務め以外で、おまえ自身の言葉を聞いたが、なかなか面白いことを言う。気づいているか？　本のことを語っていたおまえは年相応だったぞ」

本郷は、わずかに口の端を歪めるように笑った。尊大さを感じさせるものでも、嘲りを含んだものでもない。どことなく、痛みを含んだような笑みだった。心の奥に焼き付いて離れないような印象的な表情に、伽耶乃の胸がなぜか軋《きし》む。

(この人は、わたしの感情を揺さぶる。どうして……?)

現職の総理大臣に嘘の託宣を与えろと言ったその口で、『巫女姫』ではない伽耶乃自身の言葉を引き出す。そんなことをする意味など、この男にはないというのに。

「……なぜ、わたしに本を?」

伽耶乃は、自身のうちに沸いた感情を抑え込み、疑問に感じていたことを本郷にぶつけた。男は「べつに」と、先ほど見せた笑みを消し、「ただの気まぐれだ」と言った。

「たまたま持っていたから、おまえに渡した。だが、俺の判断は正解だったな。少なくともおまえは人形じゃなく、意思がある人間だとわかった」

本郷の目に獰猛な光が過ぎる。無意識に後ずさりした伽耶乃だが、〝逃がさない〟とでも言うかのような鋭い眼差しで迫られて動きを止める。男は視線を外さぬまま、低い声で問いかけてくる。

「──いま、世間で何が起きているか知っているか?」

「何が……とは」

「厚労省の不正が明るみに出て、連日マスコミがこの件を報道している。国会では気勢を上げた野党が、厚生労働大臣の問責決議を提出した。これは否決されたがな。問責決議に法的効力はないから、内閣不信任案を提出する方向で話が進んでいる。……おまえは、これだけ騒がれているのに、ニュースくらい見ないのか」

「存じ上げません。俗世のことは知る必要はないと、祖母に言われています」

屋敷内——というよりは、伽耶乃の周囲に世間の情報を得る手段がまったくない。携帯、テレビ、ラジオ、新聞、雑誌等は遠ざけられている。『巫女姫』として存在するための知識と、同世代が教わる学問的知識、それ以外は必要ないというのが神々廻家の考え方だ。本来は、こうして客人と会話を交わすことも控えねばならない。

「俗世、ね。どこまでも箱入りというわけか。……おまえは、なぜ知ろうとしない」

「え……」

思いがけないことを問われて声を詰まらせる伽耶乃に、本郷はさらに畳みかけてくる。

「誰に何を言われようと、おまえが知りたいと望むなら知ることができるはずだ。そうしないのは、そこで思考を止めているからだろう。祖母のせいにして、ただ言いなりになる人形でいるほうが楽だからな」

「わたし、は……」

「いいか、国民の生活に関わる重要な法案も各省庁の予算編成も、行政権を握る内閣が担当している。内閣総理大臣は、司法、行政、立法のうち行政を司る内閣のトップ。総人口一億二千万人余りいる国民の代表だ。おまえたちは、この国のかじ取りをする人間を『託宣』で決めておきながら、その後どうなるかを考えたことすらないんだろう」

本郷の声は抑揚がない。しかし、伽耶乃を――いや、『巫女姫』を責める響きを持っていた。彼からすれば、なんの責任も持たない巫女姫の託宣による総理の決定など、愚の骨頂ということだろう。

「自分の下した託宣の結果を見届けないのは、わたしたちの罪なのかもしれません。ですが、あなたは現総理に嘘の託宣をしろとわたしに迫った。なんらかの利益を考えてのことでしょう。でも、そういった利害に関係なく、純粋な資質を持った者を『視る』のが巫女姫の役目なのです。この先も変わることはありません」

「いいだろう。だが、俺は必ず旧弊を改めると決めている。それは覚えておけ。それと、有言実行だということもな」

「あ……っ」

本郷に腕を引かれたかと思うと、その場に押し倒された。足の間に身体を入れられ、両手を畳に押さえつけられる。伽耶乃の細い手首は男の片手で簡単に纏められてしまい、両腕を上げた体勢になった。

「離して……ください」

「おまえは、小林に嘘の託宣は与えないと言ったな。ならば、別の質問をしよう。このまま屋敷内で飼われ、ただ死を待つつもりか」

「……わたしには、それしかできないですから」

「違うな。やろうとしないだけだ。何も見ず、何も知らず、朽ち果てていくなど馬鹿げている。どうせ捨てる命なら、拾ってやるから俺に寄越せ」

（どうして、この人はこんなに……）

本郷に迷いは微塵《みじん》も感じられない。それは政治家としてではなく、本郷自身の性格なのだろう。たとえ何者であろうと、この男の邪魔はできない。そう思わせる圧倒的な意志が彼にはある。

その言動はどこまでも傲岸不遜だが惹《ひ》きつけられずにはいられない。何かを成し得ようとしたことがない伽耶乃には、揺るぎない本郷の在りようが羨ましかった。

「お願いします……離して」

絡んでいた視線を先に外したのは伽耶乃のほうだった。この男に見られると落ち着かない気分にさせられるからだ。

本郷は、今まで常識だと思っていたことをことごとく壊していく。この男を『視た』ときに、『救世主か破壊者になる』と告げたが、神々廻家にとっては破壊者かもしれない。『巫女姫』が『奉納』されることを阻止し、伽耶乃の命を拾おうとしているのだから。

「わたしは、神々廻家でしか生きられない。そう育てられてきたのです。今さら外の世界で生きていけるとは思えない」

「それなら俺が教えてやる」

強い台詞《せりふ》が耳朶を打ち、思わず男に目を向ける。本郷は不敵に口角を上げると、息が交わるほどの至近距離まで顔を近づけてきた。

「おまえは、『巫女姫』の務めだから命を捨てると言わなかった。外で生きていく自信がないだけなら、俺がすべて教えてやる」

「どうして……そんな」

「俺の目的に必要だからだ」

端的に告げた本郷は、伽耶乃の手首から手を離した。その手で白衣の合わせを乱暴に開き、まろび出た乳房を見て薄く笑う。

「巫女姫は、存外淫らな体つきをしているな。形のいい胸も瑞々《みずみず》しい肌も、薄く色づく乳首も、なかなかそそられる」

ふっと笑われ、とてつもない羞恥を味わった。男の目が値踏みするかのように肌を這い、胸のふくらみをじっくりと眺めている。

彼の視線に晒されている胸が心臓の拍動に合わせて上下すると、乳房の中心に息を吹きかけられた。

「んっ……」

「託宣を与える巫女でも、反応は普通の女と変わらないようだ。いいか、生きていくのに必要な場所も金も、全部俺が用意する。必要なことは全部教えるが、差し当たっては女の悦びをその身に与えてやる」

長い指先で薄桃色の乳頭を挟まれ、伽耶乃はびくりと身を震わせた。

「い、やっ……何、を」

「おまえが知らないことを教えてやると言っている。三大欲求と言われている食欲、性欲、睡眠欲は持っていて当たり前にもかかわらず、おまえには性の匂いが皆無だ。一度快楽を知れば、自然と欲が出るだろう」

言いながら、本郷の指先に力がこもる。親指と中指で乳首をぐりぐりと扱かれ、伽耶乃の顎が撥《は》ね上がる。

「ひっ、ぁ……っ、やめ……っ」

「声は我慢しろ。手元にある発信機を押さずとも人が飛んでくるぞ」

本郷は、発信機の存在もその用途にも気づいていた。どこまでも抜け目がない男だが、それならなぜこのような不埒な真似をするのか理解できない。

「っ……ひ、人が来れば……あなたは、屋敷に出入り禁止になります。よいのですか」

「おまえは呼ばない。知りたいだろう？　未知の世界を」

芯を持ってきた乳首を摘まれ、捻り上げられる。伽耶乃は男の問いに答えられず、与えられる刺激に耐えるべく唇を噛んだ。そうしなければ、声が漏れてしまう。

本当は、警備の者を呼ぶべきだ。それなのに、発信機に手を伸ばすことも声を出すこともできなかった。この男の言葉に、囚われているからだ。

（未知の、世界……）

伽耶乃が生きてきたのは、閉鎖された世界だ。それが自分に許された生の在り方だった。しかし、本当はどこか心の片隅で憧れていたのだ。〝自由〟という、なんのしがらみに捕らわれることのない――恐ろしくも甘美な生き方に。

「その調子で声を出すな。そうすれば、おまえの知らなかった快楽を得られる」

「ンン……ッ」

左右の乳房の頂きを遠慮なく扱かれ、伽耶乃は初めての感覚に身悶える。

こんな行為は許すべきではない。『神々廻の巫女姫』は、清き身体で『奉納』されなければ、次代に能力を受け継げない。ゆえに伽耶乃は、屋敷の外へ出ないよう管理され、来る『奉納』の日まで純潔を守られている。私欲を持たぬよう、決して役目を放棄することがないようにと、強く言い含められ育っていた。

(わたしの身体は、わたしのものではなく……神への捧げもの)

祖母に何度も言われた言葉が脳裏を過ぎる。それなのに、本郷に触れられたところから熱く疼き、己の使命を消し去ってしまう。芯を持った乳首を指の腹で擦られると、抗いがたい何かがせり上がってきた。

(これが、快感……?)

肌にじわりと汗が滲む。男の指の動きに神経が集中し、身体が支配されていく。呼吸が乱れ、発熱したようにどこもかしこも熱くなる。

「は、ぁ……っ」

「予想以上に気持ちよさそうにしているな。発情した女の顔だ。取り澄ました『巫女姫』よりもずっとそそる」

本郷は乳首から指を外し、たわわな乳房を中央に寄せた。次の瞬間、硬く芯を持った乳頭をねっとりと舐め上げる。

「ひ……ぁっ」

思わず声を上げた伽耶乃は、自分の口を両手で覆った。すると男の赤い舌先が、いやらしく乳首に巻き付けられる。指で擦られるときとはまた別の快感に、身体が強張った。唾液でぬるついた舌先で敏感な突起を舐められ、なぜだか胎内《たいない》がずくずくと疼きを増す。

(どう、して……?)

本郷は端正な顔を胸に埋め、左右の乳房に交互に舌を這わせている。まるで赤子がそうするように乳首を咥《くわ》えたかと思えば思いきり吸引され、思わず口を覆っていた手を外した伽耶乃は、男の肩をぎゅっと摑んだ。

「あ、ぅっ……吸わない、で……ぇっ」

強引に乳房を暴かれ、あろうことか舐められている。それだけでも本来あってはいけないことなのに、男の愛撫に感じてしまっていた。

『奉納』されるまであと半年を切った。『巫女姫』として務めをまっとうし、命を捧げなければいけない。それなのに本郷は、伽耶乃の性欲の扉を開こうとしている。

(ダメ、なのに……)

本郷の肩をなんとかして押し返そうとしたものの、男は乳頭を咥えたまま挑発的に伽耶乃を上目で睨《ね》めつけた。眼鏡の奥の美しい黒瞳に愉悦を宿し、咥えていた乳首に歯を立ててくる。

「んぁっ……は、ぁっ、やめ……てぇっ」

懇請する伽耶乃だが、その声はひどく甘い。自分が出した声に思えず混乱していると、本郷は右の乳房を揉みしだきながら、左の胸の突起を口腔で転がし始めた。

「ひ、ぅ……ッ」

大きな艶声を上げてしまいそうになり、ふたたび両手で口を押さえる。生温かい口内でいいように乳首を舐められ、心臓がありえない速さで拍動する。先ほど食まれたときとはまた違う快感が胸から広がっていき、なぜだか下肢がじくじくとした。

足の間がぬるついている。下着を着けていないため、蜜孔から零れた淫液が襦袢に染みてしまう。明らかに彼の愛撫に反応しているのが恥ずかしく、首を左右に振って行為を止めてもらおうとする。けれど本郷は、まったく気にも留めずに右の乳首を引っ張った。

「ンンンッ」

唾液に塗れたそこを強く摘まれ、疼痛が全身を侵していく。そうかと思えばもう一方を執拗《しつよう》に舐めしゃぶられて、つま先が畳を掻いた。

（おかしく、なる……っ）

腰から下が溶けたように力が入らない。口を押さえている息苦しさも相まって、目尻に涙が浮かぶ。

性の知識がないわけではないし、愛撫を施された女性の身体がどうなるかは知っている。それでも伽耶乃は自分の反応が怖かった。強い愉悦の前に、霧散する意識を繋ぎとめるのに精いっぱいだ。

「だいぶいやらしく熟《う》れてきたな。見ろ、こんなに乳首が勃起《ぼっき》しているぞ」

ようやく顔を上げた本郷は口角を上げると、胸の尖《とが》りを指で弾いた。びくんと腰を震わせた伽耶乃を見て、男がさらに笑みを深める。

「肌も朱に染まっているな。こちらもそうとう濡れているんじゃないか?」

本郷の手が緋袴の裾を捲り上げた。伽耶乃が着けているのは馬乗り袴ではなく行灯袴《あんどんばかま》で、スカートのような作りになっている。

機能性重視の袴はたやすく捲られた。白衣があらわになると、襦袢ごと裾を乱される。太ももまでたくし上げられ足を閉じようとするも、男の身体に阻まれて叶わない。

「や……やめ……っ」

このままでは秘所が見えてしまう。足をばたつかせて抵抗したが、その程度で怯《ひる》む男ではなかった。足の間に手を差し入れられ、濡れそぼった肉筋に指を添わせてくる。割れ目を開かれると、ぬちり、と粘着質な音が響き、伽耶乃の顔に熱が集まった。

「やはり濡らしていたか。たいそうな漏らしぶりだな」

本郷は、まるで伽耶乃の状態がわかっていたとでもいうように、蜜に塗れた花弁を指で撫で擦る。さらに淫靡《いんび》な音が大きくなり、いたたまれなくなった。

「い、やぁっ、触らない、で……」

「触れなきゃ快感を与えられないだろう。ほら、おまえの此処は熱を持ってひくついている。自分でもわかるはずだ」

男の指はまったく躊躇《ちゅうちょ》せずに、淫蜜を塗りたくるように花弁を擦る。わざと音を立てるような動きに、伽耶乃の羞恥がさらに増す。

秘すべき部分を暴かれただけでも信じられないのに、耳を塞ぎたくなるほどいやらしい音をさせているのは自分の身体だ。本郷の愛撫で身体は火照《ほて》り、甘い痺れが血流にのって全身に巡っていく。

「あ、はぁっ……ん、っ……く、ぅっ」

「これからおまえに、女の弱点を教えてやる。今日はそこで達《い》けばいい」

不遜に言い放った本郷が、つうっ、と秘裂の上部に指を移動させた。包皮に埋没している花芯を穿り出すように押し擦られた刹那、伽耶乃の胎内に電気が流れたように鮮烈な淫悦が駆け巡る。

「ん、あぁっ！」

「いい反応だ。そのまま快感に溺れていろ」

本郷の指先は、正しく伽耶乃を追い詰める。右手で秘部をまさぐり、左手で先ほどまで嬲っていた乳首をくりくりと転がしていく。蜜部からは淫汁が吹き零れ、かなり襦袢を濡らしてしまっていた。

「や……お願い、やめて……っ、ん！」

「おまえの身体はそうは言っていない。普段はつんと澄ましているくせに、ずいぶん感じやすいようだ。初めてだと思ったが、自分で慰《なぐさ》めていたのか？」

「そ、んな……こと、しな……っ」

「それなら覚えておけ。おまえを初めて達かせる男は俺だ。これからおまえが体験するすべてのことは、俺が教えてやる」

尊大に宣言されたが、伽耶乃に答える余裕はなかった。

花芯をぐりぐりと指の腹で押されながら乳首をいじくられ、声をかみ殺すことだけに意識を集中させる。そうしなければ、我慢できないくらい大きく喘いでしまう。

本郷は、伽耶乃の理性や思考を剝《は》ぎ取り、ただ快楽の虜《とりこ》になるよう身体を冒す。指が、舌が、いやらしく肌を這い回る感触に、ひたすら身悶えた。

（この人は、悪魔かもしれない）

他者を屈服させるほど言葉の圧が強く、人の弱みを見抜く術に長け、少しでも迷えば付け込んでくる。身震いするほど端整な顔立ちに見惚れれば最後、自分の魅力を十分に理解している男は、その効力を発揮して人々を誑《たぶら》かす。

しかし、危険だとわかっていても強烈に魅入られてしまう。強者に否応なく惹かれるのは、人の性《さが》なのかもしれない。まして本郷は、数百年に一度現れるかどうかの稀有な存在――『覇王』だ。彼の存在は、恐ろしいほどの引力で身も心も奪うのだと、伽耶乃は身をもって思い知る。

「おまえは、いま自分がどんな顔をしているかわかるか？　目を潤ませ、顔を紅潮させて、かなり盛っているぞ」

「っ……」

わざと辱《はずかし》めるようなことを囁きながら、本郷が花芽を扱く。そんな場所で快感を得られるなんて今まで知らなかった。強い愉悦に腰がびくびくと揺れ動く。反応すればまたこの男に嗤われるだけなのに、意思ではどうすることもできない。

「んっ、ぁ……は、ぅっ」

本郷の指戯で身体の内側から熱が発し、どろどろに蕩けていく。自分が自分でなくなるような心もとない感覚が恐ろしい。散々抓《つね》られた乳頭は赤くなり、割れ目の中で屹立している肉粒は敏感になり過ぎている。空気に触れるだけで淫楽を拾ってしまい、間断なく高揚感に苛まれた伽耶乃は、縋るように男の袖を摑む。

「や、ぁっ、怖い、の……っ」

「ひどいことはしていないぞ、俺は。おまえにとって、快楽は未知の感覚だから恐ろしいんだ。一度知れば病みつきになる。ねだらずにはいられなくなるほどに」

（だから、怖い、のに）

この男に与えられる快感は強烈だ。それゆえに、恐怖を覚える。意識が肉の悦びに引きずられ、己の役目を放棄して求めてしまいそうだ。

助けてほしい。助かりたい。もっと――自分の知らない世界が知りたい。

性の扉をこじ開けられたことで、これまで意識の奥底に押し込んでいた本心まで暴かれる気がする。それが伽耶乃には恐ろしい。

「この熟れ具合だとそろそろ達けるだろう」

秘裂で指を動かされるたびに、淫音が大きくなっていく。全身が甘い痺れに支配され、本郷に操られているかのようにままならない。

陰核と乳頭を指の腹で遊ばせていた男は、伽耶乃の痴態《ちたい》を見ても冷静だった。それがよけいに羞恥を煽り、身体が昂《たか》ぶっていく。

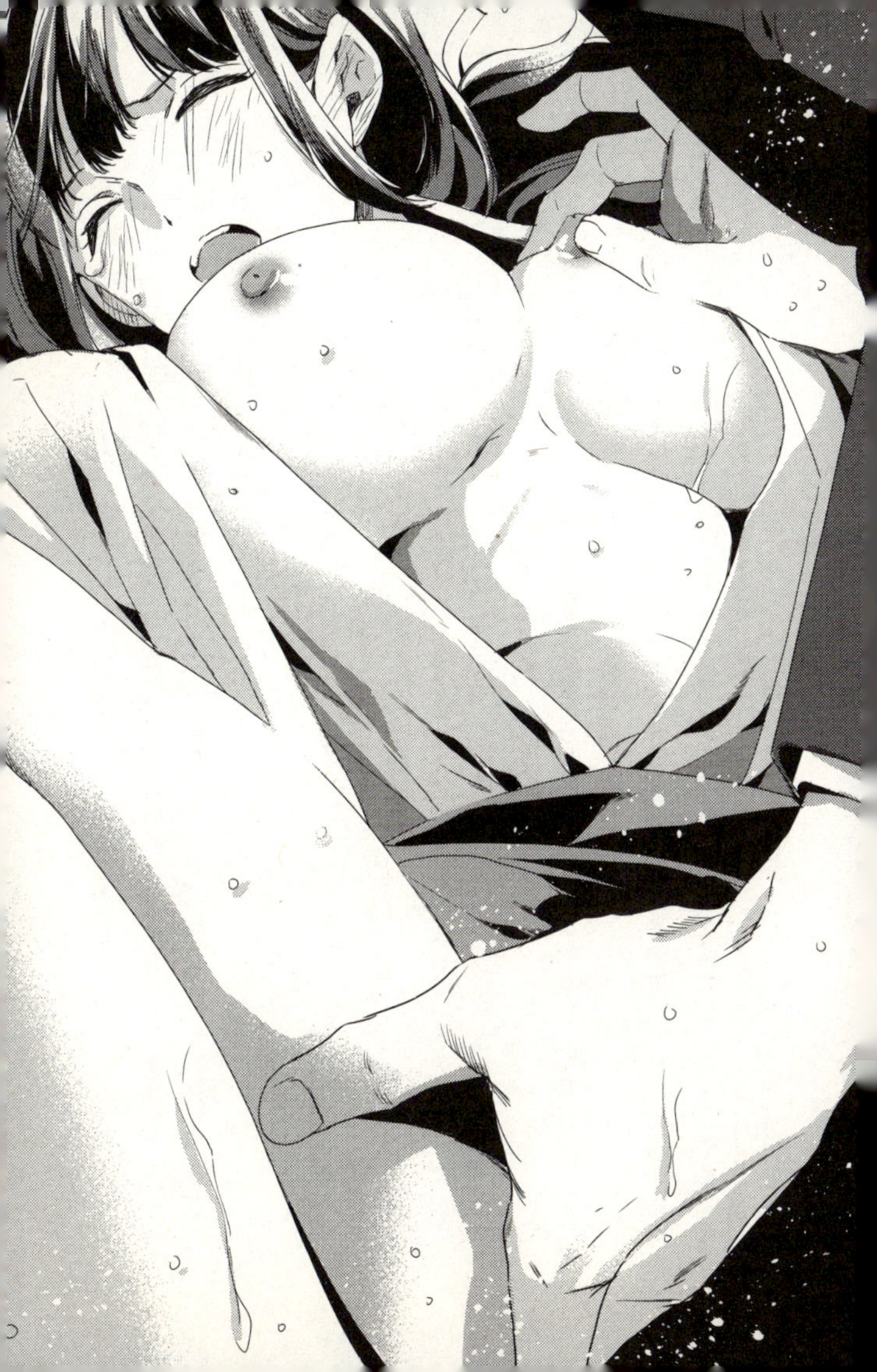

「っ、ぁ……何か、くる……っ」

それは意識して発したものではなく、感覚的に察知して思わず口にした言葉だった。

蜜塗れの肉粒を摘まみ上げられたと同時に、乳頭を捻り上げられた。その瞬間、ぶわっ、と肌が粟立ち、身体の奥底から熱が放出した。

（これ、は……何……？）

首筋から汗が噴き出し、視界が明滅する。胎の奥がひくひくと痙攣《けいれん》し、呼吸すらままならない。全身が弛緩してだらりと手足を畳に放り出したとき、本郷はようやく割れ目と乳房から指を外した。

「初めてにしては上手く達けたようだな」

「達、く……？」

「おまえの今の状態のことだ。見てみろ、いやらしい汁で俺の手がこれだけ濡れた。これが快楽を極めた証だ」

蜜を纏わせた指を伽耶乃に見せつけた男は、自身の指に舌を這わせた。その様は、まるで獣が獲物を前に舌なめずりをしているようである。雄の色気を漂わせながら見つめられ、視線に搦め捕られてしまったように動けない。

（これが、快楽……）

初めて覚えた官能の味は鮮烈だった。『巫女姫』が一生知ってはならない感覚を経験し、罪悪感に襲われる。それなのに、快感を極めた身体は火照りが収まらず、己の浅ましさに恥じ入る。すると、しどけなく横たわる伽耶乃をしばらく眺めていた本郷は、ふと思いついたように尋ねた。

「おまえ、名前はなんというんだ」

「え……」

なぜ本郷が名を気にするのか、意味がわからず彼を見上げる。しかし男は答えを待っているのか、ただ伽耶乃を見つめていた。

(この人は、『巫女姫』のわたしを利用したいだけなのに、どうして……名前なんて)

唯一、伽耶乃の名を呼ぶのは祖母だけだ。屋敷の中で関わりのある使用人は皆、『巫女姫』としか呼ばない。もとより彼らは名を知らされていないのだ。

役目を忘れぬようにと、歴代の『巫女姫』となった者は名を捨てさせられたという。もっとも、屋敷の中でも限られた人間としか接触せず、名を呼ばれる機会もないため不便はない。それに、これまで『視て』きた客人たちからも、名を聞かれたことなどなかった。

「どうして……わたしの名前など気にするのですか……?」

「さあな。特別な意味などない。『巫女姫』では色気がないと思っただけだ」

本郷の言葉は素っ気ない。名を尋ねたのは、なんらかの思惑があってのことではないようだ。だからよけいに、不思議になる。この男はことごとく、伽耶乃に〝初めて〟ばかりを体験させる。

「……伽耶乃、です」

なぜだか気恥ずかしい思いに駆られつつ、ぽつりと名を告げた。本郷は特に感想を言うでもなく、「そうか」とだけ言って伽耶乃を見据える。

「いいか、おまえは俺に協力するしか助かる道はない。もっと快楽を知りたいだろう?」

男の声は心地よく、つい耳を貸してしまう。

本郷は、女性の——いや、人間の扱いに長けている。政治家として身に着けたのか、彼の持つ生来の性質なのかはわからないが、いずれにせよ危険であることは違いない。

(この人が破壊者だったなら、きっと何もかもを壊し尽くす)

目的のために手段を選ばない狡猾《こうかつ》で冷酷な男。それなのに、強烈な求心力がある。

「次に俺がこの場に来るときは、総理の小林と一緒だ。あの男は、〝解散しても自由民政党が勝てる〟という確信が欲しくておまえに会いに来る。だが、小林には総理の座を退かせる。引導を渡すのがおまえの役目だ。いいな」

「……お約束は、できません」

「上手くできたら褒美をやる。知りたいこと、見たいこと、やりたいこと。すべてをおまえにやろう。もしできなければ……」

本郷はスーツの内ポケットから、携帯を取り出した。画面を操作し、ある音声を流す。

『んっ、ぁ……は、ぅっ。や、ぁっ、怖い、の……っ』

それは、つい先ほどの伽耶乃の声だった。本郷に快楽を教えられていたときの甘ったるい声、そして陰部をいじくられたときに出た淫音が録音されている。

耳を塞ぎたくなるほどいやらしい声は、自分の声ではないみたいだ。男の指によって生み出される水音もはっきりと聞こえ、映像がなくとも何をされているのかが伝わってくる。

「どう、して……」

「おまえが俺の言うことを聞くように、保険だ。なかなかよく録《と》れているだろう？　おまえが小林に引導を渡さなかった場合は、このデータを神々廻家に送る。もちろん、相手が俺だとわからないように加工してな」

「そ、そんなことをされたら、わたしは……『奉納』を迎えるまで、お役目すらさせてもらえなくなります……っ」

次代の巫女姫へ力を引き継ぐためには、清い身体でいなくてはならない。もしも役目を務めている最中に淫らな行為をされたことを知られれば、伽耶乃は『奉納』まで誰とも接することのないように閉じ込められるだろう。

「そうなりたくなければ、言うことを聞くんだな。ただでさえ籠の鳥のような生活をしているんだ。これ以上息苦しい生活をしたくないだろう？」

本郷は横たわっていた伽耶乃を起き上がらせた。はだけた白衣から乳房が見えてしまい、急いで前を合わせると、見ていた男が鼻を鳴らした。

「隠しても遅い。散々俺の手で善がっておいて今さらだ」

伽耶乃の顎を取った本郷は、至近距離で続けた。

「おまえは、たったひと言小林に〝もう総理ではいられない〟と告げるだけでいい。そうすれば、俺はおまえの味方になってやる。この家を亡ぼしたいというのなら、力を貸そう」

「な……」

男の手にするりと頬を撫でられ、伽耶乃は息を詰める。

偽りの『託宣』を告げさせたいがために脅されるのも恐ろしいが、それ以上に恐ろしいのは、この男が〝神々廻家を亡ぼしたいのなら力を貸す〟と言ったことだ。

以前本郷を『視た』ときに、救世主か破壊者になると告げている。その男が〝亡ぼす〟と口にすると法螺《ほら》には聞こえない。それどころか、本当に行動に移すのではないかと不安になってくる。

「わたしは……この家を亡ぼしたいとは思っていません」

「へえ？　家を亡ぼしたくなくても、味方は欲しいか。やはり、現状には満足していないとみえる。素直に言えばいいものを」

男の指摘に、うろたえた伽耶乃は視線を泳がせた。〝味方になる〟という男の発言を否定しなかったのは、心のどこかでそれを望んでいたからだ。自分すら意識していなかった気持ちを見透かされ、動揺してしまう。

（この人は、わたしの味方になってくれるの……？）

なぜ本郷に、こうも心を乱されるのか。それは彼が、伽耶乃の本心を見抜くからだ。誰にも明かしたことがなく、知られれば叱責される本音を、彼は簡単に暴いてしまう。

「俺はそろそろ帰るぞ。おまえはそのままでいいのか」

「あ……」

衣装は乱れていたし、ひとつにまとめていた髪もぼさぼさに乱れている。このままの状態を使用人に見られれば、すぐに阿佐伽に報告がいく。

「……少し、待っていただけますか。身なりを整えます」

「ああ。それと、俺が帰ったら風呂に入れ。今のおまえからは、女の匂いがしている。そのままだと、何があったか周囲にバレるぞ」

自分がそうさせたというのに、まるで他人事のように本郷が言う。

（わたしを脅すようなひどい人なのに……味方になるって言われたのが嬉しいなんて）

男に背を向けた伽耶乃は、絶頂の余韻の残る身体を無理に動かし衣装を直す。その間にも、背後の男の存在が気になってしかたなかった。

3

議員の基本的なスケジュールは、金帰火来《きんきからい》と言われている。これは、衆議院の本会議の定例日が、火、木、金曜で、常任委員会や特別委員会、党の会議なども火曜から金曜に集中しているからだ。

本郷は、よほどのことがなければ金曜の夜に地元の選挙区へ帰り、地域の行事などに参加する。これらの地道な活動は、のちの選挙のために行う。いわゆる票田と呼ばれる地元選挙区に、他陣営が食いこまぬように自分の顔を売っておくというわけだ。

六月某日、日曜。本郷は金帰火来に則《のっと》り、自身の選挙区へ帰っていた。この日は自身も卒業した小学校の運動会が開かれ、来賓《らいひん》として呼ばれたのである。

この小学校には、現役時代の祖父も来賓として呼ばれていた。壇上で堂々と挨拶をし、教師らに気を遣われている祖父の姿は誇らしくもあり気恥ずかしくもあった。

あのころは、まさか自分が祖父と同じように来賓として運動会に呼ばれるなど想像していなかった。

(本当に、人生は数奇なものだ)

本郷は競技に興じる子どもの姿を眺めながら、自身が一番無邪気だったころを思い出す。

小学生のころは、まだ両親がふたりとも存命だった。父は恒親と同じ政治家の道ではなく、一般企業に勤めていた。といっても、本郷の名を冠する商社の社員で、その名に恥じぬような働きをするため仕事に邁進していた。

母もまた、働く父を支える昔ながらの良妻賢母。子どもの目から見ても夫婦仲はよく、父母はまさに理想の家庭を築いていた。

だが、それも長くは続かなかった。親子三人で海外旅行に行った際、轢《ひ》き逃げに遭《あ》った両親は還らぬ人となってしまった。本郷が、十二歳だったころのことだ。

その後、祖父の恒親に引き取られた。恒親は利発な本郷を自らの後継者とすべく、徹底的に政治のイロハを叩き込んだのである。

本郷が子どもらしく無邪気でいられたのは、父母が生きていたころだけだ。祖父の家に住むようになってから、『政治家』という職業を目指した瞬間から、子どもではいられなくなったのである。

(あの女も、似たようなものかもしれないな)

神々廻伽耶乃。古より日本の権力者の影で根を張っていた一族の『巫女姫』は、本郷が今目にしている小学生らとそう年は変わらない。

まだ十代、あと半年弱で二十歳になる女は、本郷からすればまだ子どもだ。自分の約半分しか生きていないのだから、そう思うのも無理はない。

だが、あの女は本郷と同じように、子どもでいられない状況に置かれた。しかも、自分の意思に関係なく、否応なしに。

同情はしない。ただ、鳥籠の中で飼われているばかりか、生殺まで管理されている生活を享受する女の在りように苛立《いらだ》ちを覚える。

(無為に捨てる命なら、利用するまでだ)

神々廻の屋敷から出られない伽耶乃は、同年代の女よりも世間知らずだ。性にも無知で、少し触れるだけで絶頂し、快楽に堕ちていた。まだ二度ほど会っただけの本郷にいいように身体をもてあそばれたというのに、人を呼ぶことをしなかった。それは、彼女が本郷の言葉に耳を貸している証拠だ。

心の中では死を恐れ、神々廻家から自由になることを求めている。だから本郷は、伽耶乃が望むものを与え、依存させようとしている。まだ二十歳にも満たず、ろくな社会経験もない女だ。意のままに操るのは造作もない。

「本郷先生、握手をしていただいてよろしいですか？」

思考に耽《ふけ》っていると、ちょうど昼食の時間になり、来賓席が設置されているテントの後ろに児童の保護者が列を作っていた。メディアでも取り上げられる機会が多く、知名度の高い本郷は、どこへ行っても握手を求められることが多い。

「皆さん、先生はお忙しいですし、そろそろお帰りの時間で……」

困ったように保護者に対応したのは、学校の職員である。けれども本郷は立ち上がり、にこやかに保護者に応対する。

「構いませんよ。私としても、気さくに声をかけていただけるのはありがたい」

「ありがとうございます！」

保護者らは嬉しそうに、「頑張ってください」「応援してます」と口々に言い、本郷と固い握手を交わす。こうして気さくに応じるのも仕事のうちだ。政治家、それも本郷のように知名度が高いとなると衆目を集めやすく、振る舞いひとつでイメージが良くも悪くもなる。誰でも情報を簡単に発信できるこのご時世、何が命取りになるかわからない。

本郷が選挙で強いのは、こういった地元に密着した活動によるところが大きい。地元の有権者に、本郷拓爾という政治家を身近に感じさせ、実際に言葉や握手を交わしたという事実を作る。いざ選挙になった場合、実際に会って会話をした候補者はより印象に残る。自らの虚像を作り、有権者へアピールすることも重要な活動のひとつだ。

〝有権者の声に耳を傾ける政治家〟だと認識させるのは、〝票田という田に苗を植える作業といえる。稲を実らせ、選挙という収穫期に稲を刈り取るのだ。

それに今日は、メディアの取材が入っているため、言動にはよりいっそう注意を払わなければいけない。通常は地元の活動にわざわざ記者がついて来ることは稀だが、先週末に野党四党が合意し、週明けの国会で内閣不信任案が提出される見込みになった。解散総選挙になるかどうか、自由民政党筆頭副幹事長を務める本郷の周囲には、記者がついて回っている。コメントを求めて校門前にテレビカメラまで来ている始末だ。

群がってきた保護者らとあらかた握手を済ませると、今度は子どもをダシにした母親たちに写真撮影を求められる。

どこぞのアイドルと勘違いしているのではないかと思わなくもないが、これも仕事だ。ミーハーな有権者ほど、公約云々よりも知名度の高い候補者に流れる。支持政党を持たない、いわゆる浮動票と言われる層だ。

これは、参議院選挙の候補者の立て方を見ればよくわかる。

参院選では、芸能人や元アスリート、文化人など有名人が候補者に上がる。それは、単純に投票用紙に名前を記入されやすいからだ。衆議院選挙とは違い、参院選では非拘束名簿式が採用されている。つまり、候補者名・政党名、いずれを記入しても政党の票になり、有名人を候補者にした政党はそれだけ票数を得られるという仕組みだ。

だから議席を得たい政党は、有権者に顔と名前が知られている有名人を公認候補にする。いくら立派なマニフェストを掲げて立候補しようとも、知名度の有無が重要視されるのだからやるせない。

思考とは正反対に笑顔で写真撮影に応えた本郷は、それから他の来賓や関係者と挨拶を済ませ、学校を後にすべく校門を潜る。すると今度は、マスコミに取り囲まれた。

時刻は午後二時。今の時間にインタビューを受ければ、まず今夜のニュースで映像が流れ、明日の新聞に載ることになる。

「本郷議員、統計不正問題を受けて、野党四党が内閣不信任案提出を決定したようですがいかがお考えですか?」「この問題については、総理の任命責任を追及する声が与党からも出ていますが」「官邸主導で恣意《しい》的《てき》に統計を操作していたという話もありますが⁉」

次々に質問が投げかけられ、数台のカメラとICレコーダーを向けられた本郷は、周囲を見渡して堂々と答えた。

「国民の生活に関わる『毎勤統計』について不正があったことは、国民の統計に対する信頼を裏切ったことにほかならない。しかし今は責任の在り処よりも、まずは再発防止を先に論じるべきだと考えます。抜本的な統計システムの改革含め、政府が一体となって……」

記者の質問に答えながら、本郷はここまでのコメントは映像で流れることはないと考えていた。活字メディアとは違い、映像メディアは番組内で取り上げる時間が限られている。

そこで使用されるのは、端的なコメントだ。

編集をされても視聴者に伝わる言葉選びこそ、映像メディアでは重要といえる。コメントの前後をカットされ、悪意のある編集をされることも少なくないからだ。

だから必要なのは、短くわかりやすく、かつ、視聴者に訴求力のある強いコメント。つまり、編集をされにくい言葉で答える必要がある。

「――とはいえ、総理は国民が納得できる説明をする責任があるでしょう。今回の件で責任を求める国民の声が大きいのならば、私は解散総選挙もやむなしと考えます」

本郷は、事前に総理に告げたように、総理を批判する立場を取った。おそらく今のコメントで使用されるのは、『解散総選挙もやむなし』という部分だ。だが、それでいい。与党内の議員が政府批判をすることで、国民の代弁をしてみせるのは既定路線だ。

『解散総選挙』の単語を与党の本郷が出すことに意味がある。本郷の発言により、世論も現政権への不安が高まる。野党には追い風になるだろう。

内閣不信任案は提出されたとしても、通常であれば否決されて終了だ。けれども、今は不正問題が持ち上がり、与党内からも政権批判が上がっている。不信任案が可決されてもおかしくない流れがきているのだ。

不信任案が可決された場合、内閣は総辞職するか、解散権を行使して選挙に持ち込むかの二択がある。むろん、総理の小林は解散総選挙を選ぶことになる。国民に信を問う、などともっともらしい理由をつけて。

記者たちは、予想以上のコメントを取れて興奮していた。本郷はそれを確認し、「私からは以上です」と締めくくり、取り囲んでいた記者を退かせる。あらかじめ呼んでいたタクシーに乗り込むと、実家まで向かわせた。

(小林が神々廻家に向かうのは、早くて明日、明後日になりそうだな)

解散総選挙に踏み切って、自由民政党は勝利できるのか。ひいては、九月に控える総裁選で再選が叶うのか。『神々廻の巫女姫』の託宣を得たのちの進退を考えているはずだ。

しかし今、解散風は吹き荒れている。たとえ小林が、〝再選の可能性なし〟と巫女姫に告げられたとしても、選挙に臨まざるを得ない。

唯一の懸念材料は、巫女姫——伽耶乃の託宣だ。彼女は最後まで本郷の提案に首を縦に振らなかったが、明らかに揺れていた。死が着々と迫っている人間として、迷うのは当然だ。だがあの女は、その迷いにすら罪悪感を覚えているように見える。

（あと半年弱で殺されるとわかっていながら、強情な女だ）

だが、その強情さが伽耶乃自身の考えであるかは疑わしい。あの閉鎖された空間で外に出ることも許されないのだ。『巫女姫』として、こうあるべきだと洗脳されていてもおかしくはない。

（……今のところ、あの女以外は思い通りに動いている）

本郷が投じた火種で国会が紛糾《ふんきゅう》し、解散総選挙に発展しようとしている。計画通りに事が運ぶのは愉快だが、面白味に欠けることも事実だ。だから、不確定要素があったほうがいい。投げた賽がどの目を出そうと、柔軟に対応するのが本郷という男だ。

（いずれにせよ、あとひと押しだ。あいつから『助けて』と言わせてやる）

古の因習に囚われた伽耶乃を解放するのも、現政権の倒閣を画策するのも、目的のための通過点という意味では同じようなものだ。そこに情などなく、盤上《ばんじょう》の駒《こま》をいかに効果的に動かすかだけを重視する。むろん駒には、自分自身も含まれている。

人間は自分に対して甘く評価しがちだ。特に政治家などの『先生』と呼ばれてもてはやされる者の中には、己が偉いのだと勘違いしている輩も多いが、本郷にそういった驕りはない。冷静に己を客観視し、自分自身が駒であることを厭《いと》わない。徹頭徹尾の冷徹な判断力こそが、『永田町の悪魔』と噂され、恐れられる所以《ゆえん》だ。

タクシーに乗って約五分で、実家に到着した。運転手に待っているように告げて門の前に立つと、詰所から出て来た警備員が挨拶をしてくる。

閑静な住宅街の中、ひと際大きな門構えは地元では有名な邸宅だ。警備員と挨拶を交わし、敷地内に足を踏み入れる。玄関に着くまでに数台の監視カメラに姿を映されながら、屋敷の中に入った。

（いつ来ても寒々しい家だな）

内心でひとりごちたとき、来訪に気づいた家政婦に出迎えられた。還暦を迎えた女性で、ひとりで住んでいる祖父の世話をしてくれている。

「お帰りなさいませ、拓爾さん」

「祖父は書斎ですか？」

「はい。拓爾さんがお見えになると聞いてから、嬉しそうでしたよ」

家政婦の言葉を笑顔で受け流し、本郷は祖父の書斎へ足を向けた。

木造平屋建ての屋敷内は、老人がひとりで住むには広すぎる造りだ。本郷が引き取られて三年後に祖母が他界したため、七年ほどは恒親とふたり暮らしをしていた。祖父が現役議員だったころは人の出入りも多かったが、今は静かなものだ。

引退しても精力的に講演活動などを行う者もいるが、恒親はそういったタイプではなかった。知名度は高いが、『影の総理』とあだ名されたように、陰のイメージが付き纏う。いかにも悪代官といった面相も影響しているのか、近寄りがたい雰囲気があった。

「お祖父様、拓爾です」

「入れ」

障子を開けて中に入ると、座椅子に腰を据えていた恒親がぎょろりと目を剝いた。齢八十五になる老人だが、現役時代と変わらないのは面構えだけだ。特にここ数年で老いを強く感じさせるようになった。とはいえ、まだ現役時代の人脈は健在で、元警察官僚の現役議員をはじめ、各界に繋がりを持っている。

「ご無沙汰いたしております。今日は母校の運動会に来賓として呼ばれたので、こちらにも寄らせていただきました。お変わりありませんか」

「堅苦しい挨拶はいい。——解散総選挙になりそうだな」

独特のしわがれ声で問われ、本郷は頷いた。

「ええ。不正問題で与党内からも反小林の声が出ています。小林も堪えているようだったので、『神々廻の巫女姫』に託宣を求めるよう助言しました。金を出すと言ったら食いついてきましたよ。むろん、巫女姫には小林に引導を渡すよう言い含めています」

「ふん……巫女姫には煮え湯を飲まされたが、小林の退陣の後押しをするのなら溜飲《りゅういん》が下がる。そもそも総理の器ではない男が、戦後最長の長期政権になろうというのが笑わせる。目に見えた成果などろくにないではないか。やれ景気が上向きだ、雇用の微増だと騒ぎ立てておったが、不正の上に成り立っていたとはな」

苦々しく吐き出す恒親に、首を縦に動かすことで同意を示す。

祖父は、かつて総裁選で小林に裏切られたことを忘れていなかった。おそらくは、死ぬまであの男を恨み続ける。本郷が政治家の道を進んだときから、事あるごとに「小林を政治の場から抹殺する」と言い続けているからだ。

（そういう意味では、岩淵と変わらないな）

総裁選で裏切られた恨みを抱え、いまだに小林の失脚を望む恒親と、妹が筆を折る原因の一端を作った有象無象《うぞうむぞう》の輩に復讐心を抱く岩淵。祖父の場合は、自らが不利益を被ったことによる怒りだから利己的だ。岩淵と似ているというには汚れた感情だろう。

しかし本郷にとっては、長期間の感情の持続という点において大差はない。

両親は轢き逃げという理不尽な死に方をしたが、結局犯人は捕まらなかった。自分を庇うように抱きしめてこと切れた父母の赫々《かくかく》とした赤い血が足元に流れる中、本郷は声にならない声を上げて慟哭した。あのとき、一生分の哀しみを味わった。

両親の命を犠牲にして生き残った罪悪感と、彼らを助けられなかった自責の念は、幼い子どもに重い十字架を課し――気づけば、感情を動かされることのない人間になっていた。

両親の死で受けた衝撃で、憎しみや恨みといった負の感情だけではなく、喜びや幸福感といった感情までも失ってしまった。おそらく、両親の死とともに己の心も死んだのだ。

だが、それで構わないと本郷は思う。激しい憎悪が行動原理になることもあるが、感情的になり過ぎると身を亡ぼす。祖父がいい見本だ。

恒親は総裁選で負けて以降、表立って小林に敵対するようになったものの、自派閥のメンバーは私怨《しえん》で動く領袖《りょうしゅう》を快く思っていなかった。小林の所業に憤っていたメンバーも、やがてひとり、またひとりと派閥を抜けていった。泥船に乗って恒親もろとも沈むより、議員としての保身を選んだ結果だった。

しかし、最後まで派閥に残った者もいた。そのうちのひとりが、現副総裁の細野である。だから恒親は、細野を気に入っている。自身の政策秘書を務め、議員となってからも忠義を果たした男だからだ。

「小林を引きずり落としてやれ。後釜は細野で決まりだ。……『巫女姫』は、本当に小林に退陣を言い渡すのだろうな」

「その予定です。小林が神々廻家を訪れたときが、総理としての最後になるでしょう」

本郷の報告を聞いた恒親が、片眉を撥ね上げる。

「巫女姫は忌々しい存在だが、小林に引導を渡すにはふさわしいかもしれんな。おまえ自身は謁見で何か言われたか?」

「いえ、私は特に」

伽耶乃の『託宣』をあえて語らず、本郷は首を振る。祖父の望みは、あくまで小林の失脚だ。よけいな話を耳に入れる必要はない。恒親はそれ以上言及せずに、「そうか」とだけ答え、何かを思い出すように腕を組む。

「巫女姫も神々廻家も妙に政財界で崇められているが、所詮《しょせん》は金で動く低俗なペテン師だろう。この儂《わし》を総理に選ばなかったんだからな」

吐き捨てるように言った老人は、かつて神々廻家について調べたのだと語った。それらは本郷が独自に調査した結果と変わらず、目新しい情報はなかった。適当に相槌を打って聞き流していたが、ある段になって興味を惹かれた。

いわく、『神々廻の巫女姫』は、『覇王』と呼ばれる存在を見分けられるのだという。

「覇王、ですか。なんともまた大仰ですね。いったいどういう存在なのですか?」

「なんでも、『救世主、もしくは破壊者となる者』らしい。それこそ、歴史に名を残した偉人たちは、揃って巫女姫より託宣があったようだ」

眉唾物の話だがな、と続けた恒親に頷きながらも、本郷は内心で驚いていた。自分が伽耶乃に告げられた託宣が、まさに『覇王』の条件に当てはまっていたからだ。

(歴史に名を残す偉人か。興味はないな)

本郷はどこまでも現実主義で、夢想家ではない。実際のところ、己が『覇王』と呼ばれる存在だったとしても、今と言動は変わらない。もしも、『覇王』になると告げられたとして、何某《なにがし》かに利用できればそれでいいと思う程度だ。

「私はこれで失礼いたします。また何か動きがありましたら、お知らせいたします」

もう用は済んだ。これ以上の長居は無用だとばかりに、本郷は恒親の書斎を辞した。

孫が祖父に会いに来たにしては素っ気ない会話だったが、これがふたりの距離感だった。祖父と孫というよりは、政治家と書生の関係といったほうがしっくりくる。

恒親は常に政治家だったし、本郷もまた祖父をそう扱った。恒親が引退するまでは、たとえふたりきりであっても『先生』と呼び続けた。血は繋がっているが、親しみをもって接することは互いにない。おそらく、死ぬまでずっと。

(爺様も、小林が失脚すれば思い残すことはないだろう。ついでに神々廻家の力を削げれ

ば、政界に未練はないはずだ)

育ててもらった義理はこれで果たせる。そこでようやく、しがらみから解放されるのだ。

家政婦に声をかけ玄関を出ると、ふと庭に目を遣る。神々廻家と同様に広い庭園だが、住んでいる人間は庭に目もくれない。訪れる者の歓心を得るためだけに、景観を保っている。要するに、虚栄心の塊だ。

神々廻家には、実家に通じる雰囲気がある。だからあの屋敷に入るとき妙に既視感があり、馬鹿馬鹿しいという気持ちになるのだ。

実家の敷地を出た本郷は、待たせていたタクシーに乗り込んだ。運転手に地元の選挙事務所の場所を告げ、シートに深くもたれる。

このあとの予定は、事務所に顔を出して私設秘書から報告を聞くだけだ。

特別職国家公務員である公設秘書と違い、私設秘書は議員が個人的に雇っている存在で、主に地元に密着した仕事を任せている。しかし、現在は別件——神々廻家や小林の動向を探らせている者がいる。名を新垣孝正《あらかきたかまさ》。本郷が信頼する数少ない人間のうちのひとりだ。忠実な手足という点において、新垣は理想的な秘書といえた。

スーツのポケットから携帯を取り出すと、メールの有無をチェックした本郷は、ある人物から届いていたメッセージを見て口角を上げる。

自由民政党総裁にして、内閣総理大臣を務める男からのメールが届いていたのである。

『明日の夕方に都合がついた。神々廻家に向かう』

小林は明日『巫女姫』に会うことを決めたようだ。すべては予想通りに進んでいる。本郷は了承の旨を返信すると、『託宣』を受けたあとの総理を想像し、笑みを深めた。

3章　おまえの生きる意味になってやる

1

その日は一日中、空に厚い雲が垂れこめていた。

伽耶乃はいつも務めに出るときそうするように、巫女装束を身に着けて髪をひとつに束ねた。最後に垂髪に丈長を着けると、鳥籠の中の金糸雀がピイと鳴く。

「……わたしは、嘘の託宣なんてしない」

金糸雀に話しかけるようでいて、自分に言い聞かせるような台詞だった。

本郷に脅されて以来ずっと考えていた。自分の命と、『巫女姫』としての務めのことを。

『助けてやる』と、『味方になる』と、あの男は言う。伽耶乃の心の奥底で眠っていた本心を見透かしたうえで、望みを与えてやる代わりに嘘をつけ、と。彼の言動は狡猾で、それゆえに惑わされ、心が囚われてしまう。

（あの人は、怖い。……それなのに、どうしても惹きつけられる）

いずれ迎える死と折り合いをつけて『巫女姫』としての務めをまっとうしようとしていたはずが、心をかき乱されている。己の目的のためならば、他者を脅すことすら厭わない本郷の在りようが恐ろしいと思うのに、未知の世界を知りたいと、この鳥籠のような屋敷から飛び出したいと、そう願ってしまう。

「巫女姫、お客人がおいでです」

「わかりました」

客人の名は知らされていない。だが、伽耶乃にはもうわかっている。本郷、そして、現内閣総理大臣が訪れているのだ。

本郷は、伽耶乃が偽の『託宣』を告げるかどうかを確かめに来ている。もしもあの男の意に反すれば、躊躇なく件の音声データを神々廻家に届けるだろう。

（それでも、嘘はつけない）

この先、『奉納』のときまで閉じ込められようとも、それだけは譲れない。伽耶乃の『巫女姫』としての誇りだった。

使用人のあとに続いて離れに赴き、目的のふすまの前で足を止める。

「巫女姫様のお出ましでございます」

使用人のかけ声とともにふすまが開き、伽耶乃が部屋に入る。上段の間に座すると、下段の間にはふたりの男が座っていた。予想通り、ひとりは本郷。もうひとりは、太鼓腹の脂ぎった男――小林である。床に胡坐《あぐら》をかいていたが、よく肥えた身にはつらいようで、しきりに身体を揺すっている。

「相変わらず美しいお嬢さんだ。いや、『巫女姫』にお嬢さんなどとは失礼だね」

小林は、いかにも政治家然としている男だ。人相が悪い以外は、これまで伽耶乃が『視て』きた政財界の人間となんら変わらない。

一方本郷は、背筋を伸ばして正座している。つい先日この場で淫らな行いをしたとは思えぬほどに、凛とした居住まいだ。となりにいる小林との対比で、上品な立ち居振る舞いが際立っていた。

(やっぱり、あの人だけが特別なんだ)

類まれな容姿や不遜な言動を含め、本郷はこれまで『視た』人々の中でかなり異質だ。心の奥底で煮え滾《たぎ》らせている野心は、普通の人間とは比べものにならない強大さだ。それも『覇王』ゆえかと伽耶乃が考えていると、小林が声を上げる。

「それで、『巫女姫』にお尋ねしたい。我が党は勝利するだろうか。いや……私は、総理の座に居続けることができるだろうか」

小林の声で、本郷に向いていた意識が引き戻される。伽耶乃は「視ましょう」と、総理に視線を据えた。

双眸を細めると、徐々に目の前の光景が歪んでいく。自分が自分でなくなっていき、世界と自分の輪郭が曖昧《あいまい》になる。本郷の視線が身体に纏わりついていた気がしたが、それすらも意識しなくなっていく。

（ああ、これは……）

『視た』光景に、伽耶乃は心の中で嘆息した。たとえようのない複雑な想いが去来する。しかしそれらは、『巫女姫』の務めに不要なものだ。

少しずつ視界が現実へ戻ってくると、ぎょっとしている小林が見えた。「二度目ですが、やはり驚きますね」などと言い頭を掻いているが、伽耶乃は反応を見せずに、今『視た』事実を淡々と述べる。

「党の勝利は叶う。けれど、あなたは総理の座に居続けることは叶わない」

伽耶乃が言い放つと、小林は呆けたような顔をした。

「な……冗談だろう？」

「近いうちに、大きな災いが訪れる。もう逃れることはできない」

無情とも思える託宣は、小林には予想外だったのだろう。唇をわなわなと震わせて、両手を床にたたきつけた。

「わ、私はどうすればいいんだ？　打開策を教えてくれ……っ」

「もう遅い。……何をしようと、あなたが今の立場を追われるのは決まっている」

小林が望んだのは、〝所属している党が勝利するか否か〟と、〝自身が総理の座に居続けられるかどうか〟の二点だ。結果は奇しくも、本郷の望み通りだった。だが、伽耶乃は嘘をついたわけではない。己が『視た』真実だけを告げている。

「そんな……そんな馬鹿なことがあるか……！」

激高した小林は立ち上がると、ずかずかと上段の間に向かって突き進んできた。

「訂正してくれ！　『神々廻の巫女姫』に選ばれなければ、このまま総理ではいられなくなってしまう！」

『託宣』の内容に納得できず、こうして喚き立てる客人も稀にいる。伽耶乃は目の前まで迫ってきた小林を冷静に眺めながら、発信機を押した。そのときだった。

「――見苦しいですよ、総理」

声が聞こえたと同時に、小林の身体が床に転がった。伽耶乃のもとへたどり着く前に、本郷が取り押さえたのだ。後ろ手に小林を拘束した男は、感情をまったくこめずに言い放つ。

「『神々廻の巫女姫』の託宣で総理の座に就いたあなたは身に染みているはずだ。巫女姫の託宣は絶対なのでしょう？」

「う、ぐっ……離せ！　私は」

「もう充分美味い汁を吸ったんです。分を弁えなければ身の破滅ですよ」

艶然と笑みを浮かべた本郷は、苦悶に顔を歪める小林に告げた。

「お疲れ様でした、小林総理。次に選ばれるご自身の後釜を楽しみにしていてください」

本郷の声が、背筋に悪寒が走るほど冷ややかに部屋に響き渡る。そこへ、発信機で呼び寄せた数名の警備たちが駆けつけてきた。

「巫女姫、いかがされましたか⁉」

「この者は、わたしの『託宣』が気に入らなかったようです。襲い掛かられそうになったところを、彼が助けてくださいました。——その者は今後出入り禁止にしなさい」

「かしこまりました。……本日のお務めはどうされますか」

警備の目が本郷へ向く。伽耶乃は内心で動揺していたものの、それを表に出すことなく彼らに命じた。

「……大丈夫です。この方をまだ『視て』はおりませんから」

伽耶乃が毅然と告げると、会話を聞いていた本郷は、警備らに小林の身柄を引き渡した。

「では、『巫女姫』、お話しさせていただいても？」

本郷に問われた伽耶乃は頷き、警備に目配せをする。彼らは一礼すると、喚き立てる小林を拘束し、謁見の間を後にした。

それまでの騒ぎが嘘のように静まり返る室内で、本郷は下段の間に戻ることなく伽耶乃の目の前に腰を下ろし、胡坐をかいた。

「おまえもなかなか演技が上手い。小林をあそこまで追い詰めるとはな」

本郷は、嘘の託宣を与えたと思っているようだった。伽耶乃はゆるりと首を振り、「違います」と男の間違いを正す。

「わたしは、『視た』ままに託宣を告げました。それがたまたま、あなたが望んでいた結果だっただけです」

「は……それはいい。小細工をしなくても、あの男はすでに終わっていたわけか」

くつくつと喉を慣らして嗤った本郷は、強引に伽耶乃を引き寄せた。男の胸に傾れ込むような体勢で抱き込まれ、どきりと胸が音を立てる。

「おまえが真実を言おうとなんだろうと、俺の望みは叶うんだから問題ない。——約束通りに、おまえを解放してやる」

「え……」

伽耶乃が顔を上げると、本郷が口角を上げた。

「命を助けてやると言っている。この屋敷から連れ出して、その後の生活の面倒も見る。すぐにとはいかないが、総裁選が終わったあとでどうだ」

「ま、待ってください。どうして、そんな……目的を達成したのなら、あなたにわたしを助ける義理はない。それなのに、どうして」

「それが、約束だからだ」

本郷は伽耶乃を見据えた。野生の肉食獣のようなしなやかさと、強い意志を感じさせる視線に息を詰めると、男は明瞭な声で続ける。

「俺は嘘をつくことを厭わないし、目的のために必要なら汚いこともする。だが、一度交わした約束だけは必ず守る。おまえが『巫女姫』として嘘の託宣を告げないのが矜持なら、約束を守るのが俺の矜持だ」

「矜持……」

呟いた伽耶乃は、揺るぎない男の言動を前に、己の心が丸裸にされる心地になる。

『巫女姫』としての務めを果たし、訪れる死を待つ日々。次代に能力を受け継ぐ役目をこの身に負ったのは、運命だと諦めていた。そうやって、自分を偽っていた。

だが、この男は容赦なく伽耶乃の本心を暴き立てる。おまえはそれでいいのかと……望みを口に出せと迫る声は、まるで悪魔の囁きだ。否、運命を受け入れたふりをして見苦しく生に執着をしている時点で、自分こそが悪魔なのだろう。

「……外に出ても、わたしにはやりたいことがありません。ただ生きているだけの生に、意味があるのですか？」

「ふん、青臭いことを言う。生きていることに意味などない。自分の意思に関係なくこの世に生まれ、その瞬間から死に向かって時間は進む。所詮は、人という種族を繁栄させるために生まれただけに過ぎない。——だが、『幸福は人生の意味および目標、人間存在の究極の目的であり狙いである』と言った哲学者もいる」

古代ギリシアの哲学者、アリストテレスの言葉を引用した本郷は、鼻を鳴らした。

「しかし俺は、哲学者ではないからな。そんなご立派なことを言うつもりもない。おまえが生きる意味を見いだせないのなら、俺を生きる意味にしろ」

男の指が伽耶乃の顎を摑む。逃がさないというかのような鋭い眼差しに搦め捕られ、身じろぎすらできずにいると、本郷の尊大な声が耳朶を打った。

「伽耶乃、俺がおまえの生きる意味になってやる。それじゃあ不満か」

「っ……」

彼に名を呼ばれた瞬間、狂ったように鼓動が速くなった。

この男の言動は容赦がないのに、なぜか伽耶乃の心を震わせる。人を駒のように扱う非道さを持っている危険な男。しかし、抗いがたい求心力がある。

「わたし、は……」

掠れた声を上げた伽耶乃は、眼窩が熱く潤むのを感じて目を伏せる。

ずっと、ずっと孤独だった。ひとりきりの部屋の中で、慰めは、本に描かれたフィクションの世界を楽しむことと、金糸雀の存在だけだった。

『巫女姫』としか呼ばれずに、自分自身ですらそれが当たり前だと思って生きてきた。けれども今、目の前の男は名を呼んだ。悪辣《あくらつ》な言動をするくせに、約束を守ることを矜持とし、生きる意味を見出せない伽耶乃に『生きる意味になってやる』と言う。

ともすれば傲岸不遜に聞こえる発言だったが、何よりも求めている言葉だった。神々廻家の在り方に疑義を呈し、伽耶乃を人間として見てくれるのだ。惹かれないはずがない。

「助け、て……」

奥底に沈んでいた望みが舌にのり、伽耶乃の頬にひと筋の涙が伝う。それを契機に、唇が重ねられた。

「っ、んぅ……ふっ、ぅ」

喰らいつくような口づけだった。閉じていた唇を強引にこじ開けた男が、舌をねじ込んでくる。その強引さが恐ろしいと思う一方で、すべてを奪い尽くされたいと思う。

本心を引き出された伽耶乃に、もう隠すものは何もない。そこにはただ、剝き出しの女がいるだけだ。

(あ……)

瞼《まぶた》の裏に、以前この男を『視た』ときの光景が浮かび上がる。

なぜか、本郷に触れていると『巫女姫』としての感覚が研ぎ澄まされていく。意識を集中せずとも、本郷が人々の頂点に立つ姿がありありと瞼に焼き付いた。

能力を行使せずともこの男の歩む道が『視える』のは、伽耶乃自身も『覇王』に看過されているからかもしれない。

「ンンンッ……んぅっ」

しかし、『巫女姫』としての意識は、男のキスによって拭い去られてしまう。

ぬるぬると頬肉を舐め回され、腰の辺りが甘く疼く。口内に溜まったふたり分の唾液を飲みこめば、内側からぞくぞくと悪寒に似た感覚がせり上がってくる。何かに急き立てられるような心地でぎゅっと男の胸に縋れば、唇を離した本郷が伽耶乃の腰を抱き寄せた。

「俺の足を跨《また》いで座れ」

「どう、して……」

「おまえの覚悟を見せろと言っている」

本当に助けを求めているのなら、覚悟を示せと男は言う。

より密着するような恰好は恥ずかしかったが、おずおずと膝立ちになり男の足を跨ぐ。すると、ぐっと腰を引かれ、強引に本郷の股座に下ろされた。

「あっ……」

衣装の裾が捲れて気を取られるも、男に腰を抱き込まれて整えることができない。

至近距離に迫った本郷は、伽耶乃の唇の形を舌でなぞった。唾液を塗すように上下の唇を舐められ、艶めかしい感触に下肢が震える。つい目の前の肩を両手で摑むと、舌を引いた男に命じられる。

「舌を出せ」

間近で見る彼の顔は、震えるほど美しかった。その声は聞いているだけでうっとりとさせ、他者を隷従させる強制力がある。

「できないのか」

もとより、求めていたものを与えてくれる男に抗う術はない。

伽耶乃がそっと舌を伸ばすと、彼の舌が目の前で絡められた。唾液に塗れた赤い舌先がいやらしく目の前で交わり、視覚的にも羞恥を煽られる。それなのに目が離せずに、舌の動きを追ってしまう。

(どうして、わたし……)

舌が絡み合う感触にぞくぞくする。この男に何度か唇を奪われているが、そのときも今目の前で蠢《うご》めかせているように、こうして口の中を這いまわっているのだろうか。そう思うと、全身が熱くなってどうにかなりそうだ。

「っ……」

思わず舌を引こうとした伽耶乃だが、本郷は先手を打ってきた。伽耶乃の舌を唇で挟み、軽く吸い上げてくる。

「ンッ……」

彼の口中に舌を入れたのは初めてだった。他人のそれを受け入れるだけでもひどく動揺したというのに、今度は自らの舌が招き入れられている。それはとても淫靡な感覚で、伽耶乃は陶酔してしまう。

(変な感覚が、する……)

本郷の唇で吸われた舌が、ぴりぴりと痺れている。その痺れは血流に乗って全身に巡り、身体の内側まで広がっていく。彼は自身の舌先で伽耶乃のそれをつんと突いた。上下左右に器用に舌を動かして、粘膜に刺激を与えてくる。

「んっ、むぅっ……ンンンッ」

息苦しくなり、男の肩を摑んでいる手に力が入る。

唇を解放しないまま伽耶乃の腰や背中を撫で摩っていた本郷は、今度はその手を前に移動させた。白衣の上から乳房を揉まれ、もどかしい快感に冒される。

布地に擦れた乳房の中心が熱く疼く。乳首の場所を的確に探り当てた男に指の腹で転がされ、徐々に芯を持ち始めた。くるくると円を描くように撫でられ、むず痒いような心地よさを覚える。けれど、もっと強い刺激を求めているかのように、乳房が疼いている。

「んっ、ン！　ふ、ぅっ、ん！」

キスを解かないまま胸をまさぐられ、無意識に腰が揺れ動く。下腹が熱を持ち、蜜部がだんだんぬかるんでいく。

（だ、め……っ）

本郷に触れられると、なぜか耐えがたい熱に浮かされてしまう。意思に反してとろとろと零れてくる蜜液をどうにか食い止めようと、伽耶乃は本郷に腰をぐいと押しつける。そうすることで、身体の内側から流れる蜜を抑えられると思った。

だが——。

「んっ……！」

腰を押し付けたことで割れ目の奥の肉芽が刺激を受け、びくんと太腿を震わせた。蜜液を止めるどころかよけいに溢れさせてしまい、伽耶乃はうろたえる。これではまるで、粗相をしてしまったかのような状態だ。

「無意識に男を煽るか。自ら腰を振るとは、とんだいやらしい姫様だ」

キスを解いた男はそう言うと、自身の腰を伽耶乃の股座に擦りつけた。刹那、ピリッとした感覚が下肢に広がり、伽耶乃は背をしならせる。

「ん、ぁっ」

乳首を弄られていたときよりも鮮烈な愉悦に、唇を噛みしめる。この前本郷にいじくられた〝弱点〟が、腰を動かすことで襦袢に擦れている。それが、やけに気持ちいい。

(あっ、また……濡れてしまう……っ)

留めようとしていたはずが、自ら快楽を助長するような真似をしてしまった。それだけではなく、本郷が押しつけてくる部分は異様に硬く、伽耶乃の弱点をぐりぐりと抉《えぐ》って圧迫するのだ。

「はぁっ、ん！　い、ゃあっ……押しちゃ、だ、め……っ」

「先に仕掛けてきたのはおまえだろう」

上下に腰が揺さぶられる。布を隔《へだ》てても感じるほどに硬い男のものが擦りつけられ、それを止めたくて彼の腰に両足を巻き付ける。ところが、本郷は可笑しげに伽耶乃の耳朶に唇を寄せ、わずかに呼気を乱して囁いた。

「俺に抱かれろ、伽耶乃」

「え……」

「『巫女姫』は、処女でなければならないんだろう？　逆に言えば、おまえは男に抱かれれば『奉納』はされない。命が助かるというわけだ」

予想外の男の発言に、伽耶乃は息を呑む。本郷は『奉納の儀』について把握していたばかりか、『巫女姫』がなぜ俗世と隔絶されて生きているのかも知悉していた。

確かに、『巫女姫』として神の声をその身に宿すには、『奉納』されるその日まで、穢れなき清らかな身でなければならない。巫女姫の力を受け継いだその日から、伽耶乃の身は己のものではなく、神に捧げるためにあるからだ。

「おまえが助かるには、俺に抱かれるしか道はない。たとえ、力が失われようとな」

「っ……」

本郷は、伽耶乃が処女を失えば、『巫女姫』としての力が消えることも知っている。そのうえで、抱かれろと言っているのだ。命を繋ぐためだけに。

「おまえにはまだ知らない快楽がある。今は陰核への刺激だけで善がっているが、快感を得る方法はそれだけじゃない」

硬度を増す自身で伽耶乃を刺激しながら、男が誑かすように続ける。

「俺のこれで、おまえの中をぐちゃぐちゃにかき混ぜてやる。疼いているだろう、中が。それが自然な反応だからな。——『巫女姫』としての役目はもう充分果たした。十代の貴重な時間を捧げて神々廻家に尽くしたんだ。おまえは楽になっていい」

男は耳心地のいい台詞を吐きながら、ぐいぐいと己の雄で秘裂に刺激を与えてくる。

言葉は真摯《しんし》なのに、行為はひどく卑猥《ひわい》だ。布越しだというのに男の熱をありありと感じ、蜜を滴らせてしまう。

「おまえが身を捧げるのは、神じゃなく俺だ。極上の快楽を与えてやる」

この男の言葉は、閉じていた心に強引に押し入ってくる。だがそれは、神々廻家に囚われて身動きの取れない伽耶乃にとって、何物にも代えがたい唯一の言葉になる。

助けを求めることすらなかなか決断できなかった。この男が約束を違えようとも、それを詰る権利はない。それなのに、本郷は伽耶乃の重圧を正しく察し、手を差し伸べてくる。

(この人に逆らえないのは、わたしの望みを暴いて……助けてくれるから)

抱いてくれ、と言うには羞恥がある。散々身体をまさぐられていながら今さらだが、自分から男を欲する台詞を吐くには勇気がいる。

だから伽耶乃は、本郷の首に腕を回すことで返事とした。自ら積極的な真似をするのは恥ずかしいが、それが今唯一できる意思表示だったのだ。

「『奉納』される前に、この屋敷からおまえを出してやると約束する。だが、それまではまだ抱けないがな」

この場で伽耶乃の純潔を奪ってしまえば、能力を失った状態で屋敷に放置することになる。もしも『巫女姫』が処女でなくなったことを知れば、当主である祖母が伽耶乃に何をするかわからない。

そうかといって、今すぐこの屋敷から連れ出すというのも無理がある。厳重な警備が敷かれているこの場から逃げおおせるには、綿密な計画が必要になると本郷は語る。

「……わかり、ました。あなたがわたしを迎えに来てくれるまで、『巫女姫』でいます」

彼は『約束する』と言った。交わした約束に矜持を持つ男は、決してそれを違えることはない。そう信じられるから、伽耶乃は己の身を預けることに決めた。外の世界を教えてくれるという本郷に、命を託そうと思ったのである。

「おまえには、まず快楽を貪る悦びを与えてやる。ここから逃げ出すまでの間に、じっくりとその身体を俺に馴染むように仕込んでやろう」

割れ目を圧迫する男の硬度が高まった。上下に腰を揺さぶられた伽耶乃は、本郷の頭を掻き抱きその刺激に耐える。

「っ、ん！ンッ、ぁ……は、ぁっ」

「好《い》いか？想像しろ。これが今疼いている部分に入って中を擦り上げるんだ。そのときこそ、おまえは『巫女姫』じゃなく、ただの女になる」

男の言葉は麻薬のようだった。一度耳を貸せば最後、聞かずにいられない中毒性がある。

（この人に奪われるのなら……構わない）

豊かなふたつの双丘が押し潰れるくらいに強く男に抱きつく。すると、耳もとで悩ましげな吐息が漏れるのが聞こえた。

「あまり煽るようだと、今すぐにおまえを抱くぞ」

ぐいっ、と身体を引き剝がされ、視線を合わされる。その力強い眼差しに、ぞくりとした。奪われてもいいと、奪ってほしいと思ってしまう。そして気持ちを表すかのように、伽耶乃の内側からは欲望の滴がこぼれていく。

「あなたがそう望むなら、わたしはそれで構いません……わたしがあなたに捧げられるのは、この身体だけだから」

それは、伽耶乃が本郷に示す最大の敬意だった。

自分を逃がそうとしてくれる男が望むのなら、この身をどうされてもいい。それに、伽耶乃自身が望んでいる。この男に抱かれるなら本望だ、と。

静寂の中、しばし見つめ合う。この場にいるのは、議員と巫女姫ではなく、ただの男と女だ。互いに欲情している者が対峙している。しかしまだ超えなければいけない壁が幾重にもあることは、ふたりとも理解していた。

「本能のままに女を抱くには、しがらみが多すぎる」

舌打ちした本郷は、伽耶乃の腰で結ばれている緋袴の帯を解いた。それと同時に押し倒し、強引に緋袴を横に避けると、白衣と襦袢の合わせを無理やり開く。帯だけを残して白衣を左右に開かれた状態になると、膝立ちになった男に見下ろされた。

欲情した本郷の視線を注がれ、心臓が忙しなく拍動する。すると彼は、たわわに実る豊かなふくらみに唇を押し付けた。肌にちくりと痛みが走り小さく喘ぐも、男は伽耶乃の白い肌に何度も口づけて鬱血痕《うっけつこん》を残していく。

「これは『所有印』だ。おまえが俺のものだという証だ」

唇を離した彼に宣言され、熱に浮かされたように頷く。伽耶乃の返事を満足そうに見た本郷は、手早くベルトを外して前を寛げると、隆々と反り返る己を取り出す。

「処女のくせに煽ってくれる。責任は取ってもらうぞ」

本郷は伽耶乃の膝を持ち上げ、身体をふたつに折り曲げた。蜜塗れの秘裂が男の眼前にさらされて、伽耶乃は羞恥で小さく身じろぎする。

「や……っ」

「この程度で嫌がっていたら、とてもじゃないが抱けないぞ。おまえはただ俺に従って、俺の下で喘《あえ》いでいればいい」

ひたりと男の昂ぶりが割れ目に添えられる。重量のあるそれはどくどくと脈を打ち、生々しい感触に息を詰める。

初めて目の当たりにする男の欲望は禍々《まがまが》しかった。本郷の涼やかな外見には似つかわしくないグロテスクな造形だ。自分の身のうちに収まりきるとはとうてい思えないほど、長大で極太な雄を前に腰が引けそうになる。

「安心しろ、挿《い》れはしない。ただ擦るだけだ。——太股を閉じて、足を自分で持っていろ。できるだろう？　伽耶乃」

「は……い」

本郷の命令に、伽耶乃は恭順の意を示す。この男に助けを求めた瞬間から、抗う気持ちはなかった。約束を違えないという彼の矜持と、強烈に本郷に惹かれている自身の気持ちに素直に従い、伽耶乃はおずおずと自身の両ひざの裏を手で押さえた。

「素直だな。いい子だ」

褒められたことが嬉しい。滅多に他者からそういった言葉を掛けられないからなおさらだ。知らずと笑みを浮かべると、本郷がくっと喉を鳴らす。

「褒美に快感を与えてやろう」

彼は言葉とともに、濡れそぼった肉筋に添えていた自身を上下に動かした。淫液に濡れた花襞を質量のある雄茎で擦られ、その熱さに身体が強張る。

「っ、ぁ……」

「いずれ、これがおまえの中に入るんだ。今から慣れておけ」

男のものが行き来するたびに、ぬちゅっ、ぐちゅっ、と淫猥な音が鳴り、蜜口から欲情の汁が溢れ出す。初めて感じる雄の欲に戦きながらも、身体は淫らになっていた。挿入されてはいないのに、なぜだか胎の中が切なく疼く。きゅうきゅうと奥処が収縮し、己の反応にすら苛まれていく。

「は、ぁ……っ、熱、い……っ、ん！」

「びしゃびしゃに漏らしているな。滑りが良すぎて中に入りそうになる」

愉悦混じりの声音で告げた本郷は、おもむろに雁首《かりくび》で割れ目の上部を抉った。刹那、伽耶乃の視界に閃光が走る。

「ひっ、ん、ぁあっ！」

先ほどまで布越しに擦っていた部分を直接抉られたことで、大きな快楽が押し寄せてくる。敏感な突起を肉傘のくびれで引っ掻かれたかと思うと、丸みのある先端でぐりっと押し擦られて、腰が甘く蕩けていく。

「あぅっ、ん！　っ、ぁあ……い、や……ぁっ」

「〝好ぃ〟の間違いだろう。おまえの身体は、俺が欲しいと涎《よだれ》を垂らしているぞ」

卑猥な台詞を投げかけられて、ふたたび愛汁が吹き零れる。男の動きだけではなく、言葉にも感じているのだ。

(気持ち、いい……どうして、こんなに……？)

めくるめく愉悦の波に翻弄されながら、伽耶乃は自分を攻め立てる男を見つめる。

かすかに呼吸が乱れてはいるが、本郷の怜悧な美貌は損なわれていない。それどころか、強烈な色気を放っている。その顔を見ているだけで、なぜか胎内の潤みが増した。

「好、い……気持ち、い……っ」

内股や肉襞に擦れる雄槍の熱に浮かされ、伽耶乃の唇からはしたない言葉が漏れる。だが本郷はひどく愉しげにそれを受け入れ、さらに花芽を抉ってきた。

「っ、ぁああ……ッ」

「あまり大きな声を上げていると、警備が飛んでくるぞ」

「ふぅっ、ンンッ」

唇を噛んで声を抑えると、本郷は乳房に手を伸ばした。腰の動きはそのままに、上下に揺れるふくらみに指を食い込ませてくる。勃起した乳首をぎゅっと抓られた伽耶乃は、目の前が歪むほどの悦楽を味わった。

「んっ、くぅっ……ふ、うっ」

「おまえを抱くときには、いくらでも声を上げさせてやる。今はこれで我慢しておけ」

肉筋にずっしりと挟まっている欲塊の熱が増した。蜜口から噴き出す淫汁と、雄芯から滲む先走りが混ざり合い、淫靡な音をかき鳴らす。股座は水を浴びたようにしとどに濡れ、尻にまで零れてしまっている。

(我慢、しないといけない、のに……)

気を抜くとあられもない艶声を上げてしまいそうで、伽耶乃は必死に唇を引き結び、押さえている自身の足に爪を立てた。ちりっ、とした痛みが肌に走ったとき、

「伽耶乃、手を離せ。自分を傷つけてまで我慢するな」

太股にあった手を払われ、その代わりに本郷に足を抱き込まれた。

男の腰の動きが速まり、肉筋の奥にある花蕾を刺激する。雄棒を挟んだ内股は摩擦で熱くなっていき、ぴりぴりとした痺れが全身を覆っていく。

「あ、あっ……んっ、う……もう、きちゃ……っ」

「いいぞ、達け。手伝ってやる」

「んっ、ふ……ぁあっ」

肉槍の傘で淫蕾を削られ、伽耶乃は顎を撥ね上げた。排泄《はいせつ》に似た感覚が腹部からせり上がってくる。止めたいのに意思では止められず、びくびくと白い喉を震わせた。

「ひっ、んっ、あ、あぁっ……ぁああ……ッ」

淫らな声を上げながら、絶頂へと駆け上がっていく。剝き出しになった花芽は痛いほど過敏になり、快楽の塊となって身体を苛む。ぎゅっと内股に力をこめると、挟んでいた雄槍の体積が増した。

「っ……！」

小さく息を呑んだ本郷が、それまでより腰の動きを速め、数度腰を打ち付ける。膨張した肉茎で内股と秘裂を行き来させると、やがて伽耶乃の腹部から乳房にかけて白濁液《はくだくえき》を撒き散らした。

「は、ぁっ」

色気のある吐息をついた男の肉棒の先端から、びゅくびゅくと精液が放出する。生温かく、雄の匂いを濃く漂わせた大量の欲汁が肌に掛けられて身を震わせる。精液が乳首にとろりとまとわりつく様は、ひどく淫靡な光景だ。

すべてを放って満足したのか、本郷は自身を太股から引き抜いた。

「穢れたな。だが、悪くない眺めだ」

白衣と襦袢を中途半端に脱がされた状態で、彼の精液が剝き出しの肌に絡みついている。

伽耶乃は、まるで全身を彼に支配されたような気がして、ほのかに喜びを感じていた。

2

本郷が神々廻邸に赴いた翌日。自由民政党本部で、緊急会議が開かれた。

総裁室には、筆頭副幹事長である本郷をはじめ、幹事長、政調会長、総務会長の党三役、副総裁の細野が招集された。何事かと地元から帰京し、党本部に集まったメンバーは、皆、小林の面相の変化に驚いている。

(よほどショックだったと見える)

小林の顔付きは、先週とはうって変わっていた。脂ぎっていた額からは汗が滲み、頰がげっそりと扱けて顔色が悪い。何か疾患《しっかん》があるのではないかと疑わせるほどだ。『巫女姫』の託宣が原因なのは明らかだったが、この場にいる者にそれがわかるはずもない。

神々廻家で本郷は、上司ともいえる小林に対して不遜な態度を取った。しかし、表立って叱責されることはない。拝謁料を負担したのは本郷で、しかも『総理の座を追われることになる』と託宣を受けたなど、ほかの人間に知られたくはないだろう。

とはいえ、小林も積極的に本郷の顔を見る気はなかったはずだ。それでもこの場に呼んだ理由はひとつ。

(解散を決めたか)

小林が現内閣を解散し、その後の総選挙を睨んでいるからにほかならない。

党の運営を担っている幹事長は、選挙では公認候補の決定や選挙資金の分配などの権限がある。むろん、筆頭副幹事長たる本郷も幹事長のサポートとしてこれらに携わっているため、選挙となれば会議から外すわけにいかない。

「総理。今日緊急閣議を開くと聞いたが、何かあったんですか」

口火を切ったのは、副総裁の細野だった。閣議とは簡単に言えば、内閣が意思決定を行う会議である。火曜と金曜の午前中に開かれる定例閣議と、その他に臨時で開かれるものがある。小林はこの後、臨時閣議に出席することになっていた。

「……野党は明日にも、内閣不信任案を国会に提出するだろう。与党内からも、賛成に回る議員が出ると耳に入っている。そこで私は、解散権を行使することに決めた」

小林の発言を聞き、本郷以外のメンバーに驚きが広がった。

(まあ、そうせざるを得ないだろうな)

『巫女姫』から総理の座に居続けられないと宣言されている以上、このまま内閣を維持していくにしても、もって九月までの政権だ。ただでさえ野党や世論から解散の声が高まっている今、解散総選挙に持ち込んで、自身への追及を逸らす狙いもあるに違いない。今日の臨時閣議で国務大臣からの承認を得て、国会で解散を宣言するのだろう。

(小林の最後の仕事になるかもしれないな)

本郷は内心で小林を嘲笑《あざわら》った。祖父の恒親は、先代『巫女姫』の託宣を受けられなかったが、小林は現『巫女姫』から引導を渡された。それも因果ゆえだろう。とはいえ総理として長期政権と言われるまでになったのだから、この辺りで一線を退いてもらわなければ後がつかえる。

「じつを言うと、党内からも解散を望む声が上がっていました。総理のご英断を無駄にしないように、我々は一丸となって選挙を戦い抜きましょう」

細野の声に党三役は大きくうなずいた。選挙になれば、党内は忙しくなる。本郷や細野などは、地元に顔を出すよりも、応援弁士として各地を飛び回ることになるだろう。

本来であれば、応援演説には総理の小林も駆り出されるはずだ。だが、不正問題を受けての解散総選挙となると、かえって候補者の足を引っ張る事態になりかねない。もっとも、野党は政権を狙って選挙に臨むのだ。小林が応援に来ずとも、自由民政党全体が厳しい選挙となるだろうが。

「それで総理、顔色が悪いようですが……お加減が悪いのですか？」

小林の用件が済んだところで、幹事長が声をかける。本郷以外の面々も気になっていたのか、その場の視線が小林に集中した。

「……少々疲れが溜まっているようだが、今は弱気なことを言っていられないからね。選挙が終わったら検査に行こうと思っている」

「そうですね。それがいい」

幹事長の言葉に、一同が同意を示す。本郷も同じように振る舞いながらも、もうこの男は終わりだと冷静に考えていた。

どう見ても精彩を欠いている。健康不安が囁かれれば、政治家にとっては命取りだ。しかも統計不正問題の元凶であり選挙を前にした時期だから、致命傷になりかねない。

（ここまでダメージを受けているとは面白い。この機会に葬《ほうむ》ってやる）

眼鏡の奥にある双眸に、凶悪な光が宿る。

『巫女姫』は、小林に『近いうちに、災いが訪れる』と告げている。『もう逃れることは叶わない』とも。

（どうとでも解釈できる託宣だ。どうせなら、災いを故意に作ってやればいい）

マスコミを利用して小林の体調不安を流せば、あとは勝手に憶測を書き立ててくれる。直接手を下さずとも、餌を撒いて少し待てば小林を追い込める。

「では、私はそろそろ閣議に向かう。しばらくは周囲がうるさくなるだろうが頼むよ」

小林がそう締めくくり、散会となった。党三役は総理を見送るべくともに総裁室を出て行き、中には本郷と副総裁のふたりだけが残る。その途端に、細野が耳打ちをしてきた。

「本郷くん、どう思う」

「どう、とは？」

不明瞭《ふめいりょう》な問いだが、小林の今後について指しているのだろう。あえて愚鈍に知らないふりで首を傾げれば、細野はにやりと笑う。

「もちろん総理のことだよ。そうとうの心労が重なっているようだねえ。総選挙を戦い抜いたとしても、次に控えている総裁選を勝ち抜けるかどうか」

「顔色が悪かったようですしね。ですが、我が党は総理の独裁ではありませんから。——副総裁が総裁選に出馬の際は、諸手を挙げて応援させていただきます。祖父も、次に総理になるのは副総裁のほかにはいないと申しておりました」

「恒親先生もきみも気が早いねえ。まあ、胸に留めておくよ。まずは目先の選挙だ」

そう言いながらも、細野はまんざらでもなさそうだった。現職有利とされている総裁選で小林と戦うのは骨が折れるが、目の上の瘤が自滅しようとしているのだ。これほど愉快なことはない。

明日、衆議院本会議場で、議長が天皇陛下の詔書《しょうしょ》を読み上げる。俗に言う七条解散だ。議場では、お決まりの万歳三唱を聞くことになる。

「本会議後の衆参両院議員会議まで、明日はお互い忙しくなりそうだねえ」

「ええ」

両院議員会議後は、役員と党員の写真撮影会になる。党員はここで、総理やその他執行部との2ショット写真を撮影し、選挙活動で使用するのだ。

「では、私はこれで失礼いたします」

本郷は細野と別れ党本部を出ると、自身の公用車に乗り込んだ。運転手は、私設秘書の新垣――神々廻家や小林の動向を探らせていた者である。

新垣は、本郷よりも二歳若く、今年三十七歳の男だ。いまどき珍しい七三分けの髪型のほかは、取り立てて目立つ外見ではない。中肉中背のどこにでもいるようなビジネスマンといった風体だ。それゆえに、裏で動かすにはちょうどいい。

「小林が神々廻家を出たあとの行動は？」

後部座席に乗り込むと、早々に報告を求める。党の幹部と同様に、小林の人相の変化が気になっていた。巫女姫の託宣にショックを受けたというだけでは説明できない異様な雰囲気だったからだ。主の問いに、秘書は如才なく調査した事実を口にする。

「まず、小林が神々廻家を出たのは、午後九時を回っていました。その後、自宅へ戻る前に病院へ寄っています。それ以外は特に目立った動きはありません」

「午後九時……俺よりもあの屋敷を出たのが遅かったというのか」

怪訝に思った本郷が眉をひそめる。

小林が警備の者に拘束されたのは、午後三時を回った時間だった。その後、伽耶乃とふたりきりになり謁見したのちに、本郷があの屋敷を辞したのは午後五時前だ。

「何をしていたんだ？　あの男は」

「神々廻家では、『巫女姫』へ無礼を働いた者に対する制裁がえげつないと噂があります。おそらく小林も、なんらかの制裁を受けたものと思われます」

「ふん、ますます厄介な一族だな」

（結局小林は、神々廻家に踊らされていただけというわけか）

いわば神々廻家のおかげで一国の代表となった男だが、一番逆らってはならない相手に粗相を働いてしまった。おそらく、二度と神々廻家に逆らわぬよう言い含められたに違いない。それも、人相が変わるほどの苛烈な方法で。

「引き続き、神々廻家から目を離すな。それと、〝小林は健康状態に不安がある〟とマスコミにリークしておけ」

「かしこまりました」

これで小林は苦境に立たされる。あとは来る選挙で元総理という肩書を掲げ当選できるか否かだが、これについても本郷には考えがあった。楽に選挙をさせてやるつもりはない。当落どちらに転ぶかは運もあるが、小林が得るはずだった票を削ることは可能だ。

党本部から車を走らせること三十分、新垣との打ち合わせが済んだころに、ちょうど目的の場所に到着した。都内某所にある雑居ビルである。

五階建てのビルは、一見すればなんの変哲もなく、みすぼらしくすらある。しかし普通と違うのは、出入り口が数か所設けられているところだ。前面、後面、側面に加え、各階からは、両隣の高層ビルに直結する連絡通路が設けられていた。密談に適した場所である。

高層ビルの地下駐車場に車を停めると、秘書に車で待っているように命じた本郷は、連絡通路から雑居ビルへと移動する。五階に到着すると、なんの看板も掲げていない鉄扉の前に立つ。すると、自動でドアが開いた。

「お待ちしておりました。お連様はすでにいらしております」

中に入ると、和装の女性に出迎えられた。

外側からは想像できないが、雑居ビルの中にあるのは高級料亭と呼ばれる店である。一階から五階まで完全な個室になっており、他の客と顔を合わさずに済む。以前赤坂《あかさか》の料亭を切り盛りしていた女将《おかみ》が経営しているとあってか、店員も一流で口の堅い者ばかりを雇い入れていた。人目を避けて会食したいときに、よく利用している。

和のテイストの廊下を進んでいくと、店員が部屋の扉を開けた。先客はすでに食事を始めている。本郷は「同じものを」と店員に告げ、中に足を踏み入れた。

「遅れて申し訳ございません、代表」

「いや、私が早く来過ぎたのだよ。気にしなくていい」

鷹揚《おうよう》に答えたのは、野党第一党・立憲国民党の代表である関山《せきやま》である。

この男もまた、祖父と関係のあった政治家だ。以前は自由民政党に所属していたが、恒親の引退と同時に離党して新党を旗揚げした。いわゆるたたき上げの議員で、恒親とともに自由民政党をけん引してきたうちのひとりだが、現自由民政党総裁であり総理の小林とそりが合わずに袂《たもと》を分かっている。

「懐かしいね。きみのお祖父さんともよくここへ来たものだ。まさか、孫のきみに呼び出されるとは思わなかった。時代が変わったということかな」

関山は豊富な白髪頭と年齢を感じさせせない若々しさで、女性人気が高い。自由民政党の幹部に見られる古いタイプの政治家ではなく、どこか飄然《ひょうぜん》として捉えどころがない。柔軟な思考を持った男である。だからといって、全面的に信頼は置けないのだが。

「先ほど、総理が解散を口にしました。今ごろは閣議でも議題に上がっているでしょう」

本郷はあえて本題から話を始めた。まず一番重要な部分から切り出すのは、相手の興味を引いて耳を傾けさせるためだ。これは、ＰＲＥＰ法、ホールパート法、アンチクライマックス法と呼ばれ、プレゼンテーションや交渉術、文書作成などで用いられる手法である。

「総理は七条解散を選んだか」

案の定、関山の目の色が変わった。今日この男を呼び出したのは、統計不正問題についてリークするためだった。本郷の手元には、まだ明らかにしていない情報がある。それを野党の代表に流すことで、小林を国会で吊し上げるつもりでいた。

しかし、状況が変わった。解散総選挙が決まったからだ。

「七月は、選挙一色になるでしょう。そこで、関山先生のお耳に入れたいことが」

「なんだね？」

「小林総理は、どうも健康に不安があるようです。総理は地元の静岡一区で盤石の支持を固めていますが、今回の毎勤統計問題に加え、健康不安ともなればどうなるでしょう」

本郷は言葉を切ると、関山を見据えた。皆まで言わずとも、党の代表に意味は通じる。

これまで小林の一強だった静岡の選挙区だが、ここにきて地盤が揺らいでいる。そうなると、他候補者——たとえば、立憲国民党の公認候補にもチャンスがあるわけだ。

立憲国民党の幹部クラスが応援に駆け付け、政治家としての小林の資質を問えば、浮動票は小林以外に流れることは明白だ。上手くすれば、落下傘候補であっても比例で復活できる可能性も十分にある。

「なるほど、参考にさせてもらうよ。それにしても、どうして私に情報を?」

「私は、今回の総選挙で政権交代もやむなしと考えています。政治の世界に限らず、一強体制には弊害《へいがい》もありますしね。今は、与野党のパワーバランスが偏っていますから」

「一強体制を許している我々には耳に痛い話だね。きみの情報、有効に使わせてもらうよ」

関山は相好を崩し、食事を再開させた。ここで自由民政党の情報を流すのは、何も小林を打倒するためだけではない。野党とのパイプを太くする狙いもある。

此度《こたび》の解散総選挙では、自由民政党に厳しい戦いとなる。政権交代とまでいかずとも、議席数を大幅に減らすことになるのは想像に難くない。安定した政権運営に必要と言われている議席の絶対安定多数とまでいかずとも、安定多数と言われる議席の確保すら難しいかもしれない。

そうなると、国会に提出された議案を審議する各委員会の議席も減ることになる。つまり、委員会で決議されなければ、本会議に上程されないわけだ。各委員会での審議をリードし、スムーズに本会議に議案を上程するには、相応の議員数が必要なのである。

本郷は選挙での議席数減を見越したうえで、関山に貸しを作った。これはいずれ、相応の返礼をしてもらうためだ。そう——たとえば、重要法案提出の際に協力を仰ぐのも一案だ。常に先を見据えて布石を打つ。それも議員に必要な資質といえる。

むろん、先ほど関山に語った一強体制への疑問も本心だ。野党は、いつでも政権を狙えるだけの力を蓄え、与党にプレッシャーを与える存在であるべきだと本郷は考えている。そのために、こうして代表と会っているのも、情報を共有し、パワーバランスを保つためだ。

「僭越《せんえつ》ですが、もうひとつだけ提案をしてもよろしいですか」

「なんだね？」

「選挙の結果次第では、野党の統一会派結成も考えたほうがよろしいかと」

本郷の提案に、関山が目を剝いた。統一会派とは、政策や理念をともにした議員たちが政党を超えて議会活動を行う際の団体である。先に控えた総選挙で、仮に立憲国民党が政権を取れずとも、野党が統一会派を結成すれば格段に議会活動の幅が広がる。

「政策のすり合わせは簡単にはいかないでしょうが……代表が野党の声をまとめ、統一会派結成を宣言すれば、他党でも賛同する議員が出てくるはずです」

「きみは、面白いことを言うね。党利に塗《まみ》れた今の自由民政党の議員にしておくのは、非常にもったいないよ」

関山は、「心に留めておく」と言って笑った。本郷は頷くと、運ばれてきた食事に口をつけながら、次に打つ手を考える。

（まずは総選挙、そして次に控える総裁選だ）

総理決定には、神々廻家が――『巫女姫』伽耶乃が関わってくる。彼女が巫女姫でいるうちは、その名にまだ利用価値がある。

自身の目的のために伽耶乃を巻き込むことに罪悪感はない。だが、それとは別に本郷の中に奇妙な感覚がある。

（あれを目の前にすると、どうにも感情的になる）

約半年後に理不尽に命を奪われるにもかかわらず、死を受け入れている伽耶乃に苛立ちを覚えたのが最初だった。簡単に命を諦めるのは、彼女が自分の生を〝生きて〟いないからだ。それに気づいていないのが、もどかしかった。

ただ利用するために近づいた。だが、彼女に本を与えて感想を乞い、知る必要のない名前を問うた。

極め付けは、伽耶乃に欲情したことだ。世間知らずの女に快楽を与え、生へ執着させるだけでよかった。依存させて言いなりにできれば、彼女が巫女姫でいるうちは利用価値がある。そのために、あの女に触れていたはずだった。

それなのに、本郷はあのとき伽耶乃が欲しくなっていた。己の半分しか生きていない、外の世界を知らない女。無垢《むく》で幼く憐れな――だからこそ美しいあの女を、この手で穢したいと思った。

自分の放った精液に塗れた彼女を目にしたとき、異様な高揚と仄暗《ほのぐら》い征服感を覚えた。めちゃめちゃに抱き潰し、女の中に射精したらどれほどの快感を得られるのか。想像するだけで下肢が煮え滾る。いっそあの場で犯してやろうかと、本気で考えていた。

常に己の立場を念頭に、理性的に行動してきた本郷にとって、自らの欲望に呑まれそうになったことなど初めてだ。

父母を亡くして以来、意図せず感情が揺らされることなどなかった。それが、伽耶乃と接していると、理性の外で行動している自分がいる。それがひどく居心地が悪い。

「本郷くんは、結婚はまだなのかい？」

食事を終えると、脈絡なく関山に尋ねられる。本郷は、「いずれご縁があれば」と言うに留めた。「祖父の眼鏡に叶う方がなかなかいらっしゃいませんので」と、予防線を張っておくことも忘れない。

答えを間違えれば縁談を勧められかねない。何度も経験していたため、いい加減にうんざりしていた。さすがに、『影の総理』と謳われた恒親に認められる女が条件となれば、滅多な縁談は勧められない。といっても、実際に祖父が結婚相手に煩《うるさ》いわけではなく、あくまでも方便なのだが。

「恒親先生の見る目は厳しそうだ。きみはイケメンなのにスキャンダルがひとつも出てこないのは、お祖父様が厳しいからか」

「ええ、そうですね。私を育ててくれた祖父には感謝していますので、なるべく意思を汲みたいと思っています」

半分程度の本音で答えると、この話題に他意はなかったらしく、関山は「恒親先生によろしく」と言って立ち上がった。

本郷が同じように席を立つと、「用心のため別々に」と言って部屋を出る。ビルは出入り口に配慮された造りだから、行き過ぎた用心にも思えるが、解散総選挙の発表前とあり、マスコミを警戒しているのだろう。

十分後、本郷は秘書の待つ駐車場へ戻った。後部座席に乗り込むと、新垣は周囲を確認したのちにゆっくりとアクセルを踏む。

「代表との会食はいかがでしたか」

「想定の範囲内だ。とりあえず、小林の選挙区を荒らすよう進言はした。あとは、代表の手腕しだいだろう。よほどの馬鹿を候補に立てない限り、いい戦いができるはずだ」

新垣に応えた本郷は、ポケットの中から携帯を取り出した。仕事用ではなく私用のものだ。滅多に人に番号を教えないため、こちらに連絡をしてくる人間はほぼいない。それでもチェックするのには理由があった。伽耶乃に、携帯を渡したからである。

神々廻家は徹底的に伽耶乃を外界から遠ざけている。屋敷から出られず、テレビ、ラジオ、新聞雑誌等の情報を得られる手段もない。だから本郷は、未使用の携帯を与えた。自分の連絡先を入れ、「何かあったら電話しろ」と告げてある。

いずれ伽耶乃を屋敷から連れ出すために、連絡手段を確保しておく必要があるため用意したのだが、彼女から連絡はまだ入っていない。使い方もよくわかっていないようだったから、メールを送るのも難儀しているに違いない。

（この俺が、自分以外の人間に世話を焼く真似をするとはな）

伽耶乃には、誰にも知られないよう携帯を所持するように言い含めてある。『巫女姫』

と個人的に連絡を取ろうとしていると知られれば、当主から屋敷への出入りを禁じられる恐れがあるからだ。今の状況で、それは得策ではない。

携帯には位置情報アプリが仕込んである。屋敷から出られない伽耶乃には必要ないかもしれないが、念には念を入れている。もしも外出できた場合を考えたためだ。居場所を摑んでおけば、そのまま連れ去ることも可能だ。

ふと思い立った本郷は、短いメールを打った。送信して携帯をポケットに戻したところで、新垣が不思議そうに問う。

「先生がそちらの携帯を使用されているのは珍しいですね」

「ああ。巫女姫との連絡に使うことにした」

秘書に答えながら、本郷は伽耶乃を想う。神々廻家から出たあとのことを彼女は気にしていたが、実際屋敷を逃げ出したところで生きていけない。それは本人も理解していた。

命を助けたあとのことまで本郷が責任を負う必要は本来ない。それでも放っておけないのは、絆《ほだ》されているのだ。脅されようとも、己の役目をまっとうしようとする愚直さに。絞り出すように助けを求めてきた憐れさに。そして——快楽を教えた男の手にたやすく堕ちる愚かさに。長らく息をしていなかった本郷の心が揺さぶられる。

(救世主か破壊者か……どう転ぶんだかな、俺は)

本郷はそこで意識を切り替え、来る解散総選挙へと考えを巡らせた。

3

（あ……）

自室にいた伽耶乃は、かすかな振動音を感じて慌てて携帯を手に取った。

初めて持つそれは、手帳型のケースに収められている。昨日の謁見で、本郷から与えられたものだった。淫らな行為を終えて身支度を整えると、彼から手渡された。

他の人間に見つからぬよう言われていたため、着物の帯に挟んでいる。その他に充電器や説明書ももらっていたが、これは文机の引き出しの奥底へしまい込んだ。

電話の掛け方以外の使用方法もあるが、いまいち使い方がわからないため、あまり触れていなかった。だが、画面を見るとメールが届いている。本郷からだ。『何かあったら電話しろ』という一文だけだが、伽耶乃の心は自覚できるほど弾んだ。

（返事をしたい……）

伽耶乃は説明書を取り出し、メールの返信方法を探した。慣れない手つきで画面をタップしていき、文章を作成する。平仮名だけの文字しか作れなかったが、なんとかメールを送ることができた。

今度はいつ会えるのか——本当はそう尋ねたかった。けれど、彼がこの屋敷を訪れるには大金が必要だ。おいそれと会いたいなどと言えるはずがない。

自分の気持ちを押し殺し、『わかりました。ありがとうございます』と返信した。

(……大丈夫。あの人とは、また会える)

自然にそう考えた伽耶乃は、自分の思考に驚いた。

本郷に助けを求めたときから、あの男に囚われてしまった。いや、初めて会って目を奪われたときから、すでに惹きつけられていたのだ。

自覚すると、甘酸っぱい気持ちになり、自身の胸に手を当てる。

伽耶乃の身体には、彼が残した鬱血痕がある。いわゆるキスマークが乳房に散らされていて、入浴時や着替えの際に意図せず目に映る。そのたびに本郷のことを思い出し、胸が締め付けられた。

あの男は、キスマークを『所有印』だと言った。『おまえが俺の女になった印だ』と。

そして謁見の間を出る前に、この印が消えるころにまた会いに来ると約束してくれたのだ。

(わたしは、あの人のものになったんだ)

心の奥にしまい込んでいた本音を暴かれたときから、本郷に身も心も捧げたも同然だった。あの男にになら、自分のすべてを委ねられると安堵した。

本郷に抱かれれば、『巫女姫』としての力は失せる。それは同時に、神々廻家の終焉を意味していた。でも、そういったしがらみをすべて捨てて、ただの一個人として……彼に抱かれたいと思ってしまった。

（……あの人に会いたい）

伽耶乃は、生まれて初めて欲望を持った。〝二十歳〟という死を迎えるまでの道のりを粛々《しゅくしゅく》と歩むばかりだった人生の中で、ごく個人的な欲を抱いた今が一番充足感がある。

「巫女姫、当主がお呼びです」

障子の外から使用人に声をかけられる。伽耶乃は「わかりました」と返事をし、携帯を帯にしまい込む。巫女姫の自室に無断で入る輩はいないが、何があるとも限らない。肌身離さず持っているほうが安全だろう。

使用人のあとから廊下を進み、祖母の私室の前に立つ。伽耶乃はいつもよりも緊張しつつ、部屋の中に入った。

「お呼びでしょうか、お祖母様」

伽耶乃の問いかけに、阿佐伽は無言で顎を引いた。目線で座布団を示され、静かにそこへ腰を下ろすと、厳しい視線を向けられる。

「昨日は、不埒な輩がいたらしいな。大事ないか」

「はい。総理の同行者の方が取り押さえてくださいました。そのあとは、すぐ警備の者に任せましたので」

「その同行者……本郷といったな。『覇王』ではないかと申していたが、『視えた』か？」

「……はい」

祖母に首肯した伽耶乃は、にわかに鼓動が忙しなく鳴った。

正確に言えば、昨日は本郷を『視て』いない。それどころか、淫らな行為に耽っていた。その最中に『視えた』などとは、口が避けても言えない。それなのに、ひとたび思い出すとぞくりと肌が粟立った。

本郷の舌や昂ぶりで己の恥部を擦られる感触を肌が覚えている。あの男に晒していない部分など見当たらないほどに、全身を愛撫された。昨日の出来事を脳裏に思い浮かべると、体内に熱がこもる。ずくずくと疼き、ただ座っているだけなのに額に汗が滲んだ。

「……それで、本郷は『覇王』か」

阿佐伽の声で我に返った伽耶乃は、小さく頷いて見せた。

「はい。あの方は、『救世主、もしくは破壊者となる者』――間違いございません」

「そうか。ならば、次代の『巫女姫』が首相に指名することになるだろう。おまえは、本郷が首相となるまでのつなぎを選べばよい」

「え……」

「おまえに摑みかかろうとした男は、もう総理ではいられぬからな。近々行われる選挙にて勝利した党より総理を選ぶのだ。候補はこちらで用意しておく。おまえはその者たちを『視る』だけでよい。だから、あまり本郷に肩入れするでないぞ。ひとりに執着を見せれば、長く神々廻家が維持してきた『巫女姫』の価値が下がるのだ」

祖母の言葉にギクリとする。本郷を特別視していることを見抜かれた気がしたからだ。ただでさえ彼は頻繁《ひんぱん》に屋敷に通っていた。それに加え、伽耶乃自身が『もう一度本郷を視たい』と阿佐伽に直訴《じきそ》している。

「滅多に出会えない『覇王』を見たのです。肩入れしてもしかたのないことだと思います」

つい反論した伽耶乃に、阿佐伽が怒声を発した。

「お黙りなさい！　当主の私に口答えするでない！」

恫喝《どうかつ》されて、びくっと肩を震わせる。これまで祖母の言葉には、『かしこまりました』と答えるだけだった。巫女姫として粛々と務めを果たすことを求められ、伽耶乃自身も疑問を持っていなかった。

しかし、本郷と接するうちに、伽耶乃に欲が芽生えた。

『巫女姫』として『奉納』されて命を失うのではなく、ひとりの女として生きたい。良くも悪くもこの屋敷に守られて生活してきたため、人よりもできることは少ないだろう。

それでも、本郷は言ってくれた。『俺がおまえの生きる意味になってやる』と。

「……申し訳、ございませんでした」

阿佐伽に反駁《はんばく》したい気持ちを抑え、伽耶乃は深々と頭を下げた。ここで祖母に逆らうのは得策ではない。怒りを買って、本郷との謁見を禁じられたら困るからだ。

(お祖母様に逆らうなんて、これまで考えもしなかった)

伽耶乃は祖母に謝罪しながらも、己の変革に驚いていた。ただ人形のように過ごしていた日々からは考えられないくらいに、強い感情を抱いている。

(あの人が、わたしを変えた)

触れられた記憶だけで火照ってしまうほど身体は淫らになり、絶対的な存在の祖母に反感を持つほど自我を芽生えさせている。

けれどその変化は、決して不快なものではない。むしろ、ずっと抑圧されてきた自我が解放され、清々しさすら感じている。

「わかればよろしい。くれぐれも、己が『奉納』される身であると忘れぬようにな。おまえの身体は、おまえのものではない。神に捧げるためのものだ」

阿佐伽はいっさいの情を感じさせない声音で告げると、退室を命じた。立ち上がって一礼した伽耶乃は、祖母の部屋を辞してからひっそりとため息を零《こぼ》す。

(血のつながったお祖母様でさえ、わたしを道具にしか見ていないのに……あの人は、わたしを人間として扱ってくれる)

帯の内に隠した携帯に、布越しに触れる。本郷と繋がれる唯一の手段は、離れていても彼に守られているような気にさせていた。

4章　解散総選挙

1

国会閉会寸前に小林内閣が解散を宣言したことで、メディアは選挙報道一色になった。野党の内閣不信任案提出の報を受け、「国民に信を問う」と小林はマスコミに告げているが、実情では統計不正問題の収拾を目論んで解散した恰好だ。「小林は、不正問題からの疑惑逃れで解散した」「党利党略の大義なき解散だ」とマスコミは騒ぎ立て、それに比例して自由民政党への有権者の目が厳しくなっている。

（どれだけ議席を確保できるんだか）

七月上旬。自由民政党党本部にある小会議室で開かれた選挙対策会議に出席していた本郷は、内心でごちるとため息をつく。

選挙日程が公示されたのは、七月に入ってすぐのことだった。期間は、七月十五日から二週間。投開票は二週間後の日曜に決まった。

解散から公示まで短期間で行うことができたのは、国会が閉会間際だったことも大きい。だが、自由民政党にとって逆風の中での選挙戦になることは明らかで、党員の表情は曇っている。短期決戦、しかも準備不足なことも否めず、また、自由民政党の看板は今回の選挙に限って邪魔になるからだ。

選挙に落ちるようなことがあれば、国会議員ではなくなる。つまりは無職だ。それに、選挙にはかなりの金が必要になる。公認料や政党交付金と言われるいわゆる選挙資金は、解散が決まったその日に自分が所属する派閥の事務所から現金で受け取れる。加えて、自由民政党の各派閥は、六月に氷代、十二月に餅代《もちだい》と称して数百万の金が現金で手渡される。それは、昔から続く慣習だ。

しかしそれでも、選挙でかかる金を賄《まかな》えないことがある。

まず立候補するためには供託金《きょうたくきん》、および、共通経費を収めねばならない。小選挙区と比例代表の重複立候補には、六百万が必要になる。自由民政党ではこれらの金は党が負担しているが、他党の候補者らはこの金が用意できなければ立候補すらできない。

細かに列挙すればキリがないが、選挙中は湯水のように金が出ていく。実際、新人議員などは自分の貯金を切り崩して選挙に臨む者もいるくらいだ。

今は小選挙区制度になって久しいが、中選挙区制度の時代の選挙資金はすべて候補者個人の持ち出しだったという。よほどの資産家でもない限り、立候補すらできなかったろう。（それでも政治家という職業にしがみつく。高尚な志を持っている者などいないだろうに）

本郷は、応援弁士として赴く地域を入念に確認し、小会議室を後にした。候補者の名前を頭に叩き込み、来歴から導き出されるエピソードとご当地ネタを拾うため、秘書に資料を準備させねばならない。

自身の選挙区に入れるのは、今のところ最終日しか見当たらないほど過密スケジュールだ。だが、それでも本郷の地盤は固い。日ごろの活動に加え、私設秘書たちには地域活動に積極的に参加させている。すべては選挙のため。自身の当選を盤石にするためだ。

そのほかに、本郷が秘書に持たせている鞄《かばん》には、各選挙区の過去の得票率、政党支持率、世論調査の結果が詳細に記されたデータの入ったタブレット端末が入っている。これらのデータから、時節に合った選挙戦略を練る。それが、本郷の戦い方で強みでもあった。

党本部を出た本郷は公用車に乗り込むと、運転席にいる新垣に声をかけた。

「今回は全国行脚になりそうだ。まず応援候補者、特に新人候補の選挙区に人を遣り、誰の地盤だったか調べ上げるんだ。人はいくら使っても構わないから、県議や市議の名前と来歴も忘れずに調査しろ。それと、祖父と交流があった人物の墓がないかも確認しておけ。

もしあれば、墓参りの手筈を整えろ。時間は、必ず応援演説の前だ。いいな」

「かしこまりました。しかし、なぜ墓参りなんですか」

「むろんアピールに決まっている。関わった人物は、たとえ故人であっても忘れていない、となる。たとえその家が対立候補の支持者だとしても、故人を偲んでくる人間に悪い感情は抱かないだろう。それは、その家のみならず親類縁者まで話が伝わる。〝自由民政党の本郷拓爾がわざわざ墓参りに来てくれた〟という事実の積み重ねだ」

気の遠くなるような地道な活動だ。しかし、有権者が人間である以上、情に訴える行動は有利に働く。政治家は、〝この人なら自分たちの暮らしをよくしてくれる〟というイメージを付けることが大事なのだ。そこをおろそかにすると、たちまち落選する。

もちろん、闇雲に靴の底をすり減らし、ひとりひとりの声を聞けばいいというものではない。選挙区の有力者を把握《はあく》し、パイプを繋いでおくことが大前提だ。

(だが、都市部はそう簡単にはいかない)

特に票読みが難しいのは、タワーマンションのある選挙区である。なぜなら、なんの地縁もない人々――隣人の顔すらも知らないような人間の集合体だからだ。セキュリティも厳しく、敷地内に選挙カーを入れることもできない。たとえ選挙カーが近くを走ったとしても、高層階の住人には候補者の名前すら届かないだろう。

選挙区に住まう人々が何を求めているのか、どういった戦法が有効なのかを知らなければ選挙で勝ち抜けない。本郷は祖父から継いだ地盤で勉強し、独自の嗅覚《きゅうかく》で勝ち方を嗅《か》ぎ分けている。

「公示日はどちらへ行かれるのですか？」

「俺はひとまず関東近県だ。その後の情勢によっては、臨時で呼ばれることになる」

今回は自由民政党に逆風が吹いている。政策を訴えたところで、有権者は不正問題にばかり目がいき、肝心の政策など二の次になる。

「厳しい選挙戦になりそうですね」

「こういうときに選挙コンサルが来たら、胡散臭くても新人議員は引っかかるだろうな」

何気ない言葉に、新垣が生真面目に返答する。

「確かにそうかもしれません。特に自由民政党の公認候補は、保守系が強いとされる選挙区でも苦戦を強いられるでしょう。さすがにうちの事務所には怪しげな〝選挙屋〟は来ませんが、新人は狙われやすいかもしれませんね」

総選挙の時期に、「任せてもらえれば必ず勝てる」と豪語して事務所の門をたたく輩がいる。いわゆる選挙コンサルタント、選挙屋などと呼ばれる連中だ。会社を設立して看板を掲げているまともなコンサルもいるが、中には法外な金だけを要求してろくな働きをしない輩もいる。本郷には縁がない商売をしている者たちだ。

「……選挙屋を上手く使えば、苦戦している選挙区をかく乱できるかもしれんな」

本郷はタブレットを鞄から取り出し、自由民政党以外の新人候補者を抽出した。そこから過去の政党支持率や得票率を割り出し、しばし考え込む。

苦戦が予想される選挙区は、現時点で六区程度。選挙が始まれば予想通りにはいかないが、少なくとも自分が応援に向かう選挙区の候補者は勝利させたい。そうでなければ無駄足になるからだ。

「……立憲国民党の公認で二期目を狙う候補がいるな。ここにコンサルを派遣させたら面白いかもしれないぞ」

「立憲国民党の候補に、ですか？」

「一期目の国会議員は、国政で何もできない。官僚にも舐められてろくなレクチャーも受けられず、ようやく三期目で存在が認められるんだ。こいつは、是が非でも議員にしがみつきたいだろう。しかもこの男、親は地元の名士だ。金回りはよさそうだな」

口の端を引き上げた本郷は、秘書に「個人で動いている選挙コンサルを敵陣営に派遣しろ」と告げた。法人化しているコンサルタント会社には依頼できない手だが、個人で動いている怪しげなコンサルは金さえ払えばなんでもする。それがたとえ、〝わざと選挙に負けるように仕向ける〟ことでも。

有能であればあるほどに、巧妙に負けへ導くことだろう。選挙は文字通り戦争だ。敵に塩ならぬ猛毒を贈ることもある。

「かしこまりました。コンサルタントの名簿から、ピックアップしておきます。それと、入手した〝爆弾〟を仕掛ける時期はいつごろがよろしいでしょうか？」

「当然、選挙期間中だ。なるべく派手に爆発させてやれ」

衆議院議員の任期は四年だが、戦後、任期を満了したうえで選挙となった例は一度きり。あとはすべてなんらかの理由によって解散総選挙となっている。前回の総選挙は一昨年に行われた。その際本郷はある情報を仕入れている。

「それと、積極的にSNSも活用していけ。……どこの党の幹部も爺ばかりでネットには疎《うと》いからな。敵陣営をネットで炎上させるように仕向けてもいい」

二〇一三年に公職選挙法が改正されて以来、政党や候補者、有権者がネットを通じて〝特定の〟候補者への投票を発信することが可能になった。だが、ネット上での選挙活動はまだ上手く機能しているとは言いがたい。

法を犯さないギリギリのラインでネットをフルに活用しつつ、昔ながらのどぶ板と呼ばれる選挙法を効率的に行えるかが肝になる。

（さて。ショーの始まりだ）

議員の死活を懸《か》けた、総選挙という名の盛大な椅子取りゲーム。選挙戦を前に、本郷はまるで遊戯《ゆうぎ》を楽しむような心地で悠然《ゆうぜん》と構えていた。

2

七月十五日。衆議院議員総選挙公示日を迎えた。

街では候補者のポスターが貼られ、メディアも大々的に報道している。各党の党首らは公認候補の選挙区に赴き、政党の公約を声高に掲げて有権者に訴えた。もちろん本郷もそのうちのひとりである。

「――人口減少の一途を辿っている今、現行の社会制度や経済政策を抜本的に見直す必要があります。我々自由民政党は、少子高齢化対策、年金支給への不安の解消をお集まりくださった皆様にお約束いたします」

今日訪れたのは、千葉の選挙区である。ワイシャツにノーネクタイというクールビズを意識した恰好だが、じっとりと肌に汗が纏わりつく。湿度以上に、集まった人々の熱気がこの場の温度を上げている。

「我が党は、現在苦境に立たされています。野党は先の統計不正問題を争点に、この選挙を戦うつもりでしょう。しかし、まずは政策に耳を傾けていただきたい。そのうえで有権者の皆さんにノーを突き付けられるのであれば、結果を受け止める覚悟です」

〝自由民政党候補〟の名前が大きくラッピングされた街宣車の上で、本郷はマイクを片手に声を張る。

夕刻の駅前広場には、会社帰りのビジネスマンや野次馬などが多く集まっていた。本郷が来ることは事前に告知されており、テレビカメラも数台入っている。演説の様子は、ローカル局と全国区のプライムタイムで流れることになるだろう。

聴衆は、本郷を目当てに集まった人々ばかりで、候補者に見向きもしない。だが、それでいい。集まった何名かでも候補者の名前を覚えさせることが役目だからだ。

こういった街頭演説では、自由民政党の党員に動員をかける場合がある。たとえば、知名度が高くとも人気度の低い党の幹部などだ。支持政党が街頭演説を行う際、企業団体や労働組合などが集客のために号令をかけるのだ。

しかし、本郷の場合は動員をかけずとも集客力がある。清廉な若手政治家として自身のイメージを固めていることに加え、ずば抜けて優れた容姿から女性支持者も多い。

今日訪れた選挙区の候補者も本郷と同年代で、「これからの日本を担う若者」という印

へ。

象を与えるように若さを強調させた。

時にくだけた口調で抑揚をつけて聴衆に語り掛ける弁舌は、本郷の演説の特徴だ。長々と話していても意味はない。強烈に印象づけるワンフレーズが必要だと、これまで選挙を戦ってきて肌でわかっている。

ところが、演説の締めに入ろうとしたとき、聴衆のひとりから野次が上がった。

「そんなことより総理の不正を明らかにしろ！　政府の隠蔽《いんぺい》体質にはうんざりだ！」

すぐさま野次を飛ばした人間を止めるべくスタッフが走る。しかし本郷はマイクを通し、スタッフを制止した。

「貴重なご意見ありがとうございます！　隠蔽体質と思われるのは、今の自由民政党に問題があるからです」

一瞬、騒々しかった駅前広場に静寂が訪れた。本郷はさらに畳みかける。

「ご批判もご声援も、すべての声に耳を傾けます。怖いのは批判ではない、無関心です。ですから、どのような声でもまず我々に届けていただきたい。皆さんのご意見を反映していくのが我々の仕事です。こちらの候補者の田中くんは、皆さんの声を真摯に聞くことのできる政治家だと私は考えます！」

わっ、と聴衆から拍手と歓声が上がった。

本郷は候補者にマイクを渡して肩をたたき、聴衆に手を振った。街宣車から降りると、すぐにスタッフや秘書らに囲まれて移動車へ向かう。

車の運転席には、いつものように新垣がいる。本郷が乗り込むと、高速へ向けて車を走らせながら、感嘆したように言う。

「お見事です、先生。まさか野次を候補者の紹介に利用するとは。演説時間も予定通りに収まっていました」

「あの手の輩は、排除するよりも利用するほうが効果的だ。下手にあの場から退場させれば、聴衆の意識とテレビカメラはそちらに向くからな」

言いながら、本郷は先ほどの場面を思い出す。一段高い場所から見ていたからわかるが、野次が放たれた瞬間、聴衆の視線やテレビカメラが街宣車から逸れた。そのまま候補者にマイクを渡すことは悪手だし、聴衆に反論するとさらに印象が悪くなる。

あの場で必要だったのは、政治家として寛容な姿勢を示すことだ。一昨年に行われた選挙戦では、他党の党首が野次を受けて反論した様子がニュースで流れた。その後、SNSでの党首の評判は最悪で、ネットでの政党支持調査に影響を及ぼす事態になっている。

「先ほどの様子は、ニュースで大きく扱われるだろう。動画は撮影したか?」

「はい。ぬかりなく。SNSで拡散されるように手配済みです」

動画は政党の公式アカウントではなく、本郷の個人アカウントにアップされる。それとは別に、フォロワー数の多い一般ユーザーに拡散させる手筈《てはず》を整えていた。むろん強制ではなく、あくまで面白いと思える素材のみを拡散するよう言い含めている。SNS利用者は、話題になりそうな動画や画像に鼻が利く。今日の動画にも食いつくはずだ。

タブレットを取り出した本郷は、明日の遊説先についての情報を頭に叩き込み、ふと視線を上げる。すると、車が高速に入ったところだった。まだ陽は沈みきっていないが、楽しめるような景色は見られない。

ふと思い立ち、私用の携帯を取り出す。しかし、伽耶乃からの連絡は入っていなかった。

（まるで待ち望んでいるようだな）

このところ、選挙対策や会議に追われ、神々廻家を訪れる暇がなかった。自分から連絡を入れてはいなかったが、こうして時間が空いたときに携帯はチェックしている。

他人に心を砕くことなど皆無だったが、伽耶乃に関しては妙に気にかけている。彼女があまりにも、浮世離れした状況で育てられてきたからだ。

『巫女姫』などという特異な立場に置かれ、命の期限すら決められていた女。伽耶乃と出会って最初は苛立ちを覚えていたが、ついには己の理性を狂わせる強烈な劣情を抱くまでに至った。けれど今は、また別の感情が芽生えている。

選挙関連の雑事で忙殺されていても、ふと気づくと伽耶乃の顔が思い浮かぶ。そうして携帯を確認し、連絡がないことがわかると、今度は何をしているかが気になった。

(他人の世話を焼くような性格でもない。それが、何をどう間違えたんだかな)

父母が亡くなってからというもの、己の利になることだけを第一に生きてきた。

これまで他者を顧みることをしなかったのは、両親が轢き逃げという理不尽な目に遭って命を奪われたから。善良で優しい彼らが、なぜ死ななければならなかったのか。この世の無情に耐えるには、自らが無情となって不条理な世界を受け入れなければならなかった。

それなのに、伽耶乃を見ていると感情が動く。あの無垢な瞳に、屋敷以外の景色を見せてやりたいと、なんの利も考えずに思うほどに。

自分で考えていたよりも、両親の死は本郷の心に影を落としていた。本郷に自覚させたのは、間違いなく伽耶乃である。

「……用もないのに気になるのは、およそ理性的ではないな」

ひとりごちた本郷に、新垣が瞠目する。プライベートな会話など、いままでにほぼしなかったからだ。

「何を指してそうおっしゃっているのかわかりかねますが、気になる相手が人であれば連絡すればよいのでは？」

もっともな返答に、本郷は「忘れろ」と言って苦笑した。

「今は些事《さじ》に構っている場合じゃないからな。足元を掬《すく》われないように気を張っていなければ、後ろから撃たれる羽目になる」

（そうだ。よけいな感情に囚われている時期じゃない）

政治の世界では、大きな変化があるときに〝風が吹く〟と言われるが、選挙もそれは同様だ。今回の選挙では、野党に風が吹いている。野党が大幅に議席を増やすことは確実だ。

政権交代があってもいい。だが、大敗だけは避けねばならない。何事もバランスが必要だ。どちらかに天秤《てんびん》が傾き過ぎては物事は歪《いびつ》になる。それは何も政治だけに限った話ではないだろう。

だから本郷は、現職の総理・小林を陥れる真似をしながらも、野党が苦戦するような〝爆弾〟も手中に収めている。情勢如何では、SNSを駆使してネガティブキャンペーンを張る準備もあった。これらはもちろん、本郷の名のもとに行われるわけではないが。

「ネットニュースに、さっそく先ほどの演説の記事が出ているぞ」

タブレットに表示されたトピックスを見て、本郷が唇に笑みを刻む。

大手ポータルサイトのトップに、野次にも柔軟に対応する本郷の様子が写真つきで掲載されていた。これは予想通りだったが、関連記事の見出しを見て喉を鳴らす。小林の記事が出ていたのだ。千人単位の動員をかけて人を集めたはいいが、周囲を囲むようにして『今すぐ辞めろ』と書かれたプラカードを持った団体が押し寄せていたという。

党内での小林の求心力はもとより、国民の支持も地に落ちた。この国は、一度『悪』だと認定されれば、正義の名のもとに袋叩きにされる。悪者は完膚《かんぷ》なきまでに叩き潰して構わないのだと疑わない。おそらく小林は、遊説に行く先々で同じような目に遭うだろう。

(小林はもう気に留める必要はないな。あとは野党があまり調子づかないように、時期を見て醜聞《しゅうぶん》を流しておけばいい)

本郷はタブレットから車窓に目を移す。議員生命を懸けた二週間の戦いのゆくえを見据えるように、瞳は険しさを増していた。

3

同日の夜。伽耶乃は不意に何かに呼ばれた気がして、自室の窓を開けた。

まだ梅雨は明けていないが、夜空は明るく月が出ている。夏独特の蒸し暑さを感じながら、ぼんやりと月を眺めた。

本郷から預かっている携帯には、日々様々なニュースが入ってくる。最初は驚いたが、最近は目を通すのが日課になっていた。政治のニュースが主だが、今日は本郷の写真入りの記事が上がっていたから、食い入るように読んでしまった。

選挙戦が始まり、彼は他の候補者の応援に行っているらしい。こうしてニュースになっているのを見ると、自分の知っている本郷とは別人のようだ。そして改めて、この屋敷が隔絶された世界なのだと思い知る。

(わたしは、何も知らない。……知ろうともしなかった)

『巫女姫』としてしか生きてこなかった自分は、同じ年代の人々よりも経験が少ない。本郷の手を借りて外に出たとして、果たして生きていけるのか。彼と話していると大丈夫だと信じられるが、ひとりになると不安が伸し掛かってくる。

本郷に刻まれたキスマークは、すでに消えてしまった。今は、携帯だけが彼と自分を繋ぐ唯一の拠りどころだ。

(……会いたい)

気を抜くと、彼に連絡してしまいそうになる。しかし、それは我慢した。本郷には今後迷惑をかけてしまうことになる。これ以上の手間をかけさせるのは申し訳ないからだ。

巫女姫として客人を『視る』以外に、伽耶乃に価値はない。それでも、あの男はこの屋敷から救い出してくれるという。彼はリスクを負うだけで、なんのリターンもない。それどころか、巫女姫ではない伽耶乃はお荷物でしかないというのに。

（あの人に、嫌われたくない）

この身は本郷に捧げると決めた。それしか差し出せるものがないからだ。彼が伽耶乃に与えてくれるものと比べたら、なんとちっぽけなのだろうと自嘲する。

（そういえば、この本にも書いてあった）

本郷から借りた岩淵某という作家の本ではなく、恋愛を主題にした小説の一節が脳裏に浮かぶ。

『会いたいと思うのは恋の始まり』――本に書いてあった一文だが、実際に体験すると腑に落ちる。伽耶乃が本郷に抱く気持ちは、小説の理屈に則れば〝恋〟ということになる。

今まで生きてきて、そんな気持ちを抱いたことはなかった。

おそらく、顔を見たら近づきたくなる。近づいたら、触れたくなる。あの冷ややかな瞳に自分が映ることが嬉しい。けれど、己の状況を考えたらひどく浮かれた感情だ。

この屋敷から伽耶乃を連れ出すのは容易ではない。彼にリスクを負わせるのだから、せめて嫌われないようにしたい。といっても、それには本郷を理解する必要がある。しかし、彼について知っていることはあまりに少ない。

携帯に流れてくるニュースに目を向けて考えていると、本郷のプロフィールが載っていた。本郷拓爾、三十九歳で独身。祖父の恒親の地盤を引き継ぎ、議員の道へ進んだ。自由民政党に所属しており、クリーンなイメージと端整なルックスで、女性の支持者も多い。

不特定多数に向けて発信された情報では、理解するには程遠い。伽耶乃があの男について知っていることといえば、『大望』を抱いているということ。そして、数百年に一度現れるかどうかの希少な存在、『覇王』だということだけだ。

(そういえば、あの人には伝えていなかった)

最初は彼が『覇王』だと断言できなかった。初めて『視た』光景が強烈すぎたからだ。けれど、今は確信をもって言える。彼は、この世界の救世主か破壊者になる。そして伽耶乃にとっては、命を助けてくれる救世主であり、閉ざされた世界を破壊する者だ。

(わたしは、あの人に何ができるだろう)

伽耶乃の名を呼び、命を救おうとしてくれている本郷。せめて自分が、彼にとって重荷にならなければいいと願う。

つらつらと考えていたものの、簡単に答えが出ない課題だ。窓の外から視線を外すと、敷かれている布団に入る。すると、不意に携帯の振動音が聞こえた。

「っ……」

眠るときは、携帯は枕のそばに置くことにしている。この部屋を訪れる者は限られており、よほどのことがなければ携帯が見つかることはないが、近くにないと不安なのだ。

また何かニュースが入ったのだろうかと、ケースを開いて画面を見る。けれども予想に反し、着信を知らせる表示になっていた。驚いた伽耶乃は、慌てて画面をタップする。

「は、はい……」

『電話の出方はわかるようだな』

開口一番に不遜な物言いをしたのは本郷だった。まさか電話がかかってくるとは思わなかっただけに、声が上擦ってしまう。

「使用方法は、説明書で勉強しました。……何か、あったのですか？」

メールではなく直接電話をかけてくるくらいだ。よほど緊急の用件があるのかと、伽耶乃は身構える。けれども男は、「別にない」とやや低い声で答えた。

「え……それなら、どうして……」

『さあ、どうしてだろうな。ただ、気が向いただけだ』

素っ気ない声が鼓膜を震わせる。男の声を聞くだけで、気分が高揚している。携帯を介して届く本郷の声は直接会っているときより低く聞こえるが、近くで話しているような錯覚を覚える。それが、妙にくすぐったい。

胸が掻《か》き毟《むし》られるような切なさと幸福感がない交ぜになり、つい携帯に強く耳を押し当てる。そうしなければ、『会いたい』と口走ってしまいそうだったから。

「……ニュースを見ました。あなたの写真が写っていて……大勢の人に囲まれていました」

『ああ、今日の応援演説か。あの調子で各地を回ることになる。だから神々廻家に行くのは、選挙が終わってからだ』

「二週間後、ですね。……ちょうどよかったのかもしれません。祖母に、あなたに肩入れしすぎるなとくぎを刺されました」

伽耶乃は自分の感情を抑え、阿佐伽に言われたことを話した。

小林は、もう総理ではいられないと言っていたこと。選挙で勝利した党の中から総理を選ぶこと。そして、ひとりに肩入れすれば『巫女姫』の価値が失われること。

「でも、お祖母様に反論してしまったのです。『覇王』に肩入れするのはしかたのないことだ、と。……あなたは、『救世主、もしくは破壊者となる者』──そう託宣のあった者は、神々廻家では『覇王』と呼んでいるのです」

『俺が、その覇王とやらだと？』

「……はい。あなたは、偉人と呼ばれる人たちと同じように、後世に名を残す存在になります。わたしは、それを見届けたいと思っていました。でも、『奉納』される身だから諦めなくてはいけないと思っていて。だけど」

『見届ければいいだろう』

「え……」

当然のように告げられて目を見開く。本郷は、どこか呆れたように続ける。

『覇王だかなんだか知らないが、俺は俺のやりたいように行動するだけだ。おまえを助けると約束したのを忘れたのか？　おまえは奉納されることはない。いくらでも俺のそばで見ていればいい』

強い言葉だ。この男がいつも自信に満ち溢れているのは、それまで困難を乗り越えてきた自負があるからだ。善か悪かという単純な規範ではなく、自らの信念に従って行動している。だから、強い。

「……わたしは、あなたに嫌われたくない。あなたにリスクを負わせるだけの価値は、わたしにない。……それが怖いんです」

伽耶乃は、抱えていた不安を吐露した。この男は、神々廻家に関わらずともなんら生活に影響しない。一方の自分はといえば、本郷にすべてを背負わせなければ命を繋ぎとめておけないのだ。いつか彼に疎まれる日がきたとして、それを受け入れられる自信はない。

『やはり、くだらないことを考えていたか』

携帯越しにため息をついた本郷に、びくりと肩を震わせる。

「す、すみません」

『謝罪はいらない。いいか、よく聞け。おまえの価値はおまえが決めるものじゃない。それに、〝俺が〟おまえを助けると決めた。その際に負うリスクなど些細なものだ。その程度のものを片付けられないと思われるほうが不愉快だ。見くびるのも大概にしろ』

「……すみません。あなたを侮っているわけではないのです」

『知っている。おまえは〝生きる〟と決めて、不安になっているんだろう。だが、俺の負担は考えるな。ただ、生きてその屋敷を出ることだけを考えろ』

言葉だけを聞けば怒っているようだが、口調はそうではなかった。子どもに言い含めるようなやさしさが感じられる。

価値はなくても生きていていいと、そばにいてもいいと本郷は言う。いっさいの躊躇なく存在を肯定され、眼窩《がんか》の奥が熱く潤む。

(ああ、この人の揺るぎなさに、わたしは惹かれているんだ)

改めて自覚すると、ようやく腹が決まった。まだどこかで『奉納』を逃れることに罪悪感があったが、彼はそんな迷いすらくだらないと切って捨ててくれる。

「わたし……二十歳を過ぎても生きていけるように……それだけを考えます」

『それでいい。当主は適当にあしらっておけ。従順なふりをしていれば、あの手の輩は満足する。あの婆様《ばあさま》は、変化を恐れているだけだ』

本郷の言い方が可笑しくて、つい笑みが漏れる。神々廻家の当主といえば、政財界でも一目置かれる存在だが、この男にかかれば〝婆様〟になってしまう。それが面白い。

笑っていることに気配で気づいたのか、本郷が怪訝そうに問う。

『何がおかしい?』

「いえ……お祖母様は、わたしにとって絶対的な存在でした。でも、あなたにとっては、ただの〝婆様〟なのだと思うと……面白いと思ったのです」

『それはおまえが、当主に逆らうことを許されなかったから畏縮していただけだ。その屋敷を出れば当主はただの婆様だし、おまえはただの女だ』

断言した本郷は、「また連絡する」と言って通話を終わらせた。しばらく切れた携帯を握っていた伽耶乃は、大切にそれを枕の脇へ置く。

時間にすれば、ほんの五分程度の会話だった。それでも、本郷の声を聞いたことで生気を取り戻している。あの男に気にかけてもらえて嬉しいと訴えるように、心臓は拍動を速め、表情は自然と柔らかくなった。

(……頑張ろう。せめて、あの人に煩わしい思いをさせないように)

布団に入って決意すると、伽耶乃は幸せな気持ちで目を閉じた。

衆議院選挙が始まって五日後。長かった梅雨が明け、雲ひとつない青空が広がった早朝に、客人の訪れを知らせに使用人がやって来た。

「巫女姫、お客人がおいでです。それと、阿佐伽様より、ご伝言がございます」

部屋の外から声をかけられ、伽耶乃は「お祖母様から?」と首をかしげた。使用人は断りを入れて入室すると、「〝客人をよく『視よ』〟とおおせでした」と伝え、頭を下げる。

(よく『視よ』……ということは、いつものお務め以上の何かがあるということ?)

使用人に承知の旨を伝えた伽耶乃は、巫女装束を受け取った。そして一度部屋の外へ下がらせ、自ら着替えを始める。

以前は使用人に着替えを任せていたが、最近はひとりですべて着付けを行っている。もともと手伝いをさせずともひとりで出来たのだ。ただ、ずっと『巫女姫』は着替えを使用人に任せるのが慣習だったから、それに従っていただけに過ぎない。

(こんなところでも、わたしは囚われていたんだ)

使用人の手を断るようになったのは、本郷につけられたキスマークが原因だった。そして、携帯を持っていることを知られるのを避けるためでもある。

着付けを断ると、初めは使用人も困惑していた。だが、『奉納』に向けての準備だというと引き下がった。来るべき日に備え、人との関わりを避けているのだと『巫女姫』である伽耶乃が言えば、逆らえる人間はいない。

嘘をついたことで少しだけ胸が痛んだが、それも必要な痛みだと受け入れた。自分の命を選び神々廻家を捨てる決心をしたのだから、祖母や使用人たちをすでに裏切っていることになる。嘘をついたことに罪悪感を覚えるくらいなら、最初から祖母の言う通りに『奉納の儀』を執り行えばいい。

(わたしは、自分の命を選んだ。あの人と一緒にいること以上に大事なことなんてない)

自分に言い聞かせるように心の中で呟き、慣れた手つきで装束を身に纏う。携帯は、緋袴の帯の中へ隠した。帯をきつく結ぶと、髪を纏めて障子を開く。

「まいりましょう」

いつもそうするように、離れに向かって廊下を進む。迷路のような屋敷の造りは、外部の者を徹底的に排除しているようだ。この屋敷から逃げ出すのは、かなり難しい。出入り口には監視カメラが設置されており、屋敷の内外で使用人たちが動いているからだ。

(逃げるとすれば、どういう方法があるだろう)

本郷に頼り切りではなく、自分でも逃げる方法を考えなければいけない。そんな思いを抱きながら離れに入ると、謁見の間の前で使用人がふすまを開いた。

「巫女姫様がおいでになりました」

使用人の声と同時に部屋に入ると、下段の間にいたのはスーツ姿の男性だった。年齢は六十歳から七十歳の間。やや薄くなった頭髪をオールバックに纏めている。フラワーホールには衆議院議員の証である徽章が付いていた。

伽耶乃が座るのを確認すると、下段の間に座している男性は、「細野剛三といいます」と、愛嬌のある笑みを浮かべた。

「『巫女姫』に伺いたいのは、自由民政党が選挙で勝利することができるか否かです」

「……意に沿わぬ結果が出るかもしれません。それでもよろしいですか」

「ええ」

にこにこと好々爺然《こうこうやぜん》とした笑みを浮かべているが、かえって本心を見せないようで不気味だ。なぜか伽耶乃は、肌に虫が這うような怖気を覚えながら、細野に視線を据える。

現在選挙の只中にいる議員がこの場を訪れるなど、よほど戦局が思わしくないのか、それとも何か別の思惑があるのか。本郷が所属する党名を聞いたことで気にはなるが、集中しなければ『視る』ことはできない。

すうっ、と目を細め、ややあって視界が歪んでいく。自分と世界の境界が曖昧になり、現実の世界から意識が遠のいていく。

人の目には映らない世界を『視て』、神の声を拾い上げる。神から賜って受け継がれた力ゆえに、行使している間は伽耶乃の意識はおぼろげだ。どのような光景が見えたとしても、よほどでなければ動揺することはない。ところが――。

（……っ！）

伽耶乃は声にならない声を上げ、脳裏に焼き付いた光景に息を詰めた。

細野の問いに対する答えを『視て』衝撃を受けたのではない。意識に流れ込んできたこの男の『過去』に対し、驚愕したのだ。

目の焦点が合い、視界が現実の光景を映し出す。これまでの客人と同様に細野の顔にも驚きが見て取れたが、それよりも伽耶乃は胃からせり上がる嘔吐感に気を取られていた。

（この男は、絶対に駄目）

それは伽耶乃の意思ではなく、『巫女姫』が導き出した結論だった。

「……自由民政党は勝利する。間違いない」

「おお！　それは何より。これで選挙戦も安心して戦えるというもの。感謝いたします」

細野は慇懃な態度を崩さなかった。しかし伽耶乃は、それ以上の会話を拒んで立ち上がりふすまを開いた。隣室に控えていた使用人が現れると目線で合図をし、足早に離れから本邸へと戻った。

歩く間にもまだ不快感が全身を巡っている。本当は一刻も早く自室で休みたかったが、伽耶乃が足を向けたのは祖母である阿佐伽の部屋である。

「お祖母様、いらっしゃいますか」

「入りなさい」

中から声が聞こえ、ふすまを開ける。祖母は相変わらず威圧感のある佇まいで、茶を飲んでいた。まるで伽耶乃が来ることがわかっていたというように、話を切り出される。

「自由民政党は、選挙に勝てそうか？」

首肯すると、「そうか」と言った阿佐伽は、湯のみを卓に置いた。

「では、細野は総理の器か？」

「……いいえ。あの男は駄目です」

「ほう？　それでは、別の候補者を選定せねばならぬな」

やはり阿佐伽は、細野を首相候補として考えていたのだ。だから、よく『視ろ』と伝言してきた。しかしあの男は、政治家としてではなく人として決定的な罪を犯している。

『巫女姫』の目が、細野は総理に相応しくないと判断した。

「政権交代があれば、また面白い人選になったのかもしれぬのに。『巫女姫』の託宣が現政権を支持した以上、いかに当主といえどもどうにかできるものではないからな」

阿佐伽はまるで、盤上の駒を俯瞰《ふかん》から眺めているような態度だった。

神々廻家にとっては、誰が総理の椅子に座ろうとなんら影響がない。ただ、限りある議席数とたったひとつしかない総理の座を巡って争う様を傍観しているだけ。どの党が勝とうと、誰が総理になろうと、自分たちの生活にはなんら影響がないからだ。

政治家がどのような政策を推し進めようとも、神々廻家の在りようを覆すものではない。『巫女姫』の託宣に彼らが縋る限り一族は安泰しているのだから、それも当然だ。

(……もしかして、あの人は……だから、『破壊者』なのかもしれない)

古からの慣習を破壊する者。『巫女姫』の『託宣』によって総理が決定することを良しとせず、それを打ち破ろうとしている。

しかし、連綿と受け継がれてきた儀式を反故にするには、それなりの痛みを伴う。

伽耶乃にとっては救世主であるが、他の者には破壊者と映る。それこそ『覇王』の──本郷拓爾の負った宿命なのかもしれない。

「もう下がるがよい。顔色が土気色だ。自室で休め」

祖母の声でハッとすると、伽耶乃は部屋を辞した。

まだ先ほど『視た』光景の衝撃で、身体が上手く動かない。廊下を歩くだけで難儀しつつなんとか自室に戻り、障子を閉めた瞬間に倒れ込んだ。

（……細野という人は、駄目。あの人のそばにいちゃ、駄目）

自室に戻って安心したせいか気が緩み、なかなか起き上がることができない。それでもなんとか緋袴の帯を解き、隠していた携帯を手に取った。

電話をかけても、彼が出られる状況とは限らない。だから、メールを送ることにした。平仮名だけの文章とも言えない文字を必死で作成する。

（細野剛三は……人を、殺している）

メールを送信した伽耶乃は、そこで力が尽きる。眠りに落ちる寸前、携帯を胸に抱いて本郷の顔を思い浮かべた。

4

選挙戦五日目。都内にいた本郷は、急遽《きゅうきょ》東北の選挙区に飛んで遊説を行っていた。副総裁の細野が応援に駆け付ける予定だったが、急用で向かえないと連絡があったためだ。

夕刻には選挙区に入れるようだが、それまで細野が回る予定だった候補者のもとへ本郷が赴くことになったのだった。

(この借りは返してもらうぞ)

おかげで、地元の選挙区へ顔を出す予定をキャンセルする羽目になった。付け焼刃でその選挙区の候補者や土地のことを調べて演説を成功させたが、いつもよりも疲労が激しい。たとえ代わりに赴いたのだとしても、演説するのは本郷自身だ。力を抜けば、足を掬われる原因になりかねない。

「お疲れ様でした、先生」

任された最後の候補者の応援演説を終えた本郷は、秘書の新垣の運転する車に乗り込んでため息をついた。時刻は午後四時半。これから都内に戻り、党幹部との打ち合わせだ。休む時間といえば移動中しかなく、さすがにため息がこぼれる。

「今日の予定がすべて狂ったな。まあこの疲れも、爆弾の投下で少しは晴れるが」

本郷が握っていた〝爆弾〟は、野党四党のうちのひとつ、公正党《こうせいとう》の副代表を務める議員の公職選挙法違反の情報だった。

一昨年の衆院選後、当時の選挙事務所スタッフに対する日当買収を行っていた。その情報は、当時運動員を務めていた人物からのリークだ。この運動員は、もともと新垣の知人で、選挙後すぐに「公職選挙法違反ではないか」と尋ねてきたそうだ。

公職選挙法では、候補者への支持を有権者に働きかける選挙運動員について、無報酬を原則としている。日当を受け取れる対象者は決まっており、運動員は対象に入っていない。ところが、件の公正党の副代表の事務所では、電話で指示を訴える運動員、および、候補者のチラシをポスティングする運動員らに日当を払っていた。

本郷は、情報を公開するのは公訴時効直前まで待てと命じた。その間に、該当議員に回答を求める文書を提出しておくことも併せて伝え、時期を待った。

こういった不正は山とある。しかし、話題の移り変わりは早く、旬が過ぎればすぐに忘れ去られてしまう。だから、一番効果的に報じられる時期を見極めたほうがいい。

そこへ、今回の解散総選挙である。違反を暴くまたとない機会だ。新垣に、知人が訴え出るその日に記者を差し向けるよう命じ、大々的に報じられるよう手筈を整えたのである。

「選挙の只中に、前回の違反を突かれるとは思わなかっただろうな」

口角を上げた本郷に、新垣が淡々と答える。

「知人も、政治家になりたがっている男です。次の参議院議員選挙に出馬したいと意気込んでいます。その前に知名度を上げておきたかったそうなので、他党の勢いを削いでおきたい先生とｗｉｎｗｉｎ《ウィンウィン》の関係でしょう」

「しかも、小林の選挙区だから笑いが止まらない。奇しくも、立憲国民党の候補者に援護射撃を行った形になるな」

本郷は選挙前に、立憲国民党の代表と極秘で会談している。小林の選挙区には、立憲国民党の候補が擁立された。連日党の幹部が入り、小林の地盤を崩そうと必死だ。そこに、この選挙違反の報である。不正や違反を行った旧来の政治家対新人政治家という構図を作ったのだ。これをどう票に結びつけるかは、立憲国民党の選挙対策次第だろう。

「ネットニュースのトップに表示されたな」

タブレットでポータルサイトを見た本郷は、笑みを深めた。元運動員の会見の様子が動画になっている。SNSのトレンドにも、『公職選挙法違反』のワードが上がり、話題になっているようだった。

「不正も違反も、明らかになるから罪になる。脇が甘いな」

本郷が感想を漏らすと、運転席の新垣がわずかに笑みを浮かべる。

「そう言えるのは、先生に隙がないからです。短期決戦の戦い方をよく心得ていらっしゃるうえに、仮に違反や不正に手を染めるとしても、絶対に外に漏れない方法を用いるでしょう。……先生のような方を、悪党というのかもしれませんね」

「清廉潔白なだけで政治家は務まらない。祖父を見て学んだことだ」

「私は、先生についていくだけです。他の秘書も同じ気持ちですよ。あなたは、我々秘書や他のスタッフに対して親身に接してくださる。だから、先生のために働きたいと思うのです。彼の選挙事務所のように、裏切者が出る要素がないのです」

新垣はもともと、他の議員の秘書を務めていた。しかしその議員は、秘書やスタッフに傍若無人な態度を取り、時に暴力を振るわれることもあったという。

本郷がその件を知ったのは、とある政治資金集めのパーティーに出席したときのことだ。人気のない駐車場で、新垣が暴力を振るわれている場面を目撃した。それを写真に収めたうえで、彼に助言したのだ。「暴言や暴力を吐かれた記録を撮り、マスコミに流せ」と。

「本来なら、議員を告発した秘書など敬遠するでしょう。ですが、先生は私を拾ってくださった。おかげで私は、妻と子を養っていけています」

「俺は、おまえが仕えていた議員が邪魔だったから利用しただけだ」

「そうだとしても、議員が失脚したあとに私を雇う必要はありませんでした。先生は、私の家族の恩人です。感謝しています」

よほど恩義を感じているのか、新垣は絶対に本郷を裏切らないと明言している。たいした忠誠心だが、だからこそ信用できる。この男の行動原理が金ではないからだ。金で動く者は使い勝手がいい分、別の誰かに金を積まれれば簡単に寝返る。

「おまえの子どもは、来月誕生日だったな。その日は休みをやるから、家族で過ごせ」

「よろしいんですか?」

「ああ。ただし、この選挙が終わるまでは休日らしい休日はないからな」

「やはり先生は、悪い方ですね」

新垣がどこか嬉しそうに、「アメとムチの使い方が絶妙です」と顔を緩ませる。

「これではますます、先生から離れられそうにありません。さすがは政治家、非常にたちが悪いですね」

「おまえは、よほど俺を悪者にしたいと見える。――まあ、善人ではないだろうがな」

肩を竦めて答えた本郷は、私用の携帯を取り出した。すると、珍しくメールが入っていたことに気づく。

(……何かあったのか？)

先日、いっこうに連絡を寄越さない伽耶乃に焦れて、結局は自ら電話をしている。特に用があったわけじゃない。ただ、彼女の様子が気になった。それだけの理由だ。

短い通話時間だったが、それでも状態を知るには充分だった。

想像通り伽耶乃がひとりで悩みを抱えていたことに、なぜか妙に苛立った。自分の目の届かない場所で孤独を抱えている。そう思うと、安心を与えてやりたくなった。

(自分らしくもない)

無条件に他人に情を注げるほど善人ではない。秘書をして悪党だと言わしめる男で、その自覚もある。ならば、なぜこうも伽耶乃を気にかけてしまうのか。

（……約束は守る。それだけだ）

思考に耽っていた本郷は、ひとまず考えを止めてメールを開く。平仮名ばかりで作成された文面は、ひどくシンプルだった。短文と言っていいそれが目に飛び込んできた瞬間、思わず息を呑んで画面を凝視した。

『ほそのは　ひとをころしている』

細野——自由民政党の副総裁の名で間違いないだろう。だが、伽耶乃が突然細野の名を出したのが不可解だ。

（まさか、今日細野が応援演説に来られなかったのは、神々廻家に行っていたからか？）

メールが届いた時間は午前中だ。細野が『巫女姫』と謁見したと考えれば、今日選挙区に入れなかった説明はつく。

しかしわからないのは、『人を殺している』という一文だ。比喩《ひゆ》であることも考えられるが、自分から連絡をしてこない伽耶乃がわざわざ本郷にメールをしてきたのだ。おそらく比喩ではなく、そのままの意味に捉えるのが正解だ。

言葉通りの意味であれば、〝細野は殺人を犯している〟ことになる。しかしそれも、にわかには信じがたい。

(伽耶乃が俺に嘘をつくとは考えにくい。細野が殺人犯だというのも……あの男は、爺様の政策秘書を務めていた男だぞ)

細野剛三は、もとは外務省出身で、官僚上がりの政治家だ。外交関係に強く、祖父の恒親にヒアリングを行った際にその手腕を認められ、のちに政策秘書になった。

恒親が党内で求心力を失ったときも、最後まで派閥に残った男。凡庸《ぼんよう》な見た目だが人当たりはよく、カリスマ性がなくとも堅実に地盤を固めている。

本郷が初の選挙に臨んだとき、応援演説に駆けつけたのが細野だ。その後も祖父への恩義からか何かと重用され、手足のように使われることもあった。本郷自身も、いずれ政界で力をつけるまではと存分に細野を利用してきた。

持ちつ持たれつの間柄で、『副総裁の懐刀』と呼ばれるほど昵懇《じっこん》だが、完全に信用はしていない。それが細野との距離感である。

(仮に……殺人を犯していたとすれば、政治家になったあとか? いや、そもそも人を殺すような事態に陥るとは思えない)

もしも殺意を抱く場面に遭遇するとすれば、自分ならどういった場合か。本郷はシミュレーションしてみたが、想像が及ばなかった。殺人を犯すという行為は、道徳的にどうこうというよりも、まずリスクが大き過ぎるのだ。

もしも本気で人を殺そうと思うなら、自分の置かれている立場をすべて失う覚悟でなければいけない。家族や親類縁者すべてに累《るい》が及ぶ可能性を考慮し、それでも人を殺せるか。答えはノーだ。

(あの岩淵でさえ、実行していないんだ)

妹の作家人生を終わらせた、酷評レビューを書いた人間を激しく憎悪している。自身の持てる人脈を駆使して調べ尽くしたレビュアーの個人情報を手中にし、いつか社会的に抹殺すると思うことで、己を律しているのだ。

殺人の動機として一番現実的なのは、自らの地位を守ろうとして、衝動的、もしくは計画的に人を殺める場合だ。

細野はいまや、総理の椅子に一番近い男と目されている。党三役になるだけでも運や努力だけではどうにもならないと言われているのに、一国の総理に手が届くところまできているのだ。なおさら重みが違う。殺人を犯すには、充分動機になり得るだろう。

『影の総理』と異名をとった恒親でさえ、総理の椅子に座ることが叶わなかった。冷静に見ても、祖父が細野に資質で劣っていたわけではない。むしろ、カリスマ性や人心把握といった観点からだと、恒親のほうが勝っている。

(細野が今の立場を守るために殺人を犯したと仮定すれば、納得できないこともない……

いや、何も罪を犯したのが直近とは限らないな）

外務省に勤めていたころや学生時代、細野という男がどういう道のりを経て生きてきたのかは不明だが、その歩みの中で罪に手を染めた可能性もある。

（すっかり伽耶乃を信じているな）

ふと気づいた本郷は、気持ちを落ち着けようと目を閉じる。

普段の本郷なら、そう簡単に他人を信用しない。信用するには裏付けが要る。しかし、伽耶乃が『巫女姫』として力を行使した場面を目にしていること、そして、彼女が偽りを述べる意味がないことが、信用の裏付けとなっている。

（調べてみる必要があるな）

ひとまず本郷は、伽耶乃にメールを送った。『今晩連絡する』という簡素な文だ。込み入った話をするには、メールよりも直接会話したほうがいい。

（もしも……細野が真実殺人を犯していたとしたら……）

不正や公選法違反などの比ではない。自由民政党を揺るがしかねない大事件に発展する。

「……新垣」

本郷は、それまでの空気を一変させて声を硬くした。秘書は主の変化を感じ取り、表情を消して応じる。

「何か問題が生じましたか？」

「わからん。だから、徹底的に調べる必要がある」

選挙戦の最中、余計なことにかかずらわる暇はない。だが、この件を有耶無耶《うやむや》にすべきではないという想いに急き立てられる。それは、本郷の第六感ともいうべき感覚だった。

「細野剛三を調べ上げろ。過去から現在に至るまで、その足跡を辿れ」

「副総裁を……わかりました。私は先生の命に従って行動するだけです。さっそく明日より取り掛かります」

理由を告げずとも、従順な秘書は疑義を唱えず命に従う。本郷は頷くと、得体のしれない焦りがじりじりと迫ってくる不快感に眉を寄せた。

都内に戻って会議を終えるころには、すでに日付を跨いでいた。自宅へは戻らず常宿にしているラグジュアリーホテルの一室に入ると、すぐに携帯を手に取る。

時期が時期なだけに、宿泊する施設にも細心の注意を払わなければならない。盗聴や盗撮などの恐れがあるからだ。地方に宿泊する際は、秘書に念入りに部屋を調べさせるようにしているが、セキュリティ面に関していえば、このホテルは優秀だ。スタッフも身元が確実な者しか雇わない徹底ぶりで、そこが気に入っている。

（予定より遅くなったが、起きているか？）

本郷は上着を脱ぐ間も惜しみ、伽耶乃に電話をかけた。すると、ワンコールが終わらぬうちに彼女の声が聞こえる。

『は、い……』

「俺だ。メールの件を詳しく聞かせろ」

すぐさま用件を切り出すと、伽耶乃もまた本郷の意に応える。

早朝に細野が訪れたこと、その前に祖母から『よく〝視て〟おくように』と言い含められたこと。細野は、自由民政党が勝利できるか否かを聞きにきたこと。そして、『視た』ときに、おぞましい光景が脳裏に焼き付いたこと。

訥々《とつとつ》と語る伽耶乃の声は、かすかに震えていた。よほど恐ろしい思いをしたのか、それとも心細く感じているのか。本郷はそばにいられない焦燥《しょうそう》に駆られながら、話に耳を傾ける。

『……細野という人は、過去に人を殺しています。あなたは、あの人の近くにいては駄目』

「いつ、どこで、誰を殺したというんだ」

本郷が静かに問うと、伽耶乃は一瞬息を詰めた。携帯越しでも感じるほどの緊張感だ。

問い詰めたい気持ちを抑えて答えを待つと、少しためらうような声が聞こえた。

『詳しくは、わからないのです。ただ……あの人は、誰かを轢き殺した。それも、日本ではなく国外で』

「なぜ国外だと？」

『車が……右側を走っていたので』

どくり、と心臓が音を立てた。国外ということは、外務省に勤めていた時代か、議員になって視察した国で引き起こした事件の可能性がある。ただ、視察に行った先で議員自ら運転するとは考えにくい。ということは、外交官として赴任した先か、もしくはプライベートで訪れた国で事故を起こしたことになる。

（車を運転できる年齢のときに、渡航歴があるかも調べる必要があるな）

国外とひと口に言っても、日本と同じように左側通行を採用している国もある。主に、イギリス、オーストラリア、ニュージーランド、インド、香港など、かつてイギリスの植民地だった国だ。これらを除外したうえで、細野が赴任していた国やプライベートで訪れた国を調べればいい。

「わかった。あとのことは俺に任せろ。おまえは大丈夫なのか」

『わたしは平気、です。今は、あなたのほうが心配……あの人の近くは、駄目』

掠れた声で訴えてきた伽耶乃に、本郷が眉を寄せる。

「おまえはどうして、俺と細野を関わらせたくないんだ？　あの男がまた何か犯罪に手を染めるとでもいうのか？」

伽耶乃は逡巡しているのか、それとも言葉が見つからないのか、答えはすぐに返ってこなかった。問いを重ねることはせずに返答を待っていると、しばしの沈黙ののち、彼女は意を決したように話し始めた。

『細野……あの人が轢き逃げをしたのは、男女ふたりでした。人を轢いたことに気づいても、停車せずにそのまま走り去っています。バックミラーに、男女のそばで呆然としていた男の子が映っていました』

まるでその場にいたように伽耶乃が語る。『巫女姫』として彼女がなにを『視た』のか、それは本人にしかわからない。

しかし本郷には、その光景がありありと理解できた。――否、かつて自分が目撃した光景に酷似していたのだ。

（まさか……まさか、まさか……っ）

心臓の音がやけに耳につき、ぶわっと肌が粟立ち怖気が走る。

幼い自分を守るように抱きしめていた両親。猛然と走り去る車のエンジン音。足元に徐々に溜まってくる赫々とした赤い血。

『……その場にいた男の子は、あなただった。そして、倒れている男女は……おそらく、あなたの両親』

「っ……！」

息を呑んだ本郷は、まるで体内の血液をかき混ぜられたような不快感を覚え、その場に膝をついた。

視界が歪み、呼吸が荒くなっていく。

伽耶乃は、かつて細野が外交官だったことを知らない。謁見の場でもよけいな問答はほぼなく、ただ『視た』ことを伝えるだけだ。

本郷は両親が轢き逃げに遭ったことを彼女に話していない。だからこの話は、伽耶乃が『巫女姫』の力を行使して知り得た光景にほかならない。

（細野が……両親を轢き逃げした犯人だった）

両親が命を奪われたのは、本郷が十二歳のとき。今から二十七年前の夏休みのことである。長期休暇を利用して、父母とロシアに観光へ出かけた。そこで不幸が起きた。

（二十七年前、ロシアに細野が赴任していたとすれば……それが決定打だ）

目の前が赤く染まり、胸を掻き毟りたい衝動に駆られる。それは、久方ぶりに戻ってきた感情——明確な怒りである。

細野が両親を轢き殺しておきながら、祖父や自分の前に現れたのなら、とうてい許せる話ではない。

「……わかった。おまえのおかげで、過去にけりをつけられる」

通話を終わらせた本郷は大きく息を吸い込むと、やり場のない怒りを発散するように何度も拳を床に叩きつけていた。

5章　運命の夜

1

七月の最終週の日曜、投開票当日の夜。伽耶乃は自室で布団に包まり、携帯に配信されてくるニュースを読みふけっていた。

自由民政党の副総裁・細野を『視た』ときに、党の勝利はわかった。だが、だいぶ苦戦を強いられたらしく、議席数をかなり減らしたという。

総理大臣の小林もまた、前回の選挙から大幅に票を失った。期日前投票をした有権者に行ったアンケートでは、立憲国民党の新人公認候補が小林の票数を上回っていると結果が出ており、まさに逆風の中の選挙だった。

辛くも勝利した小林だったが、現役総理としては恥ずべき内容である。議席を失った責任を取り総裁を辞任するのではないかと報じられていた。

自由民政党にとって厳しい選挙戦となったが、本郷と細野だけはそうそうに当確が出ていた。両者ともに他候補者の応援演説に回り、自身の選挙区に入ることができたのは二週間のうちで二日程度だった。それでも勝利できたのは、固い地盤に支えられていることや、これまで醜聞が一度も出たことがないクリーンなイメージによるところが大きい。

此度の総選挙では、公正党議員の公職選挙法違反が報じられ、政権奪取へ向けて追い風だった野党に痛手を与えたりと、まさに波乱含みの展開だった。

しかし、選挙が終わっても自由民政党は一段落というわけにはいかない。小林が辞任となれば、新たな総理総裁を選ばねばならないからだ。

（……次期総理と言われているのは、細野……）

ニュースに目を通した伽耶乃は、深いため息をついた。

細野は、本郷の両親を轢き逃げした犯人だった。伽耶乃が『視た』光景は、事故の瞬間だ。あの男は事もあろうに酒気帯び運転をしていた。酒に酔ってハンドル操作を誤り、歩道に向かって突っ込んだ。その先に、不幸にも本郷の両親がいた。

（細野は、車を降りて救助するどころか、その場から逃げ出した）

残された子ども――本郷は、何が起きたのかわからないというような表情で、異国の地に立ち尽くしていた。伽耶乃が『視た』のはそこまでだ。それ以上は、心が拒否した。

もともと、『巫女姫』は、客人の望みが叶うか否かを『視る』のみで、人に見えない光景の中から神の声を拾い上げる存在だ。対象者の過去が『視えた』ことなど今までにないため、伽耶乃自身も驚いている。

（わたしが、あの人に心を惹かれているから……？）

秘匿《ひとく》されていた細野の過去を『視た』のは、本郷に深く関わることだったからなのかもしれない。

両親を死に追いやった男の存在を、本郷は知らなかった。冷静な男の感情が乱れているのが、携帯越しにも伝わってきた。

犯人を知った本郷がどういう行動に出るのか、伽耶乃には想像がつかない。でも、たとえ何をするつもりでも、あの男を慕う気持ちは変わらない。

（そろそろ、連絡をくれるかな……それとも、まだ忙しいのかも）

細野のことを伝えて以来、本郷からの連絡は途絶えた。選挙戦の只中で、それどころではなかったのだろうが、一方で不安になった。細野の罪を、彼に伝えるべきではなかったのではないかと思ったのだ。

（あの人が心に負った傷を、わざわざ思い出させる必要はあったの……？）

今までに、『視た』光景を伝えたあとに迷いが生じたことなどなかった。ただ、感情なく客人たちの願いに応え、『託宣』を与えてきた。

それなのに、伽耶乃は現在ひどく悩んでいる。果たして本郷に知らせるべきだったのかと、今さらながら懊悩《おうのう》していた。

(誰にも相談できない。だから自分で、信じる道に進むしかないんだ)

神々廻家という巨大な鳥籠に囲われてきた伽耶乃は、圧倒的に人とのかかわりが少ない。それゆえに、知らなかったのだ。巫女姫の力で、人が傷つく可能性があることを。

このところ自問自答しては、ため息ばかりが多くなっている。

こうしている間にも、『奉納』される時がどんどん迫ってきている。今年の末まではあと五カ月を残すだけ。それなのに、伽耶乃は屋敷を逃げ出す方法すら思い浮かばない。

伽耶乃が接する人間が少ないだけで、屋敷の内外は大勢の警備の者がいる。神々廻家の当主と『巫女姫』を守るためだ。

『奉納』前に逃げることを決意して、屋敷の中を少し調べてみた。といっても、あまり妙な動きをすると阿佐伽に疑われる恐れがあるため、ただうろうろと歩き回っただけだ。

だが、歩いてみてわかったことがある。あまり意識したことはなかったが、伽耶乃は常に見張られていたのだ。

屋敷の中を歩くだけで、使用人が背後からついてくる。それを断ると、今度は警備の者と何度もすれ違うようになった。内外に配置されている防犯カメラも常に作動し、猫の子一匹すら侵入できない厳重さだ。

深夜であってもそれは同じで、より警備が強化されている。伽耶乃が部屋の外へ出ようものなら、すぐに誰かしら飛んでくる。

今までは、それがおかしなことだと思わなかった。けれど自分の意思で屋敷から抜け出そうとしている今は、ひどく窮屈《きゅうくつ》な生活だったのだと気が付いた。

(居心地のいい歪な鳥籠……それをわたしに教えてくれたのは、あの人)

この屋敷から救い出そうとしてくれて、唯一名前を呼んでくれる人。彼に乞われれば、自分にできることならなんでもするだろう。

携帯を枕元に置いた伽耶乃は、本郷のぬくもりを思い返すようにして、自分の身体を抱きしめた。

(——ああ、またこの夢……)

このところ、眠るたびに同じ夢を繰り返し見ていた。

過去、『奉納の館』に連れて行かれ、幼い自分が見たかつての『巫女姫』たちの成れの果てだ。無数の骨壺が並ぶ中、阿佐伽は神の祀《まつ》られた祭壇前に座す先代の『巫女姫』の亡《なき》骸《がら》を指し示す。

「さあ、伽耶乃。この者の血を飲むのです」

「血、を……？」

「先代『巫女姫』の身は神に捧げ、その生涯を終えた。次の『巫女姫』はおまえです。これは、そのための儀式。神の寵愛《ちょうあい》を受けた『巫女姫』の心血を呑み干すことで、おまえは力を受け継ぐことができる」

阿佐伽は、祭壇の前に座していた『巫女姫』の亡骸をごろりとその場に転がした。

ひとりこの場に閉じ込められ、飲まず食わずで過ごしたはずなのに、『巫女姫』の亡骸はそうと感じさせない血色だった。今にも瞼を開けて動き出しそうな美しい女性を前に、伽耶乃は腰を抜かしたまま動くことができない。

「さあ、血を！　神々廻家の繁栄のため血を飲みなさい！」

懐から取り出した短剣で亡骸の纏う衣服を裂いた阿佐伽は、心臓目がけてそれを振り下ろした。

「おまえだけが逃れられると思うな。伽耶乃、『神々廻の巫女姫』となる者よ。ゆめゆめ己が課された宿命から逃れようなどと考えるな。おまえには意思などいらぬ。歴史を受け継ぐ歯車としてだけ存在していればよいのだ！」

（いや……嫌、いや……っ！）

言葉は声にならず、ただ左右に首を振る。けれども阿佐伽がそれを赦すはずもなく、伽耶乃の意思と先代『巫女姫』の亡骸は蹂躙《じゅうりん》され、儀式は遂行された。


「っ、ぅ……！」

ハッとして目覚めた伽耶乃は、布団から飛び起きた。

喉がカラカラに渇いている。『奉納の館』での出来事はもう何年も前だというのに、まるでつい先ほど体験したように生々しい感触が全身に残っている。湿った空気も、身体の芯からくる震えも——無理やり飲まされた血の味さえも鮮明で、伽耶乃を苦しめていた。

（わたしが逃げようとしているから……？）

何代も脈々と受け継がれている『巫女姫』の血が、宿命に抗おうとしている伽耶乃を責めているのかもしれない。

（でも、もうわたしは迷わない。あの人が、いてくれるから）

本郷の顔を思い出すと、心が落ち着く。乱れた呼吸を整えて震えが止まるのを待ち、枕元の携帯を手に取る。すると、彼からメールが入っていた。

『今日の午後に行く』という素っ気ない文面だったが、伽耶乃はそれまでの不快感が和らいでいき、ほうっと安堵の息をついた。

（あの人に、会える……）

多忙であるだろうに、時間を割いて会いに来てくれる。しかも、大金を払う必要があるというのに。申し訳ないと感じながらも、伽耶乃は本郷と会えるのが嬉しくてたまらなかった。これだけ心を砕いてくれる人間は、彼をおいてほかにいない。

喜びを噛みしめるように携帯を抱きしめたとき、籠の中の金糸雀がピイ、と鳴いた。時を置かずに、障子の外から使用人に声をかけられる。

「巫女姫、今日の午後、客人が来るそうです。お仕度のほうをお願いいたします」

「わかりました」

「それと、朝餉《あさげ》は阿佐伽様がご一緒にとおっしゃっています」

「すぐに用意して向かいます」

障子越しに会話をしつつも、心臓が縮み上がる。部屋に突然入られることはないとわかっていても、秘密を抱えているとどうしても挙動不審になる。

（この携帯だけは、見つからないようにしないと）

伽耶乃は身体を起き上がらせると、寝間着から和装に着替え始めた。

巫女姫の衣装に着替えるときだけではなく、日常生活において人の世話になることをやめている。さすがに食事の準備はさせてもらえないが、それでもこの屋敷を出るときのために自分のことは自分で行うようにしていた。

それはとても些細な変化だが、伽耶乃が〝生きる〟ために前向きになっている証だ。

自室を出てすぐにある専用の洗面所で洗顔等を済ませると、廊下に控えていた使用人の後に続いて食堂へ向かう。

巨大な屋敷の中には、伽耶乃が立ち入ったことのない部屋もたくさんある。隅から隅まで調べれば、抜け出す道も見つかるかもしれない。そんなことを考えているうちに、食堂の前に着いた。

「失礼いたします。巫女姫がいらっしゃいました」

使用人がドアを開けると、すでに席についていた阿佐伽がちらりと視線を寄越す。

「早くお座りなさい。わたくしはあまり時間がない」

「はい。遅くなり申し訳ありません」

食堂はこの屋敷の中で唯一の洋間で、中には大きな長テーブルが据えてある。長方形の短辺、ドアから一番遠い場所が阿佐伽の指定席だ。

伽耶乃が対面に腰を下ろすと同時に、当主が口を開く。

「今日の客人は、内閣官房長官と、内閣府の特命担当大臣の中から二名、それに加え、自由民政党の副総裁と、例の『覇王』が共にくる。おまえは、副総裁に『託宣』で勝利を告げているゆえ、今日はその礼に訪れるというわけだ。それと、次の総理を誰に据えるかの相談といったところだな」

「……細野という人は、相応しくありません」

「わかっておる。だからおまえは今日、客人の前で次期総理を『視る』のだ。小林が辞任の意向を示した今、早急に次期総理を決めておかねばならぬ」

阿佐伽は、傍らに控えていた使用人に書類を手渡した。使用人からそれを受け取った伽耶乃が目を通すと、数名の候補者の名が記されている。それ以外の記載はなく、写真もない。『巫女姫』の『託宣』には、よけいな情報はいらないということだ。

「細野はその中に入っておらん。おまえが細野を『視た』ときから、候補者から外した。前総理の小林同様に、長期政権を担える者を心して選ぶがいい」

「……承知いたしました」

伽耶乃の返答を聞き、阿佐伽が立ち上がる。事前に朝食は済ませていたようで、早々に食堂を立ち去ろうとする。しかしドアから出る直前、思い出したように付け加えた。

「『覇王』にくれぐれも肩入れする素振りを見せぬようにな。己の役目を忘れるな」

「……はい」

最近特に、本郷のことを言い含められることが多くなった。顔を合わせれば、必ず注意されている。

（まさか、お祖母様はわたしの気持ちに気づいているの……？）

しつこいほどに念を押してくるのは、本郷を特別視していると気づいているのかもしれない。それでも本郷との謁見を禁じられないのは、彼が高額の金銭を払っていることと、表立って何かあったわけではないからだ。

しかし、祖母に携帯が見つかって、彼に恋心を抱いていると知られれば、本郷は神々廻家を出入り禁止になる。伽耶乃の身は神に捧げるものであり、自分自身でさえ好きに扱えない。ましてや『奉納』の障害になると判断されれば、迷いなく祖母は本郷を排除する。

（あの人に会えなくなるのは、嫌）

朝食が運ばれ、ひとり黙々と食べる間も、考えるのは本郷のことだけだった。

彼からのメールを見たときは、てっきりひとりで来るのだと思っていた。けれど、阿佐伽が伽耶乃に『肩入れするな』と言ったことを知っているし、彼も用心しているのだろう。

（でも、どうして細野まで一緒にくるの……？）

細野は、本郷にとって両親を轢き殺した憎むべき男だ。それがなぜ、わざわざ連れだってくるのか。あの男の真意は測りかねるが、なんらかの意図があるに違いない。

味気ない朝食を終えると、伽耶乃は自室へ戻った。

部屋を出るときは布団を敷いたままだったが、すでに片付けられている。ほぼ自室で過ごしている伽耶乃が不在にするのは、食事と風呂、離れで務めを果たしているときだけだ。その間に使用人が部屋に入り、掃除等を行っている。

さすがに文机の引き出しを勝手に開けてはいないようだが、何かを隠すに適していない部屋なのが今は心細い。

伽耶乃は机の引き出しの奥底にしまい込んだ充電器を取り出し、携帯の充電をしたまま本郷にメールを送った。祖母から次期総理を決める『託宣』を与えるよう命じられたことを知らせると、すぐに返信が来る。

『わかった。おまえに話すことがある。爺どもと顔を出すが、奴らを先に帰せるようならそう振る舞え』

了解の旨を送ると、伽耶乃はホッと胸を撫で下ろす。

（わたしは、変わってしまった。前はこんなに気持ちが上下することはなかったのに）

本郷に会えると思えば心は弾み、彼の声を聞けば安堵する。いつの間にか、伽耶乃の生活はあの男中心になっている。

感情が激しく動くのは、人間として正しい姿なのだろう。しかし、今はまだ『巫女姫』でいなければならない。伽耶乃は胸に手を当てると、自身に落ち着けと念じていた。

使用人から来客の報せを受けたのは、午後四時のことだった。

すでに巫女装束に身を包んでいたため、すぐに離れへ向かった。謁見の間のふすまを使用人が開き、伽耶乃が入室すると、下段の間にいた五人の視線が注がれた。ひとりは細野、もうひとりは本郷で、あとの三名は初見である。

本郷の姿を認め、鼓動が忙しなく動いている。しかし表面上はそうと悟られぬように、『巫女姫』として毅然《きぜん》と上段の間に腰を下ろしたところで、細野が恭《うやうや》しく声をかけてくる。

「巫女姫、お久しぶりです。『託宣』を頂戴《ちょうだい》したおかげで、我が党は勝利することができました。今日はそのお礼に伺ったしだいです」

本心を隠した胡散臭い笑顔で話した細野が、本郷に目を向ける。

「彼は、我が党のホープです。ぜひ、巫女姫にお会いしたいというので連れてまいりました。今後の政界を担う若者のうちのひとりです。以後お見知りおきを」

細野は、本郷がこの屋敷に何度も足を運んでいることを知らないようだ。

話を聞きながらも、伽耶乃はひと言も発することはなかった。それが、通常の『巫女姫』のスタイルだからだ。客人と慣れ合うことなく、ただ『託宣』を与えるのみ。態度でそう表すように、表情なくふたりを見据える。

「……今日は、次期総理を決定する。あなた方はその結果を持ち帰り、調整するようにと当主がおおせです」

伽耶乃は『巫女姫』として他者に接するときは、普段とは口調も声音も違う。それは意識してそうしているわけではなく、自然とそうなるのだ。唯一それが崩れたのは、本郷の前でだけ。今となれば、最初から彼を特別視していた。

心の中で考えながら下段の間に視線を据えると、細野が大げさに首を傾げた。

「『託宣』で総理が決定するのは、ご当主から聞き及んでおります。ですが、私の名は候補者の中にないとか……いったいなぜなのですか？」

「あなたが、罪人だからだ」

端的に〝事実〟だけを述べると、官房長官らが目を剝いた。

細野を『視た』とき目に映ったのは、紛れもないこの男の罪だ。罪人は総理になり得ない。いかに巧妙に隠そうとも、『巫女姫』の目は誤魔化せない。だからこそ、権力者に重用されてきた。

「罪人、とは……巫女姫は不思議なことをおっしゃいますねえ」

細野の顔が、明らかに引きつっている。だが、伽耶乃は怯まない。

「この国の頂点に罪人を据えるわけにはゆかぬでしょう。相応しき者を見定めるために、『巫女姫』がいる。それこそ、あなたが生まれるよりもずっと前からだ」

「いや、ですが」

「理解できぬなら、もう一度いいましょう。細野剛三、あなたが総理の椅子に座ることはこの先ない。この前に『視えた』のだ」

伽耶乃の宣言に、細野が我慢ならないというように床に拳を叩きつけた。鈍い音を響かせ嫌忌を向けてくるが、『巫女姫』が動じることはない。凛として自分の三倍は生きているだろう男を見遣り、憐れむように言う。

「これ以上の問答は無用です。『託宣』を始めます」

伽耶乃は背後を振り返り、漆器の三宝に置かれている巻物を手にした。下段の間にいる者たちに見えるように巻物の紐《ひも》を解き、白紙であることを確認させると、今度はそれを自分の前に置く。

時の権力者を決める際の作法で、『巫女姫』が白い巻物を『視る』と、そこに名が浮かび上がるのである。

巻物に視線を据え、意識を集中させる。自分が自分でなくなり、世界に溶けていく感覚を味わいながら、巻物に人差し指を添えた。

伽耶乃が紙をなぞると、その先から文字が浮かんでくる。ゆらゆらと揺蕩《たゆた》う水面に文字を書くような心地で巻物を『視て』いた伽耶乃は、己の身体の感覚が戻ると文字を見据えた。

「この者を次の総理に」

下段の間に座す五名に、巻物に描かれた文字を見せる。初見の三名は驚いていたが、再来のふたりの態度は対照的だった。歯噛みして渋面を作ったのは、言わずと知れた副総裁。まったく表情を動かさず、ひとつ頷いたのが本郷である。

「……次の総理が、官房長官だと？　なぜ私が総理ではないんだ！　総裁選に出たとしても、今党内に私の敵はいない！　それなのに、たかが小娘の言うことくらいで……っ」

「それが、この国が長きに渡り続けてきた慣習です。受け入れられなければ、政治家など辞めてしまえばいい。──下がりなさい。わたしに暴言を吐いたあなたには用はない」

伽耶乃は無情に告げると、手元にある発信機を押した。控えていた警備の者と使用人が部屋に入ってくるのを一瞥すると、冷ややかに告げる。

「わたしの『託宣』が気に入らないようだ。この者を退室させなさい」

警備の者らが細野の腕を引き、謁見の間から連れ出した。部屋に残された本郷以外の三名は、へつらうような笑みを浮かべる。

「内閣総理大臣の職、ありがたく拝命いたします」

そう言って平伏したのは、達磨《だるま》のような体型の男だ。先の細野の発言から、この男が先の内閣官房長官だったことが窺えた。

伽耶乃は表情を変えぬまま、「用が済んだら去るがよろしい」と告げた。達磨と他二名はふたたび床に額を擦りつけ、部屋を出ようとする。

しかし、その場から動かない本郷を見て、達磨が不思議そうに問うた。

「本郷くん、きみは帰らないのかい？」

「私は皆様と違い、拝謁料を払ってこちらにおります。『巫女姫』に、ぜひ『託宣』を賜《たまわ》りたいと思いまして、副総裁に連れてきていただいたのです」

「なるほど。いやあ、細野くんも残念だったね。彼を支持していたきみもさぞ残念だろう」

「ええ。ですが、『巫女姫』の決定は絶対ですから」

如才《じょさい》なく答えた本郷はにこやかに応じていた。

ほかの三名は、彼と細野が昵懇の間柄だと思っているのか、やや面食らった様子だ。だが細野が両親の仇《かたき》だとわかった今は、本郷もこの結果を当然と考えているだろう。

「それでは、我々は失礼するよ。もし何か困ったことがあれば、私のもとへ来なさい。泥船に乗っているよりも、いい思いをさせてあげよう」

達磨はそう言い置き、謁見の間を後にした。

障子が閉められて人の気配がなくなると、立ち上がった伽耶乃は下段の間へと向かう。『巫女姫』でいるときは、上段の間から下りることはない。けれど、どうしても彼のそばに行きたかった。巫女姫としてではなく、伽耶乃個人として、恋する男に近づきたかったのかもしれない。

「初めてだな、おまえがこちら側に来たのは」

気付いていたのか、本郷が薄く笑う。伽耶乃は彼の傍らに腰を下ろし、首を縦に動かす。

「……会いたかったんです。とても」

それは、偽りのない本心だった。会えない間、ずっと、ずっと彼のことばかり考えていた。常に思考の中心に居座り続けた男を前に、感情があふれ出す。

「だから、会えてすごく嬉しい」

ふわりと微笑んだ伽耶乃に、本郷が虚を衝かれたように言葉を失う。珍しい表情に目を奪われたのもつかの間、次の瞬間、強い力で抱きすくめられた。

「おまえ……なんて顔して俺を見る」

ため息混じりに呟いた本郷は、「無意識か」と言ってさらに続ける。

「俺を見る目がもう〝女〟のそれだ。人前でそんな顔をしたら、すぐにおまえの感情に勘付かれるぞ」

「わたし、の……？」

「俺が好きでたまらないと、そう顔に書いてある」

本郷の指摘を受けて、やはりそうだったのか、と得心する。これまで異性と、いや、人と関わってこなかった。だから最初は、この感情が恋情なのか判然としなかった。

だが、彼に断言され、ようやく確信をもって言える。『会いたい』と願うのも、『嫌われたくない』と思うのも――『抱かれたい』と感じるのも、自分がこの男に恋をしているからなのだ、と。

「わたし……あなたが、好きです」

ぎゅっ、と彼の首に腕を巻き付ける。言葉にすると、自分が本郷を好いているのだといっそう強く意識する。『覇王』だから惹かれたのではない。本郷拓爾という男の在りように心を奪われたのだ。

本郷は伽耶乃を宥めるように背中を撫でながら、大きく息をついた。

「不用意に煽るな。この場でなければめちゃめちゃに突っ込んでかき混ぜて、気絶するまで抱き潰していたところだ」

「っ……」

明け透けな台詞に思わず身を硬くすると、本郷が抱きしめていた腕を解いた。髪を掻き上げた彼は、「そんな場合じゃないのが惜しいが」と、真剣な声で語り始める。

「おまえに話があると言っただろう。もうわかっていると思うが、細野のことだ」

わずかに漂っていた甘い空気が、一気に霧散する。

本郷は細野の所業を知ったその日から、あの男について調べていたという。

細野は元外務省の職員で、在外職員として二十七年前にロシアに赴任していた。そのときに、本郷の両親の命を奪った。

一九六一年に採択された、『外交関係に関するウィーン条約』により、外交官は外交特権が与えられている。公館、公文書の不可侵、裁判、課税の免除などだ。そのため、自国で起きた事件であろうと、他国の外交官を法で裁くことができない。接受国――つまり、外交使節を受け入れている国が持っているのは、『ペルソナ・ノン・グラータ』、好ましくない人物の召還を要求する権利だけである。

細野は、この外交特権を利用し、自身の犯した罪をもみ消した。

「大使館内には、接受国……この場合はロシアだが、日本の警察は入ることができない。自国にある建物であっても自国の法律が適用されないのが、大使館内であり外交特権を持った奴らだ。細野が轢き殺したのは同じ日本人とあって、当時のロシア警察も真剣に捜査しなかった。……警察と裏取引をしたのかもしれないが、それはもう調べようがない」

「そんな……」

「だが、細野はこの件を当時の上司に事務連絡していた。もちろん、非公式にだが」

事務連絡は、外務省在外職員や政治家が不祥事を起こしたときに使用される。正式な『公電』のように記録に残るものではないが、公電と同様に極秘の暗号をかけることもできる。

「その当時に細野の上司だった人間を調べさせ、裏を取った。あの男は、両親を殺しておきながら罪に問われなかった。それどころか、外務省を退職した後はのうのうと祖父の政策秘書として働いていた。……祖父もこの事件では、外務省経由でロシアに働きかけていたが、その肝心の外務省が事件を隠蔽していたとはな」

結局、本郷の両親の事件は、犯人不明のまま捜査が打ち切られた。

「もしも細野がすぐに車を停めていたら……外務省が隠蔽さえしなかったなら、少なくとも細野が政治家として今の地位に就くことはなかっただろう」

人生に、〝もしも〟はありえない。しかし、事故の報告があった時点で細野から外交特権を剝奪していたとしたら。刑法第三条に則り、ロシアに協力を要請し、日本の警察を派遣できていたとしたら。細野は罰を受けていたはずだ。

「事件後、細野は停職処分だけで済んだと調査でわかった。人の命を奪っておいて、その程度の処分で済ませたんだ。……ふざけるな」

本郷の瞳に、激しい怒りが過ぎる。この男がこれほどわかりやすく感情を表したことなどない。それだけ、憤っているのだ。

「俺は、細野に罰を受けさせる。このまま政治家でいさせるつもりはない」

「……どうするんですか？」

「あいつの望みは、『巫女姫』が絶っただろう。細野はもう総理になれないが、その程度じゃ俺の気持ちが収まらない。あいつをもっと追い込む必要がある」

苛烈《かれつ》な言葉に、昏い感情に、伽耶乃は背筋を震わせる。本郷は本気で細野を葬ろうとしている。常に捉えどころのなかった男だが、両親の命を奪った犯人を知ったことで感情をあらわにし、恐ろしいほどの怒りを煮え滾らせている。

「……わたしに、何かできることはありますか」

伽耶乃は、本郷を真っ直ぐに見つめた。たとえ彼が何をしようとしていてもいい。もし何某かを乞われれば、喜んで助力するだろう。

しかし本郷は、ゆるく首を振って見せた。手の甲で、伽耶乃の頬にやさしく触れる。

「おまえは、この件について何もしなくていい。もっと大事なことがあるからな。――いいか、伽耶乃。俺はこの数日中におまえを連れ出す。覚悟はできているな」

「えっ……」

突然の宣言に、伽耶乃は困惑する。まさか、このタイミングで彼が伽耶乃を逃がそうと考えるとは思わなかったのだ。

「ですが、副総裁のことだってあるのに……いいんですか？」

「それとこれとは話は別だ。当主から、俺に肩入れするなと言われているんだろう？　先延ばしにすれば状況が悪化する恐れがある。まだ『奉納』まで時間がある今がチャンスだ」

本郷は言いながら、伽耶乃の唇に指を這わせた。意味ありげな触れ方にどきりとしながらもされるがままになっていると、ややあって彼は決然と言い放つ。

「警備が厳重だろうと関係ない。いくらでもやりようはある。だからおまえは、何があってもこの屋敷から逃げることだけを考えろ」

彼の言葉は力強く、実現不可能に思える難題でもやり遂げられると思える。伽耶乃は頷くと、「ありがとうございます」と礼を告げた。

「わたしは、あなたと一緒にいたい。そのためなら、なんでもします」

「……そういう素直さは好ましいが、だからこそ危ういな」

ため息混じりに言いながら、髪をくしゃくしゃとかき混ぜられる。

不器用な、撫で方だった。明らかに慣れていない仕草だった。

そして伽耶乃もまた、誰かに頭を撫でられた経験がない。誰とも心を通わせず、感情を殺し、ただ死に向かって時を過ごしてきた。

それが今、好きだと思える男がいる。命を救おうとして、手を差し伸べてくれる。これまで生きてきたのは、彼に出会うためだったのだとすら思える。

「礼はこの屋敷を出られたあとにしろ。煽られた分を含めておまえを抱く」

本郷の言葉に伽耶乃は頬を染め、静かに首肯した。

2

『神々廻詣で』の翌日。本郷は総理官邸に赴いていた。

衆議院解散総選挙後、三十日以内に特別国会を召集しなければならないと憲法で定められている。現在は総選挙から三日目。この一週間以内に、特別国会が開かれる予定だ。ここで一度内閣を解散させ、新たな総理大臣、および、院を構成する議長などの役員指名選挙を行う。

今回、自由民政党は選挙に勝利し、下野することはなかった。しかし、総理大臣である小林が、多くの議席を失った責任を取って辞任を宣言している。そこで、自由民政党では新たな総理総裁の立候補者を立てねばならない。

『巫女姫』によって選ばれたのは、先の内閣官房長官である。達磨のような男は、名を江《え》頭《がしら》という。参議院のドンと言われる議員ともつながりが深く、指名選挙においても衆参の票を集められるだろう。しかしその前に、〝公《おおやけ》に〟自由民政党の党首を決めねばならない。

前内閣官房長官が自由民政党の総裁に選ばれたと、野党や国民に周知する必要がある。党員に〝選ばれた〟というパフォーマンスが必要なのだ。

（首班指名選挙で、新総裁の誕生というのが妥当だろうな）

まず国会で総理を選出後、総裁選で党員票を含めて改めて総裁を選ばせる。あの達磨は見た目よりもずっと狡猾だ。党員からも支持を集められると踏んでいる。

守衛に先導されて歩く間、物々しい雰囲気に本郷は嘆息《たんそく》した。地上五階、地下一階からなる総理官邸は、言うなれば要塞のようだ。

二〇〇二年四月に運用が始まったこの館は、ガラスを多く配した開放的な外観からは異なり、ひどく窮屈だ。というのも、セキュリティが厳重で移動が面倒なのである。今日本郷が呼ばれているのは五階——首相、および、官房長官の執務室がある階だ。エレベーターの乗降や廊下の移動の際も、ことごとくIDを通さねばならず、守衛がつき従っている。

そうして辿りついた先に現れた官房長官の執務室のドアをノックすると、入室の許可が出た。ひと声かけて中に入ると、部屋の主である官房長官の江頭、総理の小林、副総理のほか、細野を除く自由民政党の主だった議員が揃っていた。

「本郷くん、まあ座りなさい」

「失礼いたします」

官房長官に声をかけられ、そうそうたるメンバーの中、末席に腰を落ち着ける。すると、部屋の主は部屋の中を見渡した。

「このたび私は、『神々廻の巫女姫』の託宣により、次期総理を賜ることになった。むろん、総理指名選挙に立候補するのだが……思いがけない『託宣』だったために至らぬことも多いと思う。この場にいる皆さんには、私を支えてもらいたい」

本郷は江頭の話を聞きながら、集められた面々に目を向ける。ここにいるのは、官房長官の派閥に所属する者のほかに、他派閥の領袖も含まれている。ということは、すでに江頭は総理指名選挙ではなく、組閣人事に目が向いているのだろう。

本郷がこの場に呼ばれた意味。それは、入閣を示唆されていることにほかならない。辞任目前の小林は、自身の派閥の中からひとりでも大臣を輩出したいという思惑がある。だから自身の後釜となる江頭に、託そうとしているのだ。

「不肖江頭、粉骨砕身《ふんこつさいしん》職務に励むつもりだ。皆さん、よろしく頼むよ」

「もちろんです」

その場の皆が声を揃えると、江頭の目が本郷に向く。

「今後は、若者にも活躍してもらいたいと思っている。先の内閣では少々平均年齢が高かったからね。国民に自由民政党は、〝若者に活躍の場を与える〟とアピールする意味でも、本郷くんにはぜひ頑張ってもらわないといけないね」

「お言葉、肝に銘じます」

本郷はそう答えながら、この内閣はいつまでもつかを考えていた。『巫女姫』の託宣で総理は決まったが、長期政権が約束されているわけではない。おそらく神々廻家は、現政権が己の意に反すると見なせば、首を挿げ替えるだろう。

伽耶乃をあの家から解放する。それは、ただ単に彼女の命を助けるというだけに留まらず、長くこの国に蔓延《はびこ》ってきた神々廻家の呪縛から、国政を解放するという意味にもなる。

この場に集まった面々を眺めながら考えていると、ポケットに入れている私用の携帯が振動した。おそらく伽耶乃からのメールだ。すぐに目を通したかったがそうもいかず、閣僚候補となった者たちの会話を適当に聞き流す。

今、一番の懸案事項は、伽耶乃を屋敷から逃がすこと。そして、昨日総理の道を絶たれ取り乱していた細野の動向だ。

江頭たちの前でも野望を隠さなかったほどに、細野は総理の座に執着していた。簡単に引き下がるとは思えないが、あの男が足掻けば足掻くほど本郷にとっては面白い。

(細野は今まで何食わぬ顔をして本郷家に出入りしていたんだ。……必ずその報いを受けさせてやる)

祖父の恒親を裏切った小林は、権力の座から引きずり下ろした。それは、本郷なりの祖父への恩返しだったが、細野の件は違う。己の明確な意思で、叩き潰そうとしている。

(政界を引退させるだけでは生ぬるい。あの男には死ぬよりつらい想いをさせなければ、両親が浮かばれない)

そう考えて、友人の顔を思い出す。岩淵——長い間、妹の作家生命を奪った有象無象に、復讐心を抱く男。正直本郷は、両親の死の直後のことは記憶が曖昧だ。感情が死んでしまうほどにショックを受けたのは確かだが、犯人に対する憎悪を抱くことはなかった。

犯人はもちろん許しがたい。しかしそれよりも自分を庇って父母が亡くなったことで、まるで自分が彼らの命を奪ったようだと感じていた。

けれども事件の犯人を知った今、細野に抱くのは純粋な憎悪だ。二十七年前に閉ざした感情があふれ出し、犯人への断罪を求めている。

（まずは、醜聞をぶつけてやるか）

政治家にとって一番致命的なのは、カネに纏わる醜聞だ。ただでさえその手のスキャンダルに事欠かず、〝政治とカネ〟に対する有権者の目は厳しい。昨今はＳＮＳの普及に伴い、議員個々の失言についても論うことが多くなった。

細野に関しては、失言はまずない。不用意な発言をしないのだ。ただ、金に関してはどうか。その辺りを含め、新垣に調べさせている。

総理の椅子への梯子を外された細野は、奇しくも祖父と同じ状況だ。とんだ因果だが、本人にとっては想像していない事態だったろう。

この場に細野がいないのは、江頭があの男にポストをくれてやるつもりはない証だ。総理の座に執着している男に重要なポストを与えれば、いつ後ろから撃たれるかわからない。江頭の判断は正しいといえる。

「では皆さん、よろしく頼むよ」

江頭のその言葉が散会の合図になった。本郷は皆の背後からゆっくりと移動し、エントランスまで来たところで携帯を開く。先ほどの振動はやはり伽耶乃からのメールで、平仮名ばかりの文字が綴られていた。

『おばあさまが、あなたともうあわせないといった』

(何……?　なぜ当主がこのタイミングで?)

総理官邸から出た本郷は急ぎ公用車へと戻ると、すぐに伽耶乃に仔細《しさい》を知らせるようメールを送る。本当は直接話したかったが、今は昼の最中だ。彼女が電話をしているところを屋敷の人間に見咎められる可能性があり、軽率に電話はできない。

(まさか、計画が露見した?　いや、そんなはずはない)

「先生、いかがされました?　何か問題が?」

「いや、なんでもない。悪いが、少し休ませてくれ」

「かしこまりました」

今日運転を担当しているのは新垣ではなく、別の秘書である。

本郷は、何か考えごとをする場合や、秘書との打ち合わせを車内でよく行う。走る密室と言ってもいい箱の中は、聞かれたくない話をするのにちょうどいい。第三者に盗聴器でも仕掛けられない限り、一番安全な場所だ。

秘書は慣れている様子で、特に声をかけてくることなく運転席に収まっている。静かな車内で本郷は状況を整理すべくタブレットに目を走らせた。

伽耶乃の『託宣』に異を唱えた小林は、神々廻家を放り出された。その後の足取りを新垣に追わせている。もしもなにか動きがあった場合は、本郷に報告がくるようになっているが、今のところ特に目立った動きはないようだ。

（小林のことは後回しだ。神々廻の婆様に伽耶乃を隠される前に、連れ出す必要がある）

考えを巡らせていると、伽耶乃からふたたびメールが入った。彼女も状況を理解していないらしく、今日になって当主から突然本郷との面会禁止を言い渡されたようである。

これまでは、ただ『覇王』に肩入れするなと警告されていただけ。それが面会禁止となれば、本郷が謁見を申し出ても断られる。いくら金を積んだとしても、今までのように伽耶乃と会えなくなったのだ。

（くそっ……厄介だな）

これまで感じたことのない焦りが全身を覆う。

四六時中、伽耶乃のことを考えているわけではない。議員としての職務——自身が所属する常任委員会の会議や審議会、協議、検討会など、それこそスケジュールは分刻みで入っている。そこに各省庁とのレクチャーや、議員会館の事務室でデスクワーク、議員との懇親会、政治資金パーティーへの参加などもあり、自分の部屋に戻るころは疲れ果てている。むしろ、彼女のことなど頭にない日が多い。

それなのに、いざ伽耶乃と会えないとなるとひどく苛立つ。あれは自分の女だと、理性の外で男の本能が叫んでいる。

(逃がすと約束したんだ。みすみす奪われるつもりはない)

拳を握りしめたとき、公用の携帯に着信が入った。画面を見た本郷は、波立つ気持ちを抑え込み、冷静に応答する。

「はい、本郷です。細野先生、どうされました?」

『今すぐ議員会館の私の事務室に来なさい。いいね』

用件だけを告げ、細野は電話を切った。こちらの都合を聞かないというのは、あの男らしくない。よほど余裕がないのか、それとも本郷がまだ付き従うと思っているのか。

どちらにせよ、小林の状況は確認しておく必要がある。

本郷は秘書に議員会館に向かうよう告げた。

永田町には国会議事堂を始めとする主要機関が集まっている。小林がいるのは第一会館で、総理官邸とは目と鼻の先だ。地上十二階からなる建物は、地下通路で議事堂や官邸と繋がっている。外に出ずともこれらの周辺施設へ行き来できるようになっていた。

セキュリティゲートを通って中に入り、小林の事務室がある十二階へ向かう。ちなみに本郷の事務室はその下の十一階にあるが、造りはどちらも変わらない。ドアを開けると待合スペースがあり、その右手にある間仕切りの奥が応接室、正面は秘書が常駐するスペースで、その奥に議員の執務室がある。

第一会館に入ると、細野の秘書が迎えに来ていた。すれ違う議員と適当に挨拶を交わしつつ目的階に到着すると、細野の事務室へ通される。

「先生、本郷先生がお越しになりました」

秘書が声をかけ、執務室のドアを開ける。中に入ると、窓を背にして執務机の前に座る細野がいた。ドアの正面には書棚があり、その脇には国旗が置かれている。

どの事務室も、取り立てて変わったところはない。選挙のたびに部屋の主だけが入れ変わるだけである。落選すれば最後、すぐに引っ越さねばならないのだから寂しいものだ。

「細野先生、私になんの御用でしょうか」

感情を表さずに、フラットな態度で問いかける。表立って敵対するのはまだ早い。いらぬ警戒を与えてしまうからだ。細野を醜聞塗れにして政治家生命を絶つまでは、まだ真意を隠しておく必要があった。

「きみは、神々廻家に何度か行っていたようだね。教えてくれないとは人が悪いねえ」

細野もまた、巧妙に思惑を隠していた。

政治家は本心を隠す術に長けている。対峙しているふたりは、互いを探るように視線を交わした。両者とも笑みを崩さずに、相手の出方を待つ。

しばし時を有したのち、先に静寂を破ったのは細野だった。

「じつはね、『神々廻の巫女姫』は、男に狂わされて正常な『託宣』を与えられないのではないか――そう当主に進言したんだよ。私が総理に選ばれないはずはないからね」

「何をおっしゃっているのです？　『巫女姫』の力は、あなたも目の当たりにしているはずです。少なくとも、彼女が行使している力は本物だ。あなたが総理に選ばれないのは、『巫女姫』に問題があるのではない。単純に資質の問題では？」

罪を犯したにもかかわらず、今までのうのうと裁かれもせずにいた細野。罪を悔いるどころか、看破した伽耶乃を貶《おとし》める発言は聞き流せない。

冷静でいるつもりだが、隠しきれない激情が台詞に交じる。今までの本郷は、明確に敵対心を表す場合でも平然としていた。効果的と思われるところで感情をあえて見せ、周囲の自分に対する印象をコントロールしてきた。

だが、細野の罪を伽耶乃から明かされて以降、本郷の中で何かが変わった。両親とともに失ったはずの感情が蘇り、沸々《ふつふつ》と身体の中で煮えている。どす黒い渦を巻く感情は、いつ爆《は》ぜてもおかしくないほど膨《ふく》れ上がっている。

「私は、『巫女姫』の託宣を信じます。彼女があなたを〝罪人〟だと告げたのであれば、糾弾されるべきはあなただ」

「……なるほど。きみは、神々廻家に足繁く通っていたみたいだからねえ。ずいぶんと『巫女姫』に入れ込んでいるようだ。確かに美しい女だから無理もない。それとも、『巫女姫』のほうがきみに夢中なのかな？　本郷くんなら、世間知らずの小娘を誑かすことなんて造作もないだろう」

「それこそ、下種《げす》の勘ぐりというものですよ。私は、『巫女姫』に託宣を授かりに通っていただけに過ぎません」

息を吸うように嘘を述べるのは、政治家の常套手段である。もちろん細野は本郷の発言を信じておらず、小さく肩を竦めた。

「今はそういうことにしておこうか。問題はね、『巫女姫』が私を総理に選ばなかったことにある。仮に私が罪を犯していたとしても、誰がそれを証明するんだ？　証明できない以上、それはただの妄言だよ。それなのに、皆が皆あの娘を妄信している。……『巫女姫』は危険な存在だ」

細野の言に、本郷は一部だけは同意する。『巫女姫』の力は確かに認める。だが、それまでの政治活動に関係のないところで評価される因習など要らない。神々廻家に莫大な富と権力が集中している現状など壊すべきだと考えている。

しかし細野の場合は、あくまでも己の罪の露見を恐れ、総理に選ばれなかったことを恨んでいるだけだ。伽耶乃の力に疑義を唱えるのは甚《はなは》だ筋違いである。

本郷が視線を据えると、細野はまるで答弁のように流暢《りゅうちょう》に続けた。

「きみは、私の罪とやらを何か知っているとでもいうのかい？　きみの秘書は、私の周囲を嗅ぎ回っているだろう。あれはどういうことだ？」

細野の目が鋭く細められる。愛嬌のある好々爺然とした顔は鳴りを潜め、押し隠していた野心が剝き出しになっていた。

(俺が過去を探っていることに勘付いたか)

細野が神々廻家の当主に接触したのは、本郷の調査を察知したこともあるだろう。

本郷が『巫女姫』に頻繁に謁見しているという事実に、『男に狂っている』という悪意ある憶測で当主を揺さぶった。『奉納』を控えている今、ほんのわずかな綻びも許されない神々廻家は、伽耶乃に本郷との謁見を禁じたのだ。

「嗅ぎ回っているとは人聞きの悪い。私は、『巫女姫』の託宣を聞き、細野先生に醜聞があってはまずいと動いていたに過ぎませんよ。何か後ろ暗いところがおありなんですか？」

本郷は、細野を探っていたのは事前に醜聞を潰すためだという態《てい》で話し、そのうえで質問を返した。しかし目の前の男は、平然と「そんなものはない」と言ってのける。

「罪と呼ばれるのは、それが明らかになったときだけだ。本郷くん、きみも恒親先生のもとで学んだ政治家ならわかるだろう？　極論を言えば、法を犯そうと露見しなければ罪には成り得ない。疑わしきは罰せず、というやつさ」

「……ええ、そうですね。私も聖人君子ではないので、その理屈はわかります」

先の総選挙でも、露見すれば責めを負うだろう戦法を取っていた。それを悪いことだとは思わない。綺麗ごとだけで選挙は勝てないからだ。

だが、選挙戦でどれだけ他者を陥れようとも、政敵を失脚させるために醜聞を仕掛けようとも、もし露見したならばすべての責を己で背負う覚悟はある。罪を犯したにもかかわらず、保身のために隠蔽しようとしている細野とは、根本的に考え方が違うのだ。

「我々は、今後も良好な関係を築けるはずだ。そうだろう？　本郷くん。もしもきみにそのつもりがないのなら……残念だが、私はきみの敵にならざるを得ないな」

「身に覚えのない罪ならば、そこまで怯える必要はないでしょう。私は、己の信念に従って行動するのみです。その道程に石が転がっているのなら、迷わず排除しますよ」

それは、ふたりの間を決定づける言葉だった。今この瞬間から、互いを蹴落《けお》とすために水面下の戦いが繰り広げられることになる。

「お話がそれだけなら失礼いたします」

背を向けた本郷だが、細野から呼び止められることはなかった。

細野との間で交わされた会話が、ふたりの分水嶺《ぶんすいれい》となる。ここから先は容赦《ようしゃ》せずに、徹底的にあの男を追い落とすための算段を練らねばならない。

(俺を止められるものなら止めてみればいい)

議員会館を後にした本郷は車に乗り込み、実家へと行くように秘書に命じた。

まずは、伽耶乃の身を早急に保護する必要がある。迅速に事を進めるには、少々強引な手段が必要だ。本郷の持っている人脈のうち、一番今回の案件に適しているのは祖父である。

本来であれば、伽耶乃の件で他人を介在させたくはなかったが、手段を講じている間に先手を打たれては困る。熟慮断行、それが本郷の性質だ。目的を遂行するために熟考は重ねるが、こうと決めれば迷わず行動に移す思いきりがある。

(勝負は今夜だ)

伽耶乃にメールを送ると、本郷はシートに深く身を預けた。

3

伽耶乃が本郷からのメールを読んだのは、午後七時のことだった。

メールには、『今晩行くから身の回りのものを整理しておけ』という一文しか記されていなかった。

(今日、何が起こるの……？)

ほかに説明がないため困惑したが、言われた通りに身の回りの荷物を纏め始めた。といっても、伽耶乃の私物は極めて少ない。普段身に着けている和服は大量に揃えられているが、それらは必要だから買い与えられただけで、伽耶乃の意思が反映されているわけではない。自ら欲したのは、書籍と一羽の金糸雀だけだ。

(わたしがいなくなったら、この子はどうなるんだろう)

籠の中の金糸雀を見遣ると、わずかに躊躇《ためら》いが生じる。本当は一緒に連れて行きたいが、本郷に世話になる身でこれ以上負担はかけられない。

「……ごめんね」

この屋敷で唯一の慰めだった金糸雀に声をかける。

たとえ逃がしたところで、人の手で飼われていた鳥は外の世界で生きられない。それならば、まだ屋敷に置いて行ったほうが生き延びる確率が高く思えた。

伽耶乃は胸の痛みを覚えながら、本郷から預かっている携帯を帯の中にしまった。着替えを持っていくことも考えたが、手持ちの服といえば着物ばかりだ。持ち運びには少々荷物になるし、バッグや風呂敷の類もない。

（わたしは本当に、何も持っていないんだ）

十九年間生きてきて、自分の手の中にあるものは何もない。大勢の人々に『託宣』を与えるだけの人形で、己の身体でさえも自由にならない。

けれど、今夜を境に変わる。生きる意味になってくれるという男に身を捧げるのだ。

伽耶乃は覚悟を決めると正座をし、じっとその時を待った。

これまでは、過ぎていく時間を憂鬱に感じることもあった。時が経つほどに『奉納』の日が近づいてくるのは、ひたひたと背後から死が迫ってくるようなもの。精神が徐々に闇に覆われるような心地がしたからだ。

しかし今、伽耶乃の心は凪いでいた。耳鳴りがするほどの静寂の中にあっても、孤独を感じることはない。

本郷の存在が、精神に安定を齎《もたら》している。そう感じたとき、空気がざわりと振動した。

それまでの静寂から一転し、屋敷の廊下を行き来する人々の足音が聞こえてくる。異変を察知したのか、鳥籠の中の金糸雀が羽をばさばさと羽ばたかせた。これまでそんな風に暴れたことはなく、なおさら不安を駆り立てる。

(何かあったの……?)

時刻を確認すると、午後十時半。通常の屋敷は寝静まっている時間だ。立ち上がった伽耶乃は、障子を開けてそっと様子を窺った。すると、複数の人々が争う声が聞こえてくる。騒がしい屋敷内を怪訝《けげん》に思い、恐る恐る部屋から一歩足を踏み出す。そのとき、帯に入れていた携帯が震えた。急いで取り出すと、本郷から『玄関に向かって走り、その場にいる外部の人間に助けを求めろ』とメールが入る。

「っ……!」

携帯を帯にしまった伽耶乃は、弾かれたようにその場から駆けだした。迷路のような廊下を走り抜ける間に使用人に引き止められそうになったが、振り切って全力で走る。

和装でかなり走りにくかったが、必死に玄関を目指す。常に『巫女姫』としての立ち居振る舞いを求められていたため、廊下をこんな風に駆けたことなどなかった。

「巫女姫、いけません!」

「あっ……!」

あと少しで玄関に着こうというときに、使用人に行く手を阻まれた。

「お部屋にお戻りください! 今はこちらに来てはなりません!」

駆けつけてきた警備や使用人が、じりじりと前後から近づいてくる。彼らに挟まれた状態でどうにも身動きが取れなくなった伽耶乃は、思い切り息を吸い込んだ。

「た……助けて……っ、誰か……！」

おそらく玄関にいるだろう外部の人間に聞こえるように、大きな声で叫ぶ。警備や使用人は、普段ほとんど言葉を発しない伽耶乃が上げた大声に一瞬怯んだ。

そのとき、玄関の方向から見慣れない二名のスーツ姿の男性が駆けつけてくる。

「警察だ！　全員その場から動くな！」

怒声とともに入ってきたうちのひとり、白髪交じりの男性が掲げたのは警察手帳だった。革製で縦開きのそれは、上部に身分を証明する写真と階級が、下部には警察の徽章が付いている。

突然警察が屋敷に入ってきたことに驚き、伽耶乃はその場に立ちつくした。すると、白髪の警官が使用人を避けてこちらに歩み寄ってくる。

「神々廻伽耶乃さんですか？」

「は……い」

「あなたが不当にこの屋敷に監禁されていると通報がありました。事実確認のためご同行願います」

「……わかりました」

本郷の差配だと理解した伽耶乃は、おとなしく警官に従って玄関へ行こうとする。しかしそこへ、祖母の阿佐伽が立ちはだかった。

「お待ちなさい！　たかが警察ごときが、誰に断って屋敷内に入ってきた！」

「我々は、通報があったため、事件性の有無を確認にきました。玄関で屋敷の方にお話を伺おうとしたところ、悲鳴を聞きつけて駆けつけた次第です。これは警察官としての職務であり公務です。もしも邪魔するのであれば、公務執行妨害になりますが」

屋敷の当主相手でも、警官はまったく怯まなかった。「事件性がなしと判断できるまでは、彼女の身柄を保護します」と、伽耶乃を守るようにして囲み、その場から連れ出した。

（本当に、屋敷の外に出られるの……？）

戸惑いながらも玄関に置いてあった草履を引っ掻けて外に出ると、阿佐伽と使用人がその後に付いてくる。

祖母はここで騒ぎを起こしてはまずいと思ったのか、何も言わなかった。警官に連れられて屋敷を出る伽耶乃を凝視していたが、門を潜ろうとしたところで、

「おまえが戻るのはこの屋敷のほかにない！」

伽耶乃の背に向かい、呪詛《じゅそ》のごとく低い声を投げかけた。

阿佐伽の声にびくりと肩が震える。長年にわたり祖母に抑圧されてきた弊害で、彼女の怒りに触れると意思に関係なく心が委縮する。

しかし、後ろは振り返らなかった。ここで祖母と視線を合わせると、恐れを抱いてしまう。この屋敷から——神々廻家から脱出するためには、強い決意が必要だった。

巨大な壁のような門が開き、警官に伴われて屋敷の敷地外へ足を踏み出す。夜更けとあって夜の闇に包まれていたが、警察車両の赤色灯だけが煌々《こうこう》と光を放っていた。

「どうぞ、乗ってください」

警官に促され、後部座席に乗り込む。そのあとから白髪の警官が伽耶乃のとなりに座り、もうひとりは運転席に収まった。

すぐさま車は走り出し、巨大な屋敷の門が遠ざかっていく。少し心細く思った伽耶乃は、膝の上で手を握ると唇を引き結ぶ。

(こんなに呆気なく外に出られるなんて……)

囚われていた鳥籠からの脱出は、いざ実行されると呆気なかった。——いや、容易《たやす》いと思わせるほど、本郷の手段が秀逸だったのだ。

神々廻家の絶対的な権力者の阿佐伽も、警官に対しては強く出られなかった。今ごろは伽耶乃を取り戻すために伝手《つて》を頼っているのだろうが、警官を派遣したのは本郷だ。祖母の先手を打っているに違いない。

「神々廻さん。我々は、上からの命令であなたを保護した。それもけっこう強引な方法でだ。しかし、この件について詳細は知る必要がないと言われている。これからある場所に行き、あなたを引き渡せば我々の仕事は終了だ。この件について口外はしないし、我々の出動は公に記録されない。あなたもそのつもりでいてくれ」

「……わかりました」

警官の態度から、本郷が警察の上層部を巻き込み、伽耶乃を救出したのだと察した。それも、正式な要請ではなく非公式にである。神々廻家に派遣された二名の警官は、上からの指示に従って伽耶乃を保護し、本郷のもとへ連れて行く役目を与えられたのだ。

車はしばらく幹線道路を走ったのちに、裏道に入った。上からの指示に含まれているのか、警官ふたりはそれぞれに周囲に視線を向け、追跡者がいないかを確かめている。

車のシートで身動きひとつせずにいると、ふたたび幹線道路に戻った車は、やがてとあるマンションの地下駐車場に入っていった。

白髪の警官が先に降り、伽耶乃を外に促す。コンクリートの床に足を下ろしたとき、見知らぬ男性が静かに近づいてきた。

「ご苦労様です。あとはこちらで対処いたします」

「ええ、頼みましたよ」

短い会話を交わし、白髪頭の警官が警察車両に乗り込む。時間を置かず走り去った車を確認し、男性が伽耶乃に声をかけてきた。

「本郷の秘書をしている新垣と申します。これから本郷の部屋までご案内いたします」

「よ……よろしくお願いします」

本郷の名前を出され、そこでようやくホッとする。

新垣の後ろに続いてエレベーターに入ると、彼はパネルにカードキーを差し込んだ。状況の説明もなければ、伽耶乃が何かを問われることもない。おそらく、本郷と直接話せるということなのだろう。

エレベーターはすぐに最上階に到着した。箱から出た新垣に続くと、廊下の右手に一枚だけドアが見えた。いかにも重厚で精緻《せいち》なドアの前に立った秘書は、キーの挿入口にカードを差し込む。すると、もう一枚ドアが現れ、同じように解錠した。

(ずいぶん厳重なんだな)

新垣の背後で考えていると、二枚目のドアが開くと同時に広い玄関が現れた。

「どうぞ、お入りください」

「……お邪魔します」

草履を脱いで揃えると、新垣が廊下の突き当たりにある部屋に入った。

ドキドキしながら足を踏み入れた伽耶乃は、部屋にいる男を見た瞬間にその場にへなへなと座り込んだ。緊張が解けたのか、足に力が入らない。伽耶乃の様子を見て薄く笑った男は、新垣に声をかける。

「ご苦労だったな」

「いえ。では、私はこれで。報告は状況を見て明日にいたします」

新垣が去ると、歩み寄ってきた本郷が伽耶乃を抱き上げた。その足でソファに座らせ、自らもとなりに座る。

「無事だな?」

本郷は、まだ困惑している伽耶乃を落ち着かせるように、手の甲で頬を撫でた。

「おまえの祖母に、俺と会わせるなと進言した輩がいてな。当主がおまえを隠す前に、先手を打って連れ出した。慌ただしくなって悪かったな」

「どうして警察が……?」

「祖父の人脈を利用した。祖父は元警察官僚だった議員と懇意にしている。本当はあまり人を介したくなかったが……時間をかけたくなかったからしかたがない。手土産は渡したから問題ないだろう」

本郷の祖父は元政治家で、引退した今でも各界とパイプがあるという。祖父は元警察官僚の議員に働きかけ、警視庁の上層部に『神々廻家に赴き伽耶乃を保護しろ』と命じさせた。もちろんただではなく、〝手土産〟——本郷が握っていた財務省の官僚の暴行事件をリークした。それも、証拠の動画付きである。

元警察官僚の議員は、財務省に貸しを作るためにこの事件を利用した。財務省は、各省庁の予算編成を担う。いわば最強の官庁といっていい。政治家が己の政策を推し進めるためには予算が必要となるわけだが、財務省の官僚は係長クラスであっても霞が関での力は絶大だと言われている。

予算編成という〝金〟の配分を握る官庁の弱みを握ることができた元警察官僚の議員は、本郷の願いを聞き入れて警視庁を動かした。これらはすべて裏で取引が行われ、表沙汰になることはない。

「元警察官僚の議員が、握った情報をどう使うのかについては関知しない。これくらいのカードを切らないと、短時間でおまえをあの屋敷から連れ出せなかった」

説明を聞いた伽耶乃は、自分の知らないところで様々な思惑が働いていたことを知り恐ろしくなった。そして、目の前にいるこの男は、目的のためなら手段を選ばない。己の持つカードから最適解を選択し、時に非情にも思える行動を取るのだろう。

「……わたしを助けてくれて、ありがとうございます」

伽耶乃は本郷と視線を合わせ、まず礼を告げた。彼がどのような手段を用いたとしても、持てる手札を駆使して自分を救いだしてくれたことに変わりはない。そして、この男を好きだと思う気持ちも。

「身の回りのものを整理しろとメールをもらっていましたが、持ち出せるようなものは何もありませんでした。あなたから預かっていた携帯電話だけです」

帯に隠していた携帯を取り出し、ローテーブルの上に置く。本郷は、「これはおまえ専用の携帯だから返さなくていい」と言って、伽耶乃を見つめる。

「生活に必要なものはすべてここにあるし、着替えはあとで手配する。しばらく落ち着くまで外出できないだろうが、不便はないはずだ」

本郷の視線に晒されて、胸が高鳴る。彼は伽耶乃の手を握ると、口角を上げて言い放つ。

「おまえがここにいるということは、この先の生を選んだということだ。俺のものになり、俺だけのために生きろ」

この男の発する言葉は常に力強い。己の選んだ道へ突き進めと、生きることを迷うなと言外に伝えてくる。だから、伽耶乃は強烈に惹かれてしまうのだ。

「……わたしは、あなたのものです。『巫女姫』でなくなれば何も持っていないけれど、それでも生きていたい。あなたが、好きだから」

人生にはいくつもの選択が付きまとう。己の命を選んだ伽耶乃は、神々廻家に連綿と受け継がれてきた『巫女姫』の力を捨て、本郷に身を捧げようと思った。それが正しいかどうかはわからないが、少なくともこの男は受け入れてくれる。

『巫女姫』ではなく、『伽耶乃』と呼んでくれる男。だから。

「この先何があっても、わたしはあなたを諦めない」

彼を諦めるのは、生きる意味を失うのと同義だ。

生きる理由になってくれると言ってくれた男に対し、伽耶乃は誠心を捧げる。すると、ネクタイを緩めた本郷に、強引に後頭部を引き寄せられた。

「んぅっ……」

唇を押し付けられたかと思うと、すぐさま歯列を割って舌先が挿し込まれる。突然の行動に驚きつつも、口づけを受け入れた。伽耶乃自身も、彼に触れてもらいたかったから。

本郷の舌に己のそれを搦め捕られ、ぬるぬると表面を撫でられる。彼にキスをされると、何も考えられなくなるのが不思議だ。ぴったりと合わさった唇にも、口腔をかき混ぜる舌にも、どうしようもなく胸がときめく。

「んっ、ふ……ぁっ」

鼻から抜ける甘えた声が恥ずかしい。体温が徐々に上がっていき、熱に浮かされる。好きな男に触れられる悦びで、心臓が忙しく高鳴る。

（わたしは……この人のものになる）

そう考えると、胎の奥がむずむずと熱く火照《ほて》る。本郷に施された愛撫を、身体が記憶しているのだ。神々廻家を捨ててこの場にいるのは、この男に抱かれて身も心も捧げるため。自覚すると、いっそう身体が熱くなる。

「おまえを抱く。いいな」

キスを解いた本郷に宣言された伽耶乃は、静かに首肯した。

もとより、神々廻家から逃れる決意をしたときからそのつもりだった。力を失うことに迷いがないと言えば嘘になるが、それでもこの男のそばにいたい気持ちのほうが強い。

本郷は立ち上がると、伽耶乃を引き立たせた。リビングから移動して寝室のドアを開け、キングサイズのベッドに腰を下ろす。自身のスーツの上着とベストを脱いだ男は、ドアの前で立つ伽耶乃を見据えた。

「脱げ」

「え……」

「俺に抱かれたいなら、その身で示せ」

不敵に口の端を上げて告げた男は、ネクタイを首から引き抜いた。シャツのボタンを外していき、肌があらわになる。男性らしい胸板や鎖骨がひどく色っぽい。つい見惚れていると、早くしろというように視線で促された。

息を詰めた伽耶乃は、羞恥に頬を染めながらも帯を解いた。着物を脱いで長襦袢になると、ちらりと男に目を向ける。本郷は自身のシャツの前をはだけさせ、伽耶乃を見つめていた。欲を感じさせる眼差しに、ますます体温が上がっていく。

恥じらいながら長襦袢を肩から外して全裸になると、胸と陰部を腕で隠す。ねっとりとした視線が肌に絡みつき、まるで犯されているかのようだ。

「来い」

端的に命じられ、手を差し伸べられる。周囲の光景は目に入らず、ただ本郷だけを見つめて彼の前に立つと、突如手首を引かれた。

「あっ……」

ベッドに引き倒されたと同時、男が伸し掛かってくる。自身の髪をくしゃりと乱した本郷は、眼鏡をヘッドボードに置いた。初めて見る眼鏡を外した彼の顔に、どきりとする。

怜悧な目は欲望に染まり、今にも食いつかれてしまいそうだ。

「おまえは俺のものだ」

所有を宣言すると、本郷は胸のふくらみを両手で包み込んだ。乳首を押し出すように揉み込まれて身体を捩らせると、乳房の頂きに舌を這わせられる。

「んぁっ……」

乳首を吸引され、ぞくぞくと腰が蕩ける。生まれたままの姿を彼にさらし、愛撫を施されている。誰に邪魔されるわけでもなく触れられるのが何よりも嬉しい。

熱い口腔内で舐め回された乳頭が徐々に芯を持ち始めると、足の間に淫らな熱が溜まってくる。全身がじんじんと疼いていき、伽耶乃はただ快感に身悶える。

「あんっ、ん……ふ、ぁあっ」

乳首にねっとりと巻きつく舌の感触が気持ちいい。もう片方はくりくりと指の腹で転がされて、身体の内側が切なく潤んでいる。足の付け根がずくずくとして身を捩らせると、顔を上げた本郷が囁きを落とす。

「もっと声を出していい。ここには、俺とおまえのふたりだけだ」

伽耶乃を煽るように乳首を咥えた本郷は、唇でそこを扱きながら、太ももに手を這わせた。すべやかな肌を撫で回し、身体の線を辿っていく。

「や、ぁっ、本郷、さ……ンンッ」

伽耶乃は本郷の頭を掻き抱き、与えられる刺激に耐えた。謁見の間で愛撫されたとき以上に感じてしまっている。

乳首に歯を立てられてびくっと腰を震わせると、男の指が足の間に差し入れられた。淫らな露を纏った花弁を擦られて逃げ腰になるも、本郷の身体に阻まれて逃れられない。

本郷は口腔で乳首を遊ばせつつ、ぬるぬるになった割れ目に指を沈ませた。時折上部の花芽を爪で引っ掻かれ、そのたびに蜜が迸る。上下同時に触れられ、伽耶乃は全身が敏感になっていた。

「は、ぁっ、あぅっ……ンッ」

無意識に腰が揺らめき、体内がもどかしい快楽に支配されていく。

(気持ち、いい……もっと、もっと触れてもらいたい)

女としての欲望が、本郷に引きずり出される。淫悦に溺れるほど本能が剝き出しになっていき、伽耶乃をただの女にしてしまう。うっとりと愛撫に陶酔しきっていると、割れ目をいじくっていた指が蜜孔に挿入された。刹那、異物感で身体が強張る。

「やぁっ……」

「力を抜け。指で痛がるようなら、俺のものを挿れられない」

「ん……っ」

声をかけられたものの、どうしても意識が下肢に集中してしまう。すると彼は、親指で陰核を擦った。先ほどから軽い刺激を施されていた花芽を強く押され、伽耶乃は思わず顎を反らせる。

「あっ、ぁああ！」

快感の塊に加えられた刺激で一瞬身体が弛緩すると、本郷がすかさず埋め込んだ指を動かし始めた。内部に溜まっていた愛蜜を掻き出すように指を旋回させていき、濡れ襞をぐりぐりと擦り上げる。ぬちゅっ、ぐちゅっ、と淫らな水音が鳴り響き、耳を塞ぎたくなるほど恥ずかしくなった。

「いや、ぁっ……」

「いいか、伽耶乃。おまえの此処に、俺が入るんだ。そうすればおまえは、ただの女になれる。──一生俺のものだ」

男の声が、これまでにない甘さで囁かれる。一生本郷のものとして生きていけるなら、それはとても幸福なことだと思える。『巫女姫』の力を失っても、彼はそばに置いてくれると言っている。喜びが胸に広がると、連動するように媚肉が男の指に吸い付いた。

「アンッ、あぁっ」

「中が解れてきたぞ。俺のものになれるのが嬉しいか」

「嬉し……です……だって、わたし……」

この男が好きだから、今この場にいる。その想いで彼の腕に触れると、本郷が指の動きを速めた。親指で花蕾を刺激し、中指で肉壁を擦り上げる。少し前まで感じていた違和感が薄れていき、代わりに性感が高まっていく。

「そこ、や……ぁっ」

「嫌だと言いながら、俺の指を美味そうに呑み込んでいる。俺に犯されたいんだろう？伽耶乃。素直になれ」

ぐいぐいと媚壁を押し擦りながら本郷が笑う。露悪的な言葉を吐くことで、伽耶乃がいっそう羞恥に悶えるのを知っている。そのうえで素直になれと言い、恭順を求めるのだ。抗いがたい快楽と理性の狭間でぐらぐらと揺れていた伽耶乃は、それでも男の求めに応じて口を開く。

「っ……欲しい、です……」

「何を、どうして欲しい」

「あなたに……お、犯して、欲し……っ」

理性をかなぐり捨てて告げた刹那、本郷が花芽を引っ掻いた。散々擦られて赤く膨れ上がっていたそこを集中的に虐《いじ》められ、体内に電気が流れたように四肢をびくびくと震わせる。

「おまえはそのまま素直に感じていろ。今まで知らなかった世界を見せてやる」

剝き身になった花蕾を容赦せず刺激され、愉悦の頂きへと押し上げられる。

「ひ、ぁっ……ンッ、ぁあっ……」

呆気なく達した伽耶乃は、全身を弛緩させて本郷を見つめる。肉体の悦びと、彼に触れられた精神的な喜びとで満たされていると、本郷が内部に埋めていた指を引き抜いた。

「んっ」

指を失った蜜口が惜しむようにひくつき、小さく震える。伽耶乃の様子を眺めながら、本郷はズボンのベルトを外して自身の前を寛げた。ヘッドボードから取り出した避妊具を口に咥え、封を破いて手早くそれを装着する。

まだ絶頂の余韻《よいん》で朦朧《もうろう》としつつ本郷の動作を眺めていた伽耶乃は、男の欲望を見て息を詰めた。隆々と張り詰めた肉塊は天を衝き、戦くほど長大だ。

蜜口に昂ぶりをあてがわれ、腰がびくつく。けれども彼は構わずに、伽耶乃の足を大きく左右に開かせた。

「逃げるな。これでもう後戻りできない。おまえをただの女にする」

本郷は尊大に言い放つと、伽耶乃に熱の塊を突き入れた。

「あ、ぁあああ……ッ」

硬く太い肉の楔《くさび》が挿入され、伽耶乃は身体がふたつに引き裂かれそうな痛みに襲われた。あまりの圧迫感で目を瞑り、シーツを握り締める、未踏の蜜窟は狭く閉じ、男の侵入を拒んでいるかのようだった。

「息を吐いて俺を見ろ。誰がおまえを女にするのか、その目でよく見ておけ」

本郷の言葉で目を開けると、切なげな瞳とかち合った。彼は苦しげに眉根を寄せつつも、伽耶乃の頬に優しく指で触れる。

「痛いなら俺にしがみついていろ。だが、おまえが嫌がっても止めるつもりはない」

「嫌じゃ……ありません」

自ら望んで本郷に抱かれるのだ。そう伝えたくて、腕を彼の背に回す。自分と彼の肌が触れ合う感触が心地よく、痛みからわずかに意識が逸れた。その隙を見逃さず、本郷はずぶりと腰を押し進める。

「んぁっ!」

最奥までみっしりと埋まった雄塊の逞《たくま》しさに、身体の奥が悲鳴を上げる。男のものは胎内を焼き尽くすのではないかと思うほど熱く、どくどくと脈を打っている。その振動すらつらく、伽耶乃は男に縋って懸命に痛みに耐えた。

しかし、痛みを伴う一方で、ひどく満たされた気持ちだった。これで本郷のものになれた。神々廻家の因習から解き放たれ、自由になったのだ。歴史の歯車から脱した安堵と、好きな男に抱かれた喜びで胸がいっぱいになる。

「本郷、さん……わたし……」

『巫女姫』に脈々と受け継がれてきた能力は、重荷であってもそうと言えなかった。ひとりで重圧に耐え、粛々と死へ向かって時間を過ごすだけだった。

けれど、目の前の男に救われた。伽耶乃を孤独と呪縛から解放し、『巫女姫』からひとりの女に戻してくれた。

(わたしは、もうなんの力もなくなった)

『巫女姫』の力は失ったが、伽耶乃に後悔はない。無意識に笑みを浮かべたとき、頬に流れた涙を指で拭われる。

「もう死に怯える必要はない。俺の女として、何も心配せずにいればいい」

本郷は掠れた声でそう言うと、ゆるゆると抽挿を始めた。伽耶乃の中を探るかのように肉傘で媚肉を引っ掻きながら、乳房に指を食い込ませる。

「あぁっ、んっ……本郷さ、んっ……両方は、だめ……っ」

腰を緩やかに上下させ、乳首を指で転がされる。そうされると、なぜだか子宮がきゅうきゅうと啼《な》き、本郷の雄を食い締める。

「ひ、ぁっ……んぅっ」

「は……おまえの中は最高に好い。我を忘れそうだ」

かすかに呼気を乱した本郷は、乳頭を摘まみながらぐいっと腰を押し付けてくる。彼は言葉とは裏腹に、伽耶乃を労わるように優しく抱いてくれている。それが嬉しかった。

彼の動きに合わせて艶やかな黒髪がシーツに広がるが、それを気にする余裕はなかった。ただただ愛しさに身を任せ、本郷に身を委ねていると、彼がおもむろに体勢を変える。伽耶乃の両足を持ち上げ、膝が乳房につくような恰好をさせる。

「このほうが、よく見えるだろう」

「や……っ」

本郷と繋がっている部分が目の前にさらされ、淫らな光景が映り込む。恥ずかしくて目を逸らそうとしたものの、男はそれを許さなかった。見せつけるようにぐりぐりと蜜孔を攻め立てられ、成す術もなく肢体を揺らがせる。

「アンッ、あ、あ……ゃ、ぁあっ」

本郷が動くたびに内部に溜まった愛蜜が押し出され、じゅぷっ、ぬぷっ、と淫音を立てている。出し入れを繰り返されていくうちに肌は粟立ち、頭の先からつま先までが愉悦塗れになり、何も考えられなくさせられた。

根本まで熱杭を埋められたかと思うと、雁首で浅瀬を拡げられ、甘い痺れが全身に伝わっていく。体内の奥深くを彼に犯され、その熱量にぞくぞくと喜悦が沸き上がる。

伽耶乃はすでに、痛み以外の感覚を覚えつつあった。肉傘の段差で媚肉を抉られると、呼応するように蜜路が窄《すぼ》まる。雄茎を逃すまいとする胎内の動きに苛まれ、呼吸が浅く激しくなってくる。

「はぁっ、ふっ、ぁっ、あ……んぁっ」

「俺を呼べ、伽耶乃」

めくるめく快楽の渦《うず》に呑み込まれそうになっていると、本郷の声が投げかけられた。

「俺の名を呼べ。知っているだろう？」

「……拓爾、さん？」

「ああ、それでいい。おまえにだけは、呼ばせてやる」

一瞬笑みを見せた本郷は、徐々に動きを速めていった。小刻みに腰を揺らされて、淫らな滴がシーツに染みを作る。己の膝に擦れた乳頭からも快感を拾い、余すところなく屹立《きつりつ》で媚壁を擦り上げられると、身体が彼に塗り替えられていく感覚がした。

「た、くみ……さんっ……気持ち、好い……っ、ん！」

「この程度で満足するな。これからもっと好くなる。俺専用の身体に仕込んで、俺なしではいられなくしてやろう」

これ以上なく淫らな己の所有者を前に、伽耶乃は心身ともに充溢《じゅういつ》していた。

肉をたたく乾いた音が室内に響く。奥底まで貫かれて息苦しい。血液が沸騰《ふっとう》したのかと思うほど肌は熱くなり、肉槍と内壁の摩擦がさらに体温を上げていく。

全身が甘く痺れ、彼の宣言通りに体内が作り替えられていく。男の形に拡がった膣内《ちつない》は摩擦されるたびに悦んで蜜を垂れ流し、快楽の極みへと向かってうねりを増した。

「あ、あっ、また……きちゃう……っ」

「達け、伽耶乃」

淫らに命じた本郷は、己の昂ぶりで臍《へそ》の裏側を集中的に削った。伽耶乃は悲鳴に近い嬌声を上げて彼に応え、数度突かれると目の中に官能の火花が散る。

「ぁあっ、あ、ぁあああ……——！」

蜜襞がぎゅうっと肉槍を圧搾《あっさく》し、強い肉の悦に打たれて景色が薄らいでいく。

（わたしは、もう『巫女姫』じゃない。この人の……拓爾さんのもの）

その事実に笑みを浮かべると、それを最後に意識を失った。

6章　過去との決別と未来への希望

1

ふと目を覚ました伽耶乃は、見覚えのない景色を見て目を瞬かせた。

(ここは……)

まだ完全に覚醒していないながらも不思議に思い、身体を起き上がらせようとする。ところが全身に力が入らず、ベッドに沈み込んでしまう。恥部はじんじんと痛み、男を受け入れた感触がまだ生々しく残っている。

(そうだ、わたし……)

身体に色濃く残る疲労が、本郷に抱かれたことを思い出させる。意識がクリアになると、昨夜の痴態がありありと脳裏に蘇った。

彼に身体の奥深くまで貫かれ、喉が枯れるほど喘いだ。途中からは記憶が定かではなくなって、ただなされるがまま何度も上り詰めていた。抱かれている間、伽耶乃はただの女になり、本郷もまたただの男だった。

好きな男とひとつになれた。それは、これまでの人生で一番しあわせな時間だった。その一方で、大きな幸福と引き換えに失ったものに想いを馳せ、そっと目を伏せる。

身体のどこが変わったわけではない。ただ、何年もずっとその身に宿していた力がなくなったことを感覚的に理解する。

(……怖い)

彼に抱かれた後悔はまったくないが、自分が何者でもなくなったのが怖かった。

『巫女姫』の能力のみが、伽耶乃の存在意義だった。しかし、もうなんの力もない以上、存在に価値がなくなってしまった。

神々廻家に数百年受け継がれてきた『巫女姫』の力を、次代に受け渡す前に終わらせたのは、自分が背負うべき罪だ。けれど、無価値の自分を本郷に背負わせるのは心苦しい。

(きっとお祖母様は、なんとしてもわたしを取り戻そうとする。でも、力がなくなったことを知ったら……何をするか想像もできない)

まだ疲労が残る身体をベッドから引き剥がすと、寝室のドアが開いた。そちらを見れば、本郷が濡れた髪を拭きながら部屋に入ってくるところだった。

「起きたのか」

「は、はい……」

本郷は昨夜と同様に眼鏡をかけておらず、シャツにデニムというラフな恰好で、持っていたペットボトルの水を呷《あお》っている。たったそれだけの仕草なのに、とてつもなく淫靡な空気を纏っていた。初めて見るスーツ以外の姿に心臓が早鐘を打つも、彼と目を合わせられない。昨夜の行為を思い出してしまい、恥ずかしいからだ。

しかしそんな伽耶乃に構わずに、本郷はタオルとペットボトルをサイドテーブルに置いてベッドの縁に腰を下ろすと、おもむろに覆い被さってきた。顎を取られ、強引に視線を合わせてくる。

「声が枯れているな。喘がせ過ぎたか」

「っ……」

動揺している伽耶乃とは正反対に、彼は冷静だった。サイドテーブルからペットボトルを取ると、水を口に含む。そして次の瞬間、伽耶乃の唇を塞いだ。

「んっ……」

口内に水が流し込まれる。突然の行動に驚きつつも嚥下《えんげ》すると、唇を離した男が口角を上げた。昨夜、もっとも深い場所で繋がったはずなのに、至近距離にいる彼を見るだけで鼓動が騒ぐのはなぜなのか。

水分を与えられながら考えていると、唇を離した本郷が表情を変えた。

「それで、おまえの力はなくなったのか？」

「……はい。どこがどうと説明はできませんが……能力を失ったのはわかります」

ちくりと心臓に痛みが走った。無価値な自分が嫌だったのだ。けれども彼は、まるで大丈夫だというように伽耶乃の髪を優しく撫でる。

「なんて顔してる。どうせつまらんことを考えているんだろうが、おまえが考えるのは俺のことだけでいい。俺のために足を開き、俺だけのために啼け」

「でも、わたしは……唯一持っていた力を失って無価値なのです。これからあなたに迷惑をかけると思うと、怖い」

不安を吐露した伽耶乃に、本郷は「よけいな心配だ」と切って捨てた。

「昨日は、『何があってもあなたを諦めない』と言っていただろう。いいか、おまえは婆様に、『力がなければ無価値』だと信じ込まされていただけだ。長年培《つちか》われてきたくだらん考えは、これから俺が拭い去ってやる」

本郷の言葉は尊大だが、今の伽耶乃にはありがたかった。神々廻家に対する罪悪感も、彼の役に立てない無力感も、この男はすべて受け入れてくれる。

「ひとまずおまえは風呂に入れ。とりあえず下着は用意させたが、服はまだだ。今日中にはすべて揃えるから待っていろ」

「……ありがとうございます。あの、ひとつ聞いてもいいですか?」

「なんだ」

「祖母は……神々廻家は、あらゆる人脈を駆使してわたしを警察から取り戻そうとするはずです。あなたと一緒にいることが知られて、ここにも来るかもしれない。それでも、そばにいてもいいのですか……?」

「当たり前だろう。その程度で怯むなら、最初から神々廻家から連れ出していない。それに、あの婆様……というよりは、神々廻家がいくら政治家と繋がっていようが、警察上層部に働きかけるような人脈は持っていない」

神々廻家は、家の成り立ちからして政治家との繋がりが深い。だが、あくまでも『託宣』を与えるだけであり、政治家に何かを要求できる立場ではないと本郷は言う。

「神々廻家が神格化されているのは、これまで何かを要求することがなかったからだ。婆様も、それはよく心得ているはずだ」

政治家に頼るとなると、なんらかの見返りが必要になる。神々廻家に『巫女姫』がいない今、あの家は恐れるに足りない。

一方、本郷は恒親経由で警視庁を動かすにあたり、手土産を用意した。土産の性質から考えても、簡単に事が露見するとは考えにくい。

「仮に神々廻家のいずれかがマンションに押しかけようと、セキュリティは万全だ。この部屋にたどり着く前に警察に引き渡される」

説明を終えた彼は身体を起こした。そして伽耶乃の手を引き、強引に抱き上げる。

「た、くみ、さん?」

「とりあえず風呂だ。おまえの身体に染みついたいやらしい匂いと汗を流す」

裸で抱き上げられて、身体を隠すように彼の首に腕を巻き付ける。本郷は、「昨日散々見たんだから隠しても意味がないぞ」と言って、脱衣所で伽耶乃を下ろした。そしてなぜか、着ていたシャツとデニムを脱ぎ始める。

「あ……あの」

「どうせ、足腰が立たないんだろう。面倒を見てやる」

本郷は言うが早いか、服をすべて脱ぎ去ると、戸惑っている伽耶乃をバスルームに押し込んだ。昨夜隅々まで肌を暴かれてはいるが、さすがに一緒に入るとなると抵抗がある。

「ひとりで洗えます、から……」

「うるさいぞ、黙っていう通りにしておけ」

耳もとで囁かれ、伽耶乃はそれ以上の反論ができなくなった。昨日散々快楽を刻み込まれたことで、この男に従順でいるよう心身に教え込まれたのだ。

広々とした浴室内はふたりで入っても余裕があった。彼はシャワーヘッドを持つと、伽耶乃をバスチェアに座らせた。背中から、「これで髪を纏めろ」と告げられ、手ぬぐいを渡された。言われたとおり髪をひと纏めにすると、肌に湯が浴びせかけられる。

「昨日付けた痕が残っているな。おまえの肌は少し吸ってやるだけですぐ痕になる」

本郷は背後から手を伸ばしてくると、胸のふくらみに指を這わせた。濃く色づいた赤い印を指でなぞられ、小さく身じろぐ。

「んっ……」

胸の尖りに掠めるように触れられ、鼻にかかった声が漏れる。本郷はくっ、と喉の奥で笑うと、シャワーヘッドを伽耶乃の正面へ持ってきた。胸の先端に強めの水流をかけられて、ビクッと肩が震える。

「や、ぁっ……どうして、そこ……っ」

「妙な声を出すな。俺は汚れを流してやってるだけだ。唾液と汗にまみれたんだ。しっかり洗わないと、おまえも嫌だろう」

本郷の指が乳房に食い込む。乳首を押し出すような動きでむにむにと揉みしだきながら、シャワーの水圧でも乳首を刺激してくる。昨夜この男の手で快楽を得て、すっかり女の身体に変化していた。

「乳首が凝ってきた。ひと晩でいやらしい身体になったものだ」

「は、ぁっ……」

愉しげに囁かれ、勃起した乳頭を中指と親指でぐりぐりと扱かれる。そうされると、昨夜刻まれた官能が目を覚まし、下肢が淫らに疼き始める。汚れを落とすという口実で、本郷は性的に伽耶乃を追い詰めていた。

「足を開け。こっちも流してやる」

「あっ⁉ や、ぁああっ！」

シャワーヘッドを股座に移動させ、恥部に湯を掛けられた。胸の尖りを扱きながら割れ目の奥に潜む敏感な花蕾を湯で刺激され、びくびくと総身を震わせる。散々もてあそばれた身体は、たやすく淫熱を帯びていく。欲に溺れ、男の意図するままにはしたなく蜜が漏れる。

考えないといけないことは山とある。それなのに、本郷に触れられると思考は薄れ、意識が彼に占められてしまう

「い、やぁっ……んんっ」

「ただ身体を流しているだけなのに、ずいぶん感じているな」

ふ、と耳もとで男が笑う。本郷は、こうして愛撫を施すと、伽耶乃が何も考えられなくなると知っている。そして、『巫女姫』の能力を失い、不安に思っていることも。

だから、思考に沈む隙を与えずに、快感の底へと引きずり込むのだ。開きたての花を愛でるように、性に未熟な身体に淫悦と言う名の水を注いでいく。

「自分の手で内股を押さえて足を開け。割れ目が鏡に映るように」

本郷はシャワーヘッドを前方へ向けた。曇っていた鏡がクリアになると、不敵に笑う男と鏡越しに視線が絡む。

「伽耶乃、できるだろう?」

促すように乳首を抓られ、伽耶乃は羞恥で肌を赤く染めた。胎の中がうねっている。沸々と煮え滾った欲望の滴が蜜孔から零れ落ちる感覚に、さらに体内の熱が増した。

「伽耶乃」

「は……い」

この男に従いたい。屈服させられる喜びを教え込まれた伽耶乃は、従順に足を開く。両手で足の付け根を外側に引くと、呼吸するようにひくつく蜜孔が鏡に映る。男を知ったばかりの割れ目は充血し、ひどく淫らに見えた。

（恥ずかしい……）

鏡越しに彼に凝視され、理性が溶かされる。肉体への刺激と湯気で意識が朦朧としてくるも、本郷はさらに伽耶乃を追い詰めるべくシャワーヘッドを恥部に移動させた。自ら押し開き剝き出しになった恥肉に、湯をしたたかに浴びせかけられる。

「んぁっ、あぁっ……」

本郷は、狙いすましたように肉粒に水圧をかけた。敏感な部分に加減なく圧を与えられ、伽耶乃の頭の中が真っ白になる。

（気持ち、いい……もう、何も考えられない……）

目の前の鏡には、蕩け切った女の顔が映っている。男に命じられるまま大きく足を広げて快感を貪る様をはしたないと思うのに、抵抗するどころかもっとして欲しいと思ってしまう。肉の悦びを教えられたことで、身体は彼に逆らえなくなっていた。

「あっ、あ……ンッ、気持ち、い……っ」

「おまえは俺を信じて、ただそばにいればいい」

本郷は囁くと、硬く凝った乳頭をごしごしと扱きながら、恥部を水圧で虐める。

伽耶乃はたまらずに内股を押さえていた手を外して前のめりになると、上り詰める身体をどうにかしたくて、胸をまさぐる腕にしがみつく。

「は、ぁっ、ぅ……んっ、ぁああ……っ」

おびただしい悦の奔流に襲われて、伽耶乃の四肢から力が失われる。本郷に抱きとめられた感触を最後に、意識が薄れていった。

2

本郷は風呂場で気を失った伽耶乃に自分のシャツを着せると、ソファに横たわらせた。

時刻は午前九時。今日は日曜だが、本来予定されていた地元での会合はすべてキャンセルしている。伽耶乃をひとりで部屋に置いておくのが心配だったのと、両親の仇である細野に制裁を加えるための算段に、時間を使いたかったからだ。

携帯を手に取ると、秘書の新垣から連絡が入っていた。細野に引導を渡すだけの情報が揃ったとの報告、そして、伽耶乃が当面本郷の部屋に住むにあたり、着替えなどの生活用品を届ける旨が記されていた。

どこまでも使える男だと笑みを浮かべ、待っていると返信をする。新垣が来るまでの間に寝室を整え、そちらに伽耶乃を移動させた。いくら信用している秘書といえども、無防備な状態の彼女を見せるわけにはいかない。

そう考えてから、苦笑する。およそ自分らしい思考ではないからだ。

(あれは、末恐ろしい女だな)

まだ若く、容姿は目を瞠るほど美しい。だが伽耶乃は、自分の価値は『巫女姫』の有する能力のみだと思っている。

けれど、本郷はそうは思わない。人の死のうえに成り立ってきた力よりも、伽耶乃自身に価値を見出している。愚かなほど純真無垢で、真っ直ぐに思いを伝えてくる。汚れきった自分とは正反対だからこそ、気になってしまう。

常に、他人の言動の裏を読み、邪魔になる人間を排除してきた本郷にとって、混じり気のない好意は貴重だ。伽耶乃を前にすると、忘れていた感情が想起する。

(なんのことはない。あいつを救っているわけじゃなく、自分を救っているだけだ)

無力でなんの力も持たなかった幼いころは、両親の死を前に何もできなかった。そんな己と彼女を重ね、手を差し伸べることで過去の自分が負った傷を舐めている。

隔絶された世界で生きて来た伽耶乃を解放することで、自身が抱えてきた鬱屈を解き放った。それだけに留まらず、彼女の処女を奪い、自分だけに目を向けるよう仕向けている。

世間知らずの娘を誑かしている自覚はあるが、罪悪感はない。伽耶乃が欲しいから手に入れた。恋などという甘い感情からではなく、もっと直接的な欲望を抱いている。

彼女を穢したい。それと同じくらいに、守ってやりたい。

結局、本郷は伽耶乃に執着しているのだ。なぜ、どうして、と疑問を抱くも、それより強い感情で欲している。

己の内側に目を向けていると、インターホンが鳴った。モニターで訪問者を確認すると、新垣の姿が見える。すぐに解錠すれば、少しして荷物を抱えて部屋に入ってきた。

「まずは、彼女の生活用品です。足りないものは、追ってお届けいたします」

「ああ。手間をかけたな」

「いえ。それと、こちらが細野の弱みになり得る情報です」

新垣は茶封筒に入っている書類を差し出した。受け取った本郷は中身を確認し、凄艶な笑みを漏らす。

「租税回避地《タックスヘイヴン》絡みか。予想通りだな。国税が喜びそうなネタだ」

タックスヘイヴンとは、税制優遇措置が取られている国や地域を指す。イギリス領のケイマン諸島やバージン諸島、ドバイや香港《ホンコン》などが挙げられる。

彼の地は、減税措置や法人税の免除を売りに、租税目的の富裕層の移住や他国の企業の進出を促していた。産業を持たないタックスヘイヴンの地域で経済や雇用が活性化するというのが大義名分だ。

しかし、これらはマネーロンダリングや課税逃れといった負の側面を持つ。

細野は、自身の政治資金団体の一部を、所得税や法人税、財産、遺産相続も非課税となっているケイマン諸島に移動させた。それだけではなく、妻が実態のない会社——いわゆるペーパーカンパニーを設立し、資産を移していた。自国で築いた資産をペーパーカンパニーに移動させ、資産隠しを行っていたのである。

租税回避とは、つまり、本社や住所〝のみ〟をタックスヘイヴンに移動させ、本国で納税しないということだ。〝形だけ〟は合法といえるが、細野は政治家としての資質を問われることになる。課税を逃れるために他国に資金を移動させるのは、国益を損なうことにほかならない。

国外財産調書制度により、五千万円を超える国外資産を有する個人は報告義務があるが、細野はこれも報告していない。違反の場合、一年以下の懲役、もしくは五十万円以下の罰金だ。日本国民はこと政治家のカネに纏わる不備には厳しい。

本郷は書類を確認し、ふと目を伏せる。

(両親を死に追いやった責任は、今となっては追究できない。それでもあの男の政治家生命を絶つことができれば、父母も少しは浮かばれるだろうか)

そう考えたものの、答えは誰にも出せないし、詭弁《きべん》だとわかっている。自身が細野を許せず、あの男を表舞台から引きずり下ろしたいだけだと自覚はある。

「明日、議員会館で細野に会う。そこで、辞職をするよう宣告する」

本郷の言葉に、新垣は何も言わずに首肯した。一礼すると、すぐに部屋を立ち去る。

(明日が勝負だ。……必ず、細野を追い込んでやる)

書類を手にした本郷は、リビングのソファに身を沈ませると、固く拳を握りしめた。


翌日。伽耶乃に「部屋から一歩も出るな」と言い含めると、議員会館に赴いた。

本郷の住むマンションは、セキュリティの厳重さがセールスポイントになっている物件だ。住人以外の人の出入りに厳しく、たとえマンション内に侵入できたとしても、エレベーターを動かすにも鍵が要る。部屋に入るにも二つのドアの鍵を開けねばならず、中にいる人間に招かれない限りは入ることができない造りだ。

たとえ神々廻家の当主が伽耶乃の居所を掴んだとしても、マンションにいる限り彼女の身は安全だ。伽耶乃に説明したところ、反論もなく従った。

聞き分けがいいのは助かるが、これでは彼女を捕らえている鳥籠が、神々廻家から本郷の家に移っただけに過ぎない。それは嫌というほど自覚していた。

（神々廻家とはいずれ、決着をつける必要があるだろうが……今は、細野が先だ）

意識を切り替えた本郷は、警備員の先導で細野の事務室を訪れた。あらかじめ連絡を入れていたため、すぐに秘書に招き入れられる。

「細野先生、本郷先生がお見えになりました」

秘書がドアを開け、中に促される。入室すると、細野はこの前と同じように執務机に向かっていた。ゆったりとした仕草で秘書を見遣り、下がるように命じる。ドアが閉まったところで、余裕めいた笑みで本郷を見据えた。

「まさか、そう時を置かずにきみが訪ねてくるとは思わなかったよ。今きみは、あの娘のことで忙しいと思っていたからねえ」

対峙してそうそうに放たれた言葉を聞き、本郷は細野の耳の早さに内心で舌を巻く。

伽耶乃を保護したのは昨日の話だ。すでに情報を得ているということは、神々廻家からなんらかの連絡があったのかもしれない。本郷の件を当主に進言したことで、細野が神々廻家と良好な関係を築いていてもおかしくはない。

とはいえ、細野には警視庁を動かすだけの手札はない。元外務省の官僚であり、そちらに顔は利いても他省や警察関係の人脈は薄い。それは、この男の懐刀として動いてきたからわかることだった。

「私のスケジュールについてまで、ご配慮痛み入ります。ですが、本日は最優先すべき案件をお持ちしたのですよ……細野先生」

本郷は、持っていたA４サイズの茶封筒の中から、書類を取り出した。それを執務机の上に置き、細野に読むよう促す。

「それは、先生が奥様名義でタックスヘイヴンに移動させた資金の流れを記した書類です。秘匿性の高い地域での事業主の名前を調べるのは骨でしたが、伝手を頼って調べ上げました。これは、国税が興味を持つ案件だと思いますよ」

「……私も妻も違法行為はしていない。あくまでも法に則った〝節税〟だよ」

「それを判断するのは国税です。それに、国民感情としてはどうでしょう？　社会保障費の財源確保だと消費増税を決定しておきながら、その一方で与党の副総裁の立場にいる議員が租税回避を行っているのです。批判されてもしかたない」

本郷の目に、獰猛《どうもう》な光が宿る。実際、細野がどれだけ資産を有していようが、課税逃れをしていようがどうでもいい。ただ、この男を追い落とすためだけに、本郷は弁を弄す。両親を轢き逃げした責任を、わずかでも負わせるために。

「……きみは何が目的だ」

集めた証拠に目を通した細野が、呻くように言う。本郷は口の端を引き上げ、無慈悲に要望を叩きつける。

「あなたの議員辞職。――私の要望はそれだけです」

「は……ははは っ。冗談にしても笑えないねえ、本郷くん。たかがその程度のことで、私の議員生命が絶たれるとでも思っているのかい？　昔からこの国の政治家は、やれ不正だ汚職だと罪を暴かれている。だが、彼らは法を犯したかもしれないが私は違う。きみも合法だとわかっているはずだよ？　それとも、官僚を呼んでタックスヘイヴンのレクチャーでもしてもらうかい？」

「いいえ。あなたの犯した〝罪〟は、資金隠しじゃない。――二十七年前の轢き逃げ事件を隠蔽したことにある」

それまで笑っていた細野の顔が、奇妙に歪んだ。どのような証拠よりも、その反応こそが何よりの罪の証だと言わんばかりに、本郷は畳みかける。

「あなたが外務省の職員だったころの事件だ。ロシアの大使館職員だったあなたは、外交特権を利用して轢き逃げ事故をもみ消した」

本郷は、もう一通の茶封筒の中から数枚の用紙を取り出した。そこに記されているのは、細野の当時の上司の証言である。

細野は事故を起こした際に、外務省在外職員や政治家が不祥事を起こしたときに使用される、正式な『公電』――すなわち、記録に残るものではなく、非公式の事務連絡をした。公電と同様に極秘の暗号をかけて報告をしたのだ。

「あなたの元上司、じつは本郷家の携わっている事業のひとつである保険会社に天下りをしているんですよ。しかも調べれば、〝顧問〟などというなんの仕事をしているかもわからない役職だ。それでいて、給料だけは重役クラスという、なんとも羨ましい立場の方ですが――自分の収入を守るために、ペラペラとよくしゃべってくれましたよ」

本郷家は、戦前に六大財閥に名を連ねた由緒ある家柄で、今では様々な分野の事業に進出している、巨大企業を束ねる一族である。本郷のグループ企業のうちのひとつである保険会社が、細野の元上司の天下り先だったのである。

顧問料という名目で、なんら仕事をせずとも月に数百万の金が入る。そこで、かつての部下の不祥事を隠蔽したことを見逃す代わりに真実を話すよう促した。元上司は旨みのある現在の立場を捨てられず、洗いざらい吐いたというわけだ。

「件の元上司の証言は、動画でも撮影しています。これが公になれば、政治家生命が絶たれる。そう思いませんか」

「本郷……この私を脅すつもりか」

「脅す？　人聞きの悪い。私は、あなたに選ばせてあげているんですよ。データが公開されて、日本中から〝人殺し〟と罵声《ばせい》を浴びながら議員を辞めるか、それとも……これまで租税回避してきたことを公にし、資産をすべて失ったうえで辞職をするか」

美貌に凄艶《せいえん》な笑みを浮かべ、本郷が細野を追い詰める。選ばせると言いながら、その実どちらを選択しようと結果は変わらない。

本郷はすでに、国税に細野の件をリークしていた。この男の身ぐるみを剝いで辞職させる。それで轢き逃げの罪が消えるわけではないが、細野のもっとも大事にしている立場と金を奪うことで、逃れてきた罪に向き合わせる。

父母のためなどと耳心地のいい理由を述べるつもりはない。本郷自身の気を晴らすためめに、ひとりの政治家を葬る。それだけのことだ。

「……やはり、あの娘は疫病神だったな」

細野は地を這うような低い声で唸り、本郷を見上げた。

「恒親先生が総理になれなかったのは、神々廻家のせいだ。それなのに、あの娘に肩入れするとは……お祖父様が知ったら悲しむだろうね」

「本気でそう考えているなら、あなたは祖父を見誤っている。本郷恒親は、よくも悪くも政治家だ。神々廻家を恨みもしたでしょうが、それよりも小林元総理が自分を裏切ったことが赦せなかった。政界を引退しても、小林を引きずり下ろすよう私に命じるほどにね」

本懐を遂げた恒親は、だから本郷の頼みを聞き入れた。自身の人脈を使い、伽耶乃の保護に一役買ってくれている。

時に利用し、利用される。それが本郷と祖父の関係だ。おそらく恒親が細野の所業を知ったとすれば、本郷とは違う決断を下す。自分の息子を轢き殺した相手であろうと、利になると判断すれば辞職をさせず、自身の傀儡《かいらい》にするだろう。

本郷も、そう考えなかったわけではない。ただ、長らく失っていた感情を取り戻したことで、細野を飼い殺しにするよりも社会的制裁を与えたいと思った。

その判断は甘いのか、それともより非道な選択なのか。どちらにせよ、細野にしてみれば、本郷は悪魔に見えるだろう。

「……わかった。きみの言う通りにしよう。これまでの租税回避を公にしてから、議員を辞めるよ。これで満足か?」

半ば自棄になったように吐き捨てた細野は、醜悪に顔を歪めた。

「私は絶対にこのままで終わらない。この返礼は近いうちに必ずさせてもらうよ」

二十七年前の轢き逃げを認め謝罪するどころか、本郷を恨んですらいる細野。この男もまた、権力欲と己の保身に憑《と》りつかれた悪党だった。

「辞職の発表については、新政権の組閣人事前にお願いします。そう、できれば明日か明後日にでも」

「……急には無理だ」

「無理でもやるんですよ。轢き逃げ犯として非難され、マスコミに追いかけられたくはないでしょう?」

本郷の言葉に、細野は舌打ちで返した。「もしも辞職の発表を遅らせれば、すべてを明らかにする」と念を押し、踵を返す。すると、ドアを開く直前に、細野が憎悪を滾らせた声を投げかけてきた。

「覚えておけ、本郷。私にそうしたように、今度は貴様の大事なものを奪ってやる」

「犯罪者のくせに今まで甘い汁を吸ってきた分際で、筋違いもはなはだしい」

細野の捨て台詞を一刀両断し、本郷は事務室を後にした。

あの男はこれで、辞職をするしか道はなくなった。だが本郷は、それで許すつもりはない。辞職の発表から時を置かず、轢き逃げ事件の詳細をマスコミに流す手筈になっている。

(容赦などしてやるものか)

死んだ両親に謝罪もなく、ただひたすら保身のために算段を巡らせる男に情けをかける必要はない。二度と表舞台に立つ気が起きないように、徹底的に叩き潰す。それが本郷のやり方であり、これまで辿ってきた道のりだ。

細野の部屋を出てその足で自身の事務室へ向かう。本郷が姿を現すと、第一秘書が恭しく頭を垂れた。

「先生、先ほど官房長官の秘書から今夜の会合について連絡が」

「キャンセルしておいてくれ。今夜は急用が入った。……それに、会合はどのみち中止になるだろうからな」

細野が辞職するとしても、まず党に報告しなければならない。新政権の組閣人事に組み込まれていないものの、自由民政党の副総裁の辞職だ。新内閣誕生前によけいな騒ぎを起こしたくない党の幹部連中は、引き止めにかかるだろう。

だが、辞職しなければ過去の罪を暴かれることになるのだ。どれだけ引き止められようと、辞職を思い留まることはない。

(総理になれなかったとはいえ、議員の座を己の意思に関係なく追われるんだ。腸が煮えくり返る思いをしているに違いない)

本郷は秘書に二、三の連絡事項を告げると、執務室に入った。携帯を取り出すと、外務省に勤めている友人にメールを送る。

細野の外務省時代の上司の名を調べたのは、友人の岩淵である。特に理由を話してはいなかったが、彼はふたつ返事で引き受けてくれた。あの男にとって、行動する基準は正しいか否かではない。岩淵なりの行動倫理で動いている。厄介な性格だが、あの男のおかげで調査時間が短縮できたのは感謝している。

まず細野の件について礼を告げた本郷は、最後に彼の妹の本について触れた。以前、伽耶乃が語った感想を、メールに書き記す。

彼女の抱いた感想が、岩淵の心に響くかはわからない。伽耶乃と会う前ならば、岩淵の傷に自ら触れる真似は避けていたし、煩わしさすら感じていた。だが、本郷は彼に、伽耶乃の想いを伝えたいと思った。それは明らかな変化にほかならず、人知れず苦笑を漏らす。

これまで何者にも揺らされることのなかった自分が、小娘ひとりと出会って変わった。父母の死の真相を知り、長らく失っていた人間らしい感情が蘇ったことも影響し、通常ではありえない行動をしている。それが可笑しかった。

(……神々廻家ともカタを付けなければならないな)

伽耶乃に外の世界を見せてやりたいし、今までできなかった経験をさせてやりたい。それにはまず、当主に『巫女姫』はもういないのだと教える必要がある。神々廻家と完全に縁を絶つそのときが、真に彼女が自由を得る日になる。

思考に耽っていると、携帯が振動した。岩淵から返信が届いたのだ。彼はただひと言、『明日会おう』と書いてきた。

（面倒だな）

一瞬そう思うも、本郷は了承の旨を送った。岩淵の働きに対する礼はいずれしようと考えていたし、今回の件で世話になったこともあり、無下に扱えない。

本郷は携帯をスーツのポケットに戻し、溜めていた書類に目を通す。しかし、ふとした折りに伽耶乃を気にかけている自分がいて、どうにも据わりの悪い心地が拭えずにいた。

その日マンションに戻ったのは、午後七時を過ぎてからだった。

ドアを解錠して玄関に入ると、伽耶乃がリビングから駆けてくる。彼女は、新垣が用意したショートパンツとキャミソールがセットになったルームウェアを身に着けていた。和装のイメージが強い伽耶乃が、こうした気楽な恰好をしているのは新鮮だ。

「おかえりなさい……！」

ホッとしたような笑みを浮かべて出迎えられ、本郷は目を瞠る。誰かのいる部屋に帰るのも、『おかえり』と出迎えられるのも、ずいぶんと久しぶりだったからだ。

面映ゆさを覚え、「ああ」とだけ答える。『ただいま』と当たり前のように返せないのは、本郷が孤独でいる時間が長かったゆえである。

「今日は何をしていた」

リビングに移動しながら問うと、伽耶乃は嬉しそうに語り始めた。部屋から出なければ好きに過ごしていいと言っていたため、彼女は本郷の所有する本を読んでいたという。

「あとは、初めて洗濯をしました。といっても、スイッチを入れただけですけど……でも、洗濯物をたたむのって面白いです」

「洗濯はクリーニングに出せばいいし、料理をしなくても冷蔵庫には出来合いの品が数日分はある。足りなくなればまたネットで注文すればいい」

ソファに腰を下ろしてそう言うと、となりに座った伽耶乃が小さく首を振る。

「わたし、何か特別なことができるわけじゃないですけど……これからは、もっとたくさんできることを増やしていきたいと思っています。今までやらなかったことに、なんでも挑戦したいんです」

伽耶乃の表情は明るかった。それに、発言も前向きになっている。『巫女姫』として屋敷に閉じ込められていたときは見られなかった顔を目にし、本郷は無意識に手を伸ばした。

彼女の頬に触れ、柔らかな頬を撫でる。

「おまえのやりたいようにやれ。ここでは、おまえの行動を咎める者はいない」

「……はい。ありがとうございます」

はにかんで答えた伽耶乃を見て、本郷は奇妙な充足感を覚える。孤独だっただろう彼女が、自分の前で笑っている。そして、伽耶乃が嬉しそうにしていると、自分の心の中にあった空虚がじわじわと埋まる気がするのだ。

孤独という意味では、ふたりは似た者同士だ。それが共に在ることで、互いの虚無感が癒されている。

自覚した本郷は、伽耶乃の身体を掻き抱き、そのぬくもりを感じていた。

3

翌日。本郷を見送った伽耶乃は、すぐに洗濯を始めた。といっても、洗濯物を入れてスイッチを押すだけだが、それだけの作業でも楽しく感じる。どんなに小さなことでも、誰の目も気にすることなくなんでもできるのが嬉しかった。

(『巫女姫』ではなくなったけれど……それでも、あの人はそばに置いてくれる)

今後も本郷のそばにいるために努力をしたい。先のことはまだ何もわからないが、今自分にできることをやりたいと思っている。

『巫女姫』の能力を失った今、伽耶乃の存在価値はないに等しい。けれど、少しでも本郷の役に立ちたいという想いで家事に勤しむ。

ほんの二時間程度で、掃除も洗濯も終わった。買い物には出られないため、ひと通り済んでしまえば、本郷が帰ってくるまではひとりだ。

ひとりでいることには慣れている。屋敷でもずっとそうだった。けれど、この部屋にいると不安になる。自分の知らないところで神々廻家が彼に危害を加えないか心配なのだ。だから、彼が無事に帰ってくるとホッとする。触れられると安心できた。

（まだお昼……今日は何時ごろ帰ってくるんだろう）

好きな人と過ごせる喜びを知ると、同じくらいに寂しさを感じるものなのだと初めて知った。本郷がいるときは心が弾むが、彼がいないと時計を見る回数が増える。そうして気づけば、彼のことを考えている自分を再確認するのだ。

本郷に依存しているのだと、伽耶乃自身も気づいている。だが、命を救われ、生きる意味になるとまで言われれば、それも無理からぬ話だ。

（もっといろいろできるようにならないと……）

本郷に告白して抱かれたが、彼からは自分をどう思っているのか聞かされていない。男の心情を察することなど、文字通り箱入りで育ってきた伽耶乃には難しい。

思考に耽っていると、洗濯の終了を告げる電子音が鳴った。乾燥が済んだのだ。洗濯物をたもうと、リビングから脱衣所へ向かったときである。

玄関のドアの解錠音がして、思わず立ち止まった。

（拓爾さん……？）

家の鍵を持っているのは、この部屋の主しかいない。急いで玄関に向かうと、タイミングよくドアが開く。「おかえりなさい」と言おうとした伽耶乃は、入って来た人物を見て息を詰めた。

（誰……!?）

そこにいたのは、作業着を着た二名の男だった。まったく見覚えのない人間が部屋の鍵を開けたことに驚いていると、侵入してきた男たちに拘束される。

「い、嫌……っ！」

反射的に逃れようとするも、男の力に敵うはずもなく捕らわれてしまう。男のひとりに背後から後ろ手に手首を摑まれ、もうひとりには口の中に布を押し込まれた。

「んぅっ」

口を封じられたことに気を取られているうちに、手首を縄で縛られる。あっという間の出来事で、ろくな抵抗もできなかった。

「我々は、神々廻家の者です。当主の命により、あなたを連れ戻しにきました。おとなしく従ってくれれば、本郷拓爾には手を出さないと当主はおっしゃっています」

そう言いながらも、ふたりの男は伽耶乃の拘束を解かなかった。答えに関係なく、神々廻家に連れ戻すということなのだろう。

(ここで逆らっても、連れて行かれる。それなら、言うことを聞いたふりをするほうが、拓爾さんの身の安全は確保できる……)

どういう経緯でこの男たちが部屋の鍵を手に入れたのかわからない以上、このマンションも安全とはいえない。もしも本郷がいるときに男たちに侵入されれば、無防備なところを襲われることになる。

口を布で塞がれているため、小さく首を縦に動かした。伽耶乃が無抵抗だと判断したのか、男たちは口を塞いでいた布を取り去った。

「騒いだり逃げようとしたときは、本郷の身柄を確保します。よろしいですね」

ふたたび頷くと、ひとりがドアを開けて伽耶乃を先導した。もうひとりは背後に回り、逃げられないように手首を握られる。

男たちは部屋を開けたカードキーを使い、エレベーターを動かした。ひとりが地下一階を押すと、三人を乗せた箱はすぐに降下する。

外に出るのは、このマンションに連れられてきて以来だ。まさかこんな形で連れ戻され

ると は思わず、伽耶乃は唇を噛みしめる。

本郷に恋をして得た喜びも、彼の気持ちを聞かされていない不安も、どちらも自由だからこその感情だった。神々廻という枷に囚われていたときは、誰かに恋焦がれる経験をするなどと想像すらしなかった。

（……そうだ。あの人がわたしを好きじゃなくてもいい。わたしが、そばにいたいから。ただそれだけの単純なことだったんだ）

今さらながらに伽耶乃が自覚したとき、エレベーターが地下駐車場に到着した。人気のない駐車場のため、誰とも会わず車の後部座席に押し込まれる。乗車から発車までは、ものの一分もかからなかった。彼らはこの手の荒事に慣れているのかもしれない。

運転席に待機していた男がひとり、そして、伽耶乃の左右に男がひとりずつ乗っている。もともと逃げるつもりはなかったが、彼らは警戒を怠《おこた》らず車窓に目を配っていた。

（お祖母様は、逃げたわたしを赦すつもりはない。もしかすると、すぐにでも『奉納の儀』を執り行おうとするかもしれない）

阿佐伽は、伽耶乃がすでに『巫女姫』の資格を失ったことを知らない。

幼いころから、神に捧げる身体だと言い含め、洗脳してきたのだ。屋敷を出てその日のうちに男に抱かれたなどとは思っていないだろう。

『奉納』が行われる場所は、ごく限られた者だけしか知らない。人里離れた山深くだ。一度行けば最後、伽耶乃は命尽きるまで閉じ込められることになる。

(今朝の会話が、あの人との最後になるかもしれないなんて)

特別なことは何もなく、ごく普通の会話を交わしただけだった。友人と会うから少し帰りが遅くなると言われ、寂しさを覚えた。

(どうして、あの人とずっといられると信じていられたんだろう)

伽耶乃は、神々廻家から逃げ出しただけ。本郷に匿《かくま》われていただけで、何も解決はしていなかった。今さらながらに気づき、己の甘さが嫌になる。

(お祖母様とあの家に向き合わなければ、本当の自由は得られない)

おそらく理解を得るのは難しい。それでも、自分の言葉で話さなければいけない。

前向きに考えられるのは、本郷を好きになったから。彼と一緒にいたいと願ったから、伽耶乃は変わったのだ。

己の置かれた立場を考え、生きることを諦めていた。しかし、今は違う。これからも生きて、本郷のそばにいたいと強く思っている。

己の心に目を向けていると、やがて神々廻家を取り囲む外壁が見えてきた。正面の門が大きく開かれ、車が敷地内に吸い込まれる。

屋敷の玄関前まで来ると、手首を縛っていた縄を解かれた。促されて車を降り、男たちに先導されて中に入る。見慣れたはずの屋敷だが、今は違和感しか覚えない。この場が、伽耶乃の居場所ではなくなった証だろう。

迷路のような廊下を進み、阿佐伽の部屋の前に連れてこられた。男のひとりが中に声をかけ、ふすまを開ける。

伽耶乃は、自ら祖母の部屋に足を踏み入れた。今この時をおいて、阿佐伽と向き合える機会はない。自分の想いを伝えるのだという決意の表明である。

祖母は、入室した伽耶乃を冷ややかに見据えた。上座にいる彼女に一礼し、下座に腰を下ろす。すると、阿佐伽はひと言、「見苦しい恰好だ」と吐き捨てた。

今日は、彼が用意してくれた部屋着を身に着けている。オフホワイトのマキシ丈のワンピースだったが、和装しか許さなかった祖母からすれば〝見苦しい恰好〟なのだろう。

伽耶乃をここまで連れてきた男を下がらせ、部屋にはふたりきりになった。ふすまが閉じたのを契機に、阿佐伽は眉間のしわを深くする。

「……やはり、この前警察を寄越したのは本郷の差し金だったのだな。細野という者が言っていた通りだったわけか」

「お祖母様……あの人は、わたしの願いを叶えてくださったのです」

伽耶乃は、これまでにない強い眼差しで祖母を見据えた。

「『巫女姫』の役目は幼いころより理解していました。次代に受け継がなければならない能力で、そのために『奉納』が必要なことも。ですが……わたしは、生きたかった」

「何を馬鹿なことを！　おまえひとりの我儘《わがまま》で、何百年と続く『巫女姫』の能力を途絶えさせるというのか⁉　おまえの意思など関係ない。神々廻家のために、その身を神に捧げればよいのだ！」

祖母の恫喝に、一瞬怯む。阿佐伽に逆らうなど、長年従順だった伽耶乃にとって簡単なことではない。だが、それでも気持ちを奮い立たせる。

「わたしはもう、『巫女姫』の能力を失いました」

「……なに？」

「あの人に……拓爾さんに、身を捧げたのです」

『奉納』を行うには、処女でなければならなかった。己の命と、何百年と続いた能力の継承を秤にかけて懊悩していた。

けれども伽耶乃は、本郷と生きる道を選んだ。その選択に後悔はない。

「おまえは……っ、なんということを……！」

みるみるうちに、阿佐伽の顔が怒りに染まる。彼女は立ち上がると、伽耶乃の前までやってきた。祖母から視線を逸らさずに見上げたものの、次の瞬間頬を打たれる。

「『巫女姫』ともあろう者が欲に溺れおって……！　おまえは、この責任をどうとるつもりなのだ⁉　能力を継承せねば、神々廻家はお終《しま》いだ！　それを……っ」

「わたしは、謝罪はいたしません！」

頬を叩かれたときに唇が切れ、口の中に血の味が広がる。しかし伽耶乃は臆することなく、毅然と当主と対峙する。

「これまで『巫女姫』だった者たちが命を賭して受け継いできた能力を、わたしは無にしてしまった。それは申し訳ないと思います。でも、わたしは……拓爾さんと出会ってしまった。あの人のそばで、これからも生きていきたいのです」

「馬鹿なことを……なるほど、彼の者は確かに『覇王』だ。『巫女姫』を狂わせ、神々廻家を存亡の機に晒しているのだからな！」

阿佐伽は伽耶乃の腕を摑み、強引に引き立たせた。それと同時に部屋の外に声をかけると、廊下に控えていた使用人が数名中に入ってくる。

「お呼びですか、当主」

「まだ時期には早いがしかたない。これより『奉納の儀』を執り行う。おまえたちは、次代の『巫女姫』を連れてくるのだ。私は今からこの者を連れて『奉納の館』へ向かう」

「かしこまりました。では、すぐに車をご用意いたします」

命を受けた使用人が、忙しなく部屋を去った。ふたたび部屋にふたりきりになると、阿佐伽は歪な笑みを浮かべて伽耶乃に告げる。

「『巫女姫』の能力を諦めるわけにはゆかぬ。穢れたとはいえ、おまえは『巫女姫』だった者だ。おまえを今すぐ殺し、その血を次代に飲ませれば力は継承できるかもしれん」

「お祖母様、何を言っているのです⁉ わたしからはすでに『巫女姫』の能力は失われているのです。それなのになぜ」

「能力を失ったと誰が証明するのだ？」

予想していなかった台詞に目を剝くも、祖母は朗々と語る。

「力の継承がなされずともよい。必要なのは、『巫女姫』の名だからな。『奉納の儀』さえ済ませてしまえばあとはどうとでもなる」

阿佐伽は、歴代の巫女姫たちが命を落とした場で、伽耶乃を殺そうとしている。『巫女姫』の能力を受け継ぐことができなくても、『奉納の儀』が行われた事実があればいいと
――『視る』力の有無よりも、『巫女姫』の存在こそが重要だと言っている。

「生きたままおまえの心臓を取り出して次代に喰わせてやる。その身で罪を贖うがいい」

常軌を逸した祖母の発言に、伽耶乃は目の前が暗くなるのを感じていた。

4

その日の夕方。東京駅八重洲口にある喫茶店に足を運んだ本郷は、携帯でポータルサイトのトップページを開き、トピックに表示された文字を見て口角を上げた。

『自由民政党副総・細野議員電撃辞職！』『タックスヘイヴンで租税回避行為か』『追徴課税は億単位⁉』等々、細野の辞任のニュースが一斉に報じられている。

（さすがに、俺との約束を守らざるを得なかったか）

細野の辞職を受けて、自由民政党内は大騒ぎだった。党の幹部がろくな根回しも終えぬうちに職を辞したのだ。ただでさえ新内閣発足を控えた大事な時期に醜聞で辞職など、迷惑以外の何物でもない。

この件は、新内閣発足後も後を引く。立憲国民党をはじめとする野党も、さっそく攻撃材料にしようと情報を収集している。

しかし、細野をこの程度の醜聞で済ませるつもりはない。二十七年前の轢き逃げ事件についても、マスコミに流すタイミングを測っている。司法の裁きを受けないのであれば、国民の審判を受ければいい。

黒だと判断された場合は、正義の名のもとに糾弾される。選挙で細野に票を投じた支持者らも、挙って責め立ててくれることだろう。

今日は、友人の岩淵と会うためにこの場に来ている。外務省時代の細野について情報を提供してもらった礼のためだ。だが、あの男はそれよりも、妹の著書について話したいに違いない。伽耶乃の感想を教えてやったからだ。

岩淵には、〝誰の〟感想だと告げずに、伽耶乃の言葉を伝えている。おそらくは、会ったと同時に質問をされるだろう。

なぜ岩淵に伽耶乃の感想を伝えたのか、本郷は自身でも判然としていない。ただ、長らく恨みを抱いているあの男が、少しでも救われればいいと思った。たかが感想ひとつで救われるほど、岩淵の恨みは軽くない。それでも、何も伝えないよりは遥かにましに感じた。

これまでの自分では、およそ考えられない思考だ。

(伽耶乃に感化されたのかもしれないな)

二十七年凍結されていた心が熱を取り戻したことにより、利益ではない部分で行動している。自覚した本郷が、面倒そうにため息をついたときである。携帯が振動し、画面に秘書の名前が表示された。

「どうした、新垣」

『たった今、マンションの管理会社から私のほうに連絡が入りました。なんでもスタッフのひとりが、先生の部屋のスペアキーを盗んだと……』

「なに？　いったいどういうことだ」

本郷の声に緊張が走る。販売価格が高額な分、セキュリティ対策は万全を誇るマンションだ。コンシェルジュをはじめ、常駐するスタッフの素性も入念に調査して入れている。そのため、居住している著名人も多くいた。

『それが……鍵を盗んだスタッフというのが、細野先生の縁故で入社したようなんです』

細野の名を聞いた本郷は瞠目し、議員会館で交わした会話を思い出す。

（『この返礼は近いうちに』……あの男はそう言っていた）

新垣に少し待つように言うと私用の携帯で伽耶乃に電話をかける。だが、彼女の応答はなく音声ガイダンスに切り替わった。

「伽耶乃が電話に出ない。コンシェルジュに、俺の部屋に訪問者がいなかったかを調べさせろ。管理会社の不手際だ、よけいな手続きを省いて防犯カメラのチェックも同時にやらせるんだ。俺はとりあえず部屋に戻って、伽耶乃が無事かどうかを確かめる」

本郷はすぐさま喫茶店を出ると、岩淵に今日の予定をキャンセルする旨をメールした。駅構内を出てタクシーに乗り込み、自身のマンションの住所を告げる。

（細野はもう死に体だ。となると、伽耶乃を取り戻したがっている神々廻家に協力し、金銭を得たと考えるのが妥当か）

神々廻家の当主に、本郷と伽耶乃の仲を匂わせたのは細野だ。その線から、伽耶乃の居場所について問い合わせを受け、当主に手を貸したのだろう。

二十七年前の轢き逃げ事件に関するデータの消去目的という線もある。だが、本郷の手元にあるのはコピーだ。元のデータは、銀行の貸金庫に保管されている。万が一に備え複製するのは当然で、細野もそれはわかっているはずだ。

現状で考えられる可能性は、神々廻家からの依頼で細野が動いたか、もしくは、細野が事件のデータ消去を交換条件として伽耶乃を攫ったか、である。

（まさか、マンションのスタッフに細野の縁故の社員がいたとは……）

いくら鉄壁のセキュリティを誇ろうとも、内部に犯罪者がいれば防ぎようがない。

じりじりと迫る焦燥に眉根を寄せ、タクシーの中で時を待つ。その間に、防犯カメラの映像を確認中だと新垣から連絡が入った。そして、コンシェルジュが部屋のインターホンを押したが、応答がなかったとも記されている。

メールを確認しているうちに、タクシーがマンションに到着した。

本郷の姿を認めて駆け寄ってくるコンシェルジュを制し、対応は新垣に任せているとだけ言い置きエレベーターに乗り込む。

今はよけいな謝罪や説明を聞くよりも、状況を把握するほうが先だ。

最上階に着くと、二枚のドアを次々に解錠した本郷は、乱暴に玄関のドアを開けた。

「伽耶乃！」

彼女を呼んだものの、しんと静まり返った部屋の中に人気はなかった。

リビングや寝室、浴室も確認したが姿は見えない。洗濯機には乾燥が終わった洗濯物が入れっぱなしになっている。それを見た本郷は、伽耶乃が連れ去られたことを確信した。洗濯物をたたむのが楽しいと言っていた彼女が、そのまま放置しているはずがない。

伽耶乃に与えた携帯は、リビングのテーブルの上に置いてあったため、GPSでの追跡もできない。

（あいつが『巫女姫』じゃなくなったのを当主は知らない。一度逃げている以上、同じことが起こる前に『奉納』を済ませようとしてもおかしくない）

本郷は弾かれたように部屋を飛び出し、地下駐車場へ向かった。車で神々廻家へ向かうためだ。即刻所有する車に乗り込むと、乱暴に発進させた。

なぜこれほどまでに心を乱しているのか、気づいていないふりはもうできない。

自分の感情を呼び起こす伽耶乃が愛しい。前向きに生きようとし、健気に恋情を伝えてくる彼女が可愛いのだ。手元に置いて、誰にも目を向けさせず囲い込んでおきたい。そんな傲慢な思考に囚われるほどに、伽耶乃がいなくなって動揺している。

(あいつと約束をしたんだ。必ず助け出す)

本郷は自身の内側から沸き起こる激情のまま、車を走らせていた。

5

屋敷から連れ出されて車に押し込まれた伽耶乃は、車窓に流れる光景を無為に眺めた。

空は夕焼けに染まっている。周囲はどんどん寂しい景色になり、これから起こるであろう惨劇を予感させるような不吉さがある。

前方と後方には、神々廻家の使用人が乗った黒塗りの車が走っている。逃すまいとするかのように周囲を取り囲まれ、まるで棺桶に入っているような心地になった。

(今から『奉納の館』で、わたしは……殺されるんだ)

となりに座っている祖母は、伽耶乃が『巫女姫』の能力を失ったのがよほどショックだったようで、先ほどからぶつぶつと何かを呟いている。正気を保っているかどうかも怪しく、話ができる状態ではなかった。

「……お祖母様」

それでも伽耶乃は、阿佐伽に話しかけた。最後の願いを伝えるためだ。

「わたしは、どうなっても構いません。ですが、拓爾さんにはこれ以上迷惑をかけたくありません。どうか今後は、あの人とは関わりを持たないでほしいのです」

自分が能力を失ったことの責めを負うのはしかたがない。ただ、本郷の身の安全の確保だけは譲れない。伽耶乃が望むのはそれだけだ。

しかし阿佐伽は何も答えずに、こちらに顔を向けようともしなかった。彼女の中ではすでに、伽耶乃はこの世にいない者なのかもしれない。祖母とはついぞ血縁らしいやり取りができなかった。今さら寂しいとは思わないけれど、虚しい気はする。

(お祖母様も、神々廻家に人生を狂わされたひとりなのかもしれない)

『巫女姫』という特異な存在が家を繁栄させたが、その陰では無数の女性たちが『奉納』されてきた。一番の被害者は、歴代の巫女姫であることに違いない。ただ、神々廻家の当主にも、家を存続させるための重圧はあったに違いない。

阿佐伽は、歴代当主が通ってきた道を途絶えさせぬよう、その一心で孫を殺そうとしている。今の彼女の様子がおかしいのは、伽耶乃の命を奪ってしまう罪悪感なのではないか。

(……それでも、わたしは選んでしまった)

数百年続いてきた歴史の歯車になるよりも、好きな男に抱かれる喜びを選択した。彼と身体を重ねたときは、初めて幸福の意味を知った。

だから、後悔などまったくない。唯一の懸念は、神々廻家が本郷の身を脅かす可能性。そのほかは、伽耶乃にとってさして重要ではない。

（……でも、あの人が大望を果たすところを一番近くで見たかった）

初めて会ったときに、彼は『大望を果たせるか』と問うてきた。だが、その内容について伽耶乃は知らない。

こんなに早く別れが訪れるなら、教えてもらうべきだった。そう考えるのは、この世への未練。伽耶乃の欲のすべては、本郷に帰結していた。

車は山道に入り、外灯すらない未舗装の道を進んでいく。幼いころに一度来たが、そのときは途中から徒歩だった。数年の間に、車が通れるよう木を伐採して道を通したのだろう。

やがて突き当たりに行きつくと、車は静かに停車した。ライトに照らされた先には、件の館がある。運転手から「着きました」と声をかけられた阿佐伽は、伽耶乃の腕を引いて車を降り、建物の扉を開いた。

「さあ、入るのだ」

「あ……っ」

突き飛ばされて床に転がると、湿った臭いが鼻につく。しかしそれよりも、後から入ってきた使用人の手に握られていたものを見て身体が竦んだ。

（あれは……日本刀……？）

それは、祖母の部屋の床の間に飾られていた由緒のある刀である。今から三百年ほど前、時の権力者から『巫女姫』の『託宣』の礼に賜ったという代物だ。

使用人から刀を受け取ると、阿佐伽は刀を鉄鞘《てつさや》から抜いた。

「おまえは罪を犯した。神に捧げるその身を下賤《げせん》な男に与えたばかりか、悔いることもなく男のそばで生きていたいという。神々廻の歴史を穢した愚か者めが！」

「わたし、は……これまでの人生で、初めて自分で道を選んだのです。拓爾さんが、わたしに幸福を教えてくれた。『巫女姫』ではなく、『伽耶乃』と、名前を呼んでくれる人を大切に想っているだけです」

「ええい、黙れ！」

阿佐伽は鉄鞘で伽耶乃の身体を打ち付けた。その場に蹲《うずくま》って痛みに耐えたが、いっさいの加減も躊躇もないため、打たれるたびに肉体が悲鳴を上げる。

「神々廻家の歴史を狂わせおって！　歴代の『巫女姫』に懺悔するのだ……‼」

狂ったように叫んだ阿佐伽だが、伽耶乃は頑として首を左右に振り続ける。

本郷に恋をして抱かれたのが罪だとしても、悔いる気持ちはない。改める必要も感じない。自分が長らく孤独で寂しかったのだと、本当は死にたくなかったのだと、心の奥にしまいこんでいた心を救いだしてくれたのは、あの男だから。

「……おまえのような娘を『巫女姫』に選んだのが間違いだったのだ」

鉄鞘を床に放り投げた阿佐伽は、使用人に目で合図した。伽耶乃は左右から脇を固められ、阿佐伽の前に首を差し出すような体勢を取らされる。

「次代の『巫女姫』が到着次第、おまえの首を刎《は》ねてやろう。汚らわしい罪人には似合いの死に方だ。わたしの手で死ねることを喜ぶがいい」

肉親の情など微塵も感じさせない冷酷な声だった。伽耶乃は身体の震えを押さえるべく目をつむり、本郷の顔を瞼の裏に思い浮かべる。

能力を失えば価値がないと知りながら、彼は伽耶乃を抱いた。神々廻家から連れ出し、外の世界を教えてくれようとした。

あの男と出会わなければ、漫然と死を迎えていただろう。切なさや寂しさ、それを上回るしあわせを知らずに命を失っていた。

（もう、充分）

自然と顔をほころばせ、覚悟を決めたときだった。

「伽耶乃！」

自分の名を呼ぶ声が耳を打ち、反射的に目を開く。すると、伽耶乃の双眸に信じられない光景が広がっていた。

（どうして……拓爾さんがここに……？）

室内に飛び込んできた本郷が、中にいた数名の使用人の制止を振り切り、その勢いで祖母の手を蹴り上げた。鈍い音を立てて床に転がった日本刀を拾うと、膝をついた阿佐伽の首元に切っ先を向ける。

「伽耶乃を離せ」

わずか数十秒の間に起きた出来事に、この場にいた誰もが信じられない気持ちで男を見つめた。両脇を固めていた使用人が、戦くように伽耶乃を解放する。阿佐伽に切っ先を向けたまま本郷が伽耶乃の傍らに立つと、祖母が憎々しげに男を見上げる。

「おまえは……なぜこの場所が……！」

「あなたが急遽呼び寄せた次代の『巫女姫』たちに聞いた。多少の無理はしたがな」

本郷の目が、ちらりと扉の外へ向けられる。そこには、数台の車のライトに浮かび上がる複数の人影があった。抵抗する使用人を次々に拘束し、周囲には怒号が飛び交っている。

「あなたが細野と繋がっているのは調べがついている。神々廻家の人間が、盗んだ鍵を使って私の部屋に不法侵入したところも防犯カメラに映っていた。あとはもう警察の仕事だ」

冷淡に告げた本郷は、突き付けている刃を下ろすことなくさらに続ける。

「伽耶乃はもう『巫女姫』ではなく、ただの女になった。この世のどこにも『巫女姫』はいなくなったんだ。いい加減こいつを解放しろ。──俺たちに二度と関わるな」

「おまえは……っ、なんの権限があってそのような……！　神々廻家に代々継承されてきた尊い力を、下賤の輩が奪うなど」

「伽耶乃を殺してまで受け継ぐ価値など『巫女姫』にはない！」

それまで冷ややかだった本郷の声に怒気が交じる。周囲にいた人間の動きを封じるほどの威圧感に、その場にいた全員が息を呑む。

代々『奉納の儀』が執り行われてきた陰鬱な場に立つ男は、否応なく他者を平伏させて圧倒する。まさに『覇王』と呼ぶにふさわしい佇まいで、因習に囚われた老人を断罪した。

「『巫女姫』を失って神々廻家が没落するのなら、それまでの家だったということだ。そのような一族など滅びてしまえばいい」

「外道がぁっ……この恨み、いつか晴らしてくれる！　首を洗って待っていろ……ッ」

地を這うような阿佐伽の呪詛が、その場に響き渡る。平時にない祖母の取り乱しように伽耶乃が身を震わせたとき、本郷はおもむろに日本刀を上段に構えた。

「くだらない因習など必要ない……！」

次の瞬間、ぶん、と風を切り、刀が振り下ろされる。それは、一瞬の出来事だった。誰もが動けずに刃の動きを目だけで追う。声にならない悲鳴を上げた伽耶乃は、無意識に祖母へ向かって手を伸ばした。

刹那、本郷の振り下ろした刃は阿佐伽の首に届く寸前で止まった。彼は刀を無造作に抛《ほう》り投げると、呆然とする祖母へ向けて最後となる言葉を放つ。

「――いいか、二度はない。次に俺たちの前に顔を出すような真似をしたら、そのときは容赦なく神々廻家を潰す」

死を覚悟したであろう阿佐伽は、すんでのところで命拾いしたことが不思議なのか、それともすでに正気を失っているのか、けたけたと耳障りな声で笑っている。

ややあって中に入ってきたふたり組の男性が、祖母の身柄を拘束して外に連れ出していく。一連の出来事をただ茫然と眺めていると、傍らに膝をついた本郷に抱きしめられる。

「無事か？」

「は、い……でも、どうして……」

もう二度と会えないと覚悟していた。この館へ入ったときから、伽耶乃が助かる可能性

はほぼゼロに近かった。

本郷が伽耶乃を助ける理由などまったくない。〝神々廻家から連れ出す〟という約束を果たしたのだから、これ以上の厄介ごとを背負う必要はない。

「あなたは、どうして……わたしを助けてくれるのですか……?」

発した疑問は、伽耶乃がこのところ抱えていた不安に直結している。無価値な自分に、なぜ彼は手を差し伸べてくれるのか。

本郷は、抱きしめる腕にわずかばかり力をこめた。そうして伽耶乃の肩に顔を埋め、嚙みしめるように囁きを落とした。

「おまえが大事だからだ。──伽耶乃、おまえは俺の女だ。たとえ相手が誰であろうと渡さない。俺の女として一生過ごせ」

彼らしい尊大な物言いだった。しかしそれよりも、告げられた言葉の持つ意味を考えて、にわかに鼓動が騒ぎ出した。

まるで、プロポーズみたいな言葉だ。だが、そのような幸福な出来事があるのだろうか。

伽耶乃は信じられない心地で、彼の背にぎゅっと腕を回す。

彼に真意を尋ねようとしたものの、ふたたび会えた安堵で気持ちが緩む。伽耶乃は愛しい人の腕の中で意識が薄らいでいき、そのまま瞼を下ろした。

（う……ん）

夢うつつの状態で、伽耶乃はかつて『巫女姫』だったときに『視た』光景を俯瞰で眺めていた。本郷が『覇王』だと確信したとき目にした景色だ。

けれども、最初に『視た』ときの衝撃は不思議となかった。奇妙な多幸感で胸が満たされ、自然と微笑んでしまう。

（ああ。やっぱりあの人は、破壊者でありながら救世主……『覇王』なのね）

本郷が、大勢の人間に囲まれている。だが、彼の表情はいつもより穏やかだった。威風堂々と人々を従えながらも、男の表情に孤独の影はない。それがどうしてなのか、伽耶乃にはなんとなく理解できる。

（あの人は、感情を取り戻した。だから、大望を果たすことができた）

『抱く大望が私欲か無欲かによる。あなたはその気になれば、この国の頂点に君臨できる。ただし、そのためには痛みを伴うことになる』――彼に託宣で告げた言葉だ。

彼の抱く大望は、痛みを伴うものだった。本郷にとってそれはなんだったのか。能力を失っていても、伽耶乃にはわかる。

両親の死の真相と向き合うこと。轢き逃げ事件によって閉ざした感情を取り戻すこと。二十七年間心の奥底に閉じ込めていた気持ちに向き合うのは、他人に推し量れないほど苦痛を覚えたに違いない。

(でも、あの人は克服した。だから、あんなに……)

失っていたものを取り戻した本郷は、以前よりもずっと魅力的だ。この国の頂点に相応しい資質と、人を惹きつける引力を兼ね備えている。この男にならば、希望を託せると相対した者に思わせるほどに。

安堵した伽耶乃は、彼のもとへゆっくりと歩みを進める。すると、気づいた彼が、こちらに手を差し伸べた。

そのとき──ふ、と、意識が浮上する。

「伽耶乃」

瞼を開けると、秀麗な顔を陰らせている本郷がいた。スーツの上着を脱ぎ、ベストにネクタイを身に着けた状態で、ベッドの縁に腰を下ろしている。

視線を巡らせると、本郷のマンションではなくホテルの一室だった。伽耶乃はバスローブを纏い、ベッドに寝かされている。一瞬記憶が混濁し、夢か現か判然としなかったが、すぐに『奉納の館』の出来事を思い出して柳眉をひそめる。

「あのあと、どうなったんでしょうか……？」

阿佐伽に命を奪われそうになり、危ういところで本郷に助けられた。その後意識を失ってしまったが、祖母は正気を保っていなかった。いずれ、本郷になんらかの報復をするかもしれない。

祖母の剣幕を思い出して身震いする伽耶乃に、彼は「大丈夫だ」と言って頭を撫でた。

「俺とおまえに手出しはさせないよう手は打ってある。これからは、何も心配せずに外の世界を知ればいい」

本郷の言葉は、いつでも力強く自信に満ち溢れている。経験に裏打ちされた実力があるからだ。

彼と出会って、伽耶乃の世界は劇的に変化した。未知の世界を知ることも状況が変わっていくことも、怖くないわけではない。でも、この男と一緒なら大丈夫だと思える。

「……ありがとうございます。わたし、本当に自由なんですね」

ふ、と、安堵して微笑む。と、本郷は意味ありげな仕草で伽耶乃の身体に指を這わせた。首筋から鎖骨にかけて下りていく男の指の感触にぞくりとしたとき、バスローブの前を開かれた。下着を着けていない剥き出しの肌を彼に見られ、鼓動が跳ねる。

「拓爾、さん……？」

「見た目に大きな怪我はないようだが、身体の数か所が痣《あざ》になっている。何をされた?」

「たいしたことは……頰を叩かれたのと、刀の鞘で少し打たれただけです」

実際、今は痛みはない。そう語ると、本郷が伽耶乃の口の端を舌で舐めた。

「んっ……」

小さく声を漏らすと、今度はバスローブの前を完全に開いた男が、肩の痣に唇を寄せる。

「あ……ンッ」

性的に触れているというよりも、傷ついた伽耶乃を癒すような行為だった。それなのに、本郷の唇が肌に押し付けられると、ゆるやかに体温が上昇する。漏れる声は甘くなってい
き、胎内に浅ましい熱が蔓延っていた。

「そんな顔をすると、止まらなくなるぞ」

「え……」

「おまえは今日心身ともに疲労している。そんな女に手を出すほど鬼畜ではないつもりだ。

それが、少し触れただけで発情した顔を見せられると……抱きたくなるだろう」

小さく息をついた本郷は、眼鏡を外した。サイドテーブルの上にそれを置き、ベストを
脱いでネクタイを首から引き抜くと、自身の髪をくしゃりと乱す。

一連の動作に、伽耶乃は見惚れていた。美しくしなやかで、何者にも屈しない。政界と

いう戦場で、己の信念を貫こうとする強さがある男。いずれこの国のトップに立つだろう彼が、自分を求めてくれている。嬉しくないはずがない。

「抱いて……ください」

本郷から目を逸らさずに、素直な想いを告げる。彼だけではなく、伽耶乃もまたこの男を欲していた。ぬくもりを感じて安心したい。心も身体も預けたいと思うのは、後にも先にも彼にだけだ。

両腕を持ち上げて、想いを伝えるように彼の首に抱きつく。すると本郷は、吐息を吐き出すように笑った。

「おまえがあまりにも素直で無垢だから、俺も救われるんだろうな。――加減しなくても文句は言うなよ」

言うが早いか、本郷は嚙みつくように唇を重ねた。伽耶乃は待ち望んでいた彼のぬくもりに歓喜し、男の背にしがみつく。

唇を割って舌をねじ込まれ、ぐちゃぐちゃに口腔をかき混ぜられる。無意識に舌を引くと、すぐさま追いかけられて搦め捕られる。表面を擦っていたかと思えば舌裏のやわらかな部分を突かれ、肌が粟立つ。彼のキスはたまらなく心地いい。うっとりと没頭していたとき、乳房に手を這わせられた。

「ンンンッ」

手のひらに胸の先端が擦れ、官能が呼び覚まされる。まだ経験が少ない伽耶乃は、本郷の思うままに性感を高められていく。唇を塞がれたまま乳首を指で摘まれ、ぐりっと捩られると、腹部が燃えるように熱くなった。

本郷に触れられるといつもこうだ。何も考えられなくさせられて、彼だけしか見えなくなる。それは、伽耶乃が望んでいるからでもある。この男だけしか見えないし、ほかの何も必要ない。そんなふうに思える人と巡り合えたことは幸福だ。

愛撫を受けて陶然となっていると、胸の先端が硬くなってくる。彼は容赦なくこりこりと乳首を扱きながら、もう片方の手を下肢に這わせた。腹部を撫でていき、薄い下生えを掻き分け、秘裂に指を沈める。潤いを帯びた襞に割り入ると、蜜の源泉に指先を挿れた。

「んっ、ぁ……っ」

刺激を受けて思わず首を振り、キスが解ける。本郷は艶笑を刻むと、淫孔に根本まで指を挿入した。愛液を掻き出すように指の腹で濡れ襞を擦り上げ、ゆるく抽挿させながら親指で陰核を刺激する。快楽に染め上げられていく感覚に、伽耶乃は肢体をくねらせた。

「拓爾、さん……っ、ぁあっ！」

「ぬるぬるだな。感じ過ぎだ。そんなに俺が好きか？」

「好、き……っ、ぁ……拓爾さん、しか……要らない、の……っ」

言葉にするとより明確に意識するのか、中に入っている指を深く咥え込んだ。きゅうっと臍の裏側が収斂し、もっと快感を得ようとするかのように蜜を滴らせる。

本郷は喉仏を上下させ、快楽に浮かされている伽耶乃の乳頭にむしゃぶりついた。勃起して赤く色づくそこを強く吸引し、舌の上で舐め転がす。そうされると、中に埋められた指をさらに締め付けてしまい、伽耶乃は嬌声を上げて身悶えた。

(気持ち、いい……拓爾さんのことしか考えられない)

ぐちぐちと湿った音を立てて蜜口を行き来する指の動きに、淫猥に乳首を舐め転がす舌先に、伽耶乃の理性が剝がされていく。淫熱がどんどん高まって下腹がうねり、せり上がってくる絶頂の波に身を委ねようとしたとき、不意に指が引き抜かれた。

「あ……っ」

あともう少しで達することができたのに、突如愉悦を取り上げられて伽耶乃は戸惑う。すると、乳房から顔を上げた本郷が、射貫くような眼差しを向けてきた。

「おまえを愛しく思っている。俺の人間らしい感情を呼び起こしたのは、おまえだ伽耶乃」

本郷は、目覚める前に見た夢と同じように、やわらかな表情をしていた。彼もまた、自分と同じように思ってくれている。そう信じられる言葉だった。

彼は伽耶乃を引き起こしてバスローブを脱がせると、自身のベルトを外して前を寛げた。己の熱塊を取り出し、うつ伏せにした伽耶乃に伸し掛かってくる。

「おまえを直に感じたい」

熱のこもった声で告げた本郷は、肉筋に雄槍を押し付けてきた。すでに硬く膨張している彼自身にぞくりとしたとき、潤い満ちた淫孔を貫かれた。

「んっ、ぁああ……ッ！」

雄茎を突き入れられた衝撃で、伽耶乃は軽く達してしまう。肉壁が痙攣し、入って来た生身の熱棒に絡みつく。けれども彼は締め付けをものともせずに、自身を最奥まで到達させると、色気のある吐息をついた。

「は……わかるか？　奥まで俺を咥え込んでいる」

「ん、っ、お腹に、いっぱい……入って……」

「そうだ、覚えておけ。この先一生、おまえを抱くのは俺ひとりだけだ」

宣言した男が、尻たぶを摑んで腰を打ち付けてくる。肉を打つ乾いた音と苛烈な淫悦を与えられ、伽耶乃は上半身をベッドに沈ませる。彼に尻を突き出す体勢になり羞恥が掠めるも、ぐりぐりと蜜襞をほじくられて思考が吹き飛んでしまう。

「んぁっ、ああ……気持ち、好い……のっ」

「素直だな。だが、それでいい。おまえは、そのままでいろ」

かすかに呼気を乱して本郷は言う。彼に応える余裕はないが、反論などない。伽耶乃は、もう彼から離れられない。この身を捧げるのは彼にだけ。この先、一生を懸けて愛を伝えていく。それをこの男は望んでいるからだ。

本郷は尻を摑んでいた手を離すと腰の動きを止め、乳房を鷲づかみにした。背中に口づけを落としながら、胸のふくらみに指を食い込ませる。

労わりを感じさせる仕草に嬉しくなって内壁が窄まると、生身の彼自身をありありと感じて多幸感を味わった。びくびくと腰を震わせて、愉悦に塗れていく。

みっしりと隙間なく埋め込まれた楔が、脈を打っているのが伝わってくる。その振動すら拾って快感の糧にしてしまい、内部を満たす熱塊を深く食んだ。

「っ、本当によく締まる。このままでもいいくらいだが、そろそろ動くぞ」

「あ、あぁっ！」

ふたたび本郷が抽挿を始めると、腰を叩かれるたびに、ぐちゅっと濡れた音が鳴り響く。彼の肉楔で奥底まで貫かれると、とてつもない喜悦に体内が濡れ、全身が性感帯になったように何をされても感じてしまう。

火で炙られたように全身が火照り、白い肌に汗が滲む。シーツはいつの間にか皺くちゃになって、蜜が染みこみ濃厚な淫臭を漂わせている。

「拓、爾さ……顔、見た……んぁっ」

ささやかな願いを口にすれば、すかさず彼は伽耶乃を横臥《おうが》させた。体勢の変化でそれまでと違う角度で媚肉を抉られ、愉悦の強さに眩暈《めまい》がする。

伽耶乃の片足を自身の肩に引っ掻けた本郷は、ぐいぐいと腰を押し付けてくる。肉傘のくびれで蜜壁を犯されると、得も言われぬ淫楽で生理的な涙が浮かぶ。

「拓爾さ……んっ、もう、だめ……っ」

「いいぞ。──達け、伽耶乃」

本郷の腰の動きが速くなる。突き上げは重く鋭さを増し、連動して淫窟の中が収縮する。胎内をかき乱す熱楔の甘い責め苦に、とうとう身体は屈服する。肉同士の奏でる淫らな打擲音とともに強力な悦に支配され、忘我の極みへと駆けていく。

「あ、あぁっ、ん……っ、ぁあああ……ッ」

喉を振り絞って艶声を上げ、伽耶乃は淫悦を極めた。目の前が歪んで白くなり、意識を失いかける。しかし彼は、まだ満足していないとばかりに、自身の張りで痙攣している蜜肉を摩擦する。絶頂を迎えて四肢を弛緩させかけた伽耶乃は、一気に意識を引き戻される。

「ひ、ぁっ、まだ……だ、めぇっ」

「抱けと言ったのはおまえだ。それに俺の欲望はこれくらいで収まらない」

本郷は子宮口に肉槍を打ち込む勢いで、奥処を集中的に攻め立てている。伽耶乃は恐ろしいほどの快楽に塗れていき、ふたたび絶頂を味わった
彼は完全に発情した雄のように、欲望を滾らせて伽耶乃を苛んでいる。こうなればもう、気が済むまで身体を貪られるしか道はない。

締め付けを味わうように腰を小刻みに揺らしていた本郷は、伽耶乃の足を下ろして正常位になった。雄槍に引っかかった媚肉が歓喜に震える感覚に耐えながら見上げれば、汗を滴らせて夢中で自分を穿つ男がそこにいる。

雄槍に蜜襞が吸い付く。欲を搾り取るかのように収斂すると、やがて本郷は眉根を寄せて小さく呻いた。

「っ、く……！」

男は壮絶な色気を放ち、胴震いした。膨張した肉槍が白濁を吐き出し、どくどくと最奥に注がれる。

（嬉しい……）

心の中で呟いたのは、完全に無意識だ。己の体内に放出された欲の感覚を最後に、伽耶乃はぐったりとシーツに身を沈め、幸福の余韻に浸った。

終章

　その日、伽耶乃はテレビのニュースにくぎ付けだった。新内閣が発足し、本郷が内閣府総務副大臣に就任したためである。

　部屋にいてもほとんどつけることのないテレビだが、この日だけは一日中つけっぱなしだった。画面に齧りつくように夢中で映像を見ていると、ソファに腰を下ろした本郷が呆れたように伽耶乃を見遣る。

「本人が目の前にいるのに、なぜわざわざテレビを見ているんだ」

「だって、拓爾さんの記念の日ですから。……駄目、ですか？」

「まだ副大臣だ。この程度で喜ばれたら困る」

　伽耶乃とは対照的に、本郷は至って冷静である。それも当然だ。彼の抱く大望は、副大臣という役職で満足していては果たせるものではない。

　それでも伽耶乃は嬉しかった。こうしてふたりで就任を祝うことができるからだ。

今日はこのあと、彼の友人・岩淵がマンションに来ることになっている。本郷いわく変わり者で、「おまえの感想を喜んでいた」と言われたが、なんのことかさっぱりわからなかった。ただ、彼の友人に会わせてもらえるのは、緊張するがやはり嬉しい。

(あのときのことが夢みたいに平和だな)

『奉納の館』の騒動から十日余りが経つ。その間に、環境は劇的に変化した。

まず、神々廻家に国税の手が入ることとなった。

『巫女姫』の能力が次代に継承されぬままその存在が消えたことで、神々廻家に擦り寄っていた政財界の歴々は、潮が引くように遠のいた。神々廻家への忖度がなくなったのだ。それまで手厚く保護されていたのは『巫女姫』の『託宣』があったからなのだと、改めて伽耶乃は知った。

本郷の話によれば、阿佐伽はその後入院しているという。「孫を殺そうとしたのに反省もしていない」と彼から聞いている。おそらく祖母は一生反省などしないだろうし、それでいいと思っている。すでに彼女とは袂を分かった。謝罪も反省も、今の伽耶乃には無意味でしかない。

マンションの鍵を盗んだ細野の縁故の者は、当日のうちに逮捕された。

盗みを指示した細野自身にも捜査の手は及んだが、彼は辞職を発表した数日後に渡航していた。本郷が二十七年前の事件をマスコミに流したため、租税回避と相まって激しいバッシングに遭ったからだ。

細野はロシアに身を寄せ、説明を求める世論とマスコミの熱が覚めるのを待ったが、マスコミの追究は予想以上にしつこく、ロシアまで追いかけてきたメディアがいた。

そこで、悲劇が起きる。車に乗っている最中にマスコミに追いかけられた細野は、ハンドル操作を誤って壁に激突したのである。

奇しくも、本郷の両親が亡くなった地で、彼らを轢き逃げした細野が事故を起こした。しかも、かなりスピードを出していたことが仇となり大怪我を負った。現在は意識不明の重体で、命も危ぶまれているという。

ニュースを知った本郷は、「因果だな」と抑揚なく言い、それ以降細野の話題を口にしなかった。だから伽耶乃も、そのことには触れない。細野への感情は、本郷自身が決着をつける以外、ほかの誰にも解決できないからだ。

「いい加減、テレビはよせ」

テレビを消した本郷は、伽耶乃に視線を据えた。真剣な表情にドキリとすると、彼はポケットの中から天鵞絨《ビロード》の箱を取り出す。

「俺が大望を果たすところを、一番そばで見ていろ。──俺の妻として」

予想外の言葉に目を瞠ると、箱から指輪を取り出した本郷は、伽耶乃の左手にそれを嵌める。美しく輝くダイヤモンドを見た伽耶乃は、声を震わせて彼に問う。

「……本当に、いいんですか？」

「今さらだ。俺の妻はおまえ以外に考えられない」

断言した本郷に抱きしめられた伽耶乃は、目尻に涙を浮かべながら彼にしがみついた。

「……はい。あなたがいつか総理になるところを、一番近くで見ています」

本郷の大望——それはこの国のトップの座、内閣総理大臣の椅子に座ることだった。

道のりはたやすくないだろうが、それでも必ずこの男はやり遂げるに違いない。

確信した伽耶乃は、その日を夢見て微笑んでいた。

あとがき

ジュエル文庫様では初めまして、御厨《みくりや》翠《すい》と申します。このたびは、『悪党　巫女姫は永田町の覇王に奪われる』をお手に取ってくださりありがとうございます。

初めてお世話になるレーベル様のお仕事は緊張します。というのも、各レーベルによってカラーやレギュレーションが異なるからです

レーベルカラーや版元様の要望を踏まえて執筆するのは、遣り甲斐もあり苦労もあります。一冊約三百ページ前後の中で、ＴＬ小説のお約束であるＨシーンを入れつつ、ハッピーエンドは必須です。エグい話は敬遠される傾向にあります。ですが、諸々をクリアしても、読んでくださった方の好みに合うか否かは別の話なので、毎回胃が痛くなります。

……前置きが長くなりました。果たしてジュエル文庫様では、どんな作品を求められるのか。ドキドキしながら担当様と初めて打ち合わせをしたときのことです。

「楽しんで書いてください」「御厨さんの作品は、何かを成し遂げようとしているヒーローがカッコイイです」——担当様からそうお言葉を頂戴し、執筆中に思い出してはかなり励まされました。本作を無事書き上げることができたのも、担当様のおかげです。ありがとうございます！（にもかかわらず、初手からスケジュールが遅れに遅れてしまい、大

変申し訳ございません……！　この場を借りてお詫び申し上げます……）

私が小説を書く際は、『現実と非現実の狭間にある物語』、『フィクションとしての面白さを追求』『物語を際立たせるためのディティールの作り込み』を念頭に、プロットを作成します。プラス、自分の性癖（？）の『スーツ、眼鏡、煙草が似合う、陰のある男』をヒーローにすることが多いです。苦労人で傲慢（NOT俺様）、かつ、『好きだ、愛してる』と簡単に言わないヒーローを書くのが大好きです。今作は特に自分の好みを詰め込んだものを書かせていただけたので、とても楽しかったです。

イラストは。北沢《きたざわ》きょう先生がご担当くださいました。いつかご縁をいただければ……と熱望しておりましたので、北沢先生にお引き受けいただいたと聞いて大変嬉しかったです。カバー、挿絵、ともに拝見できるのを楽しみにいたしております！

最後になりましたが、この作品に関わってくださったすべての皆様にお礼申し上げます。そして、読んでくださった皆様に最大級の感謝を捧げます。

それでは、また、別作品でお会いできることを願いつつ。

令和元年九月に　御厨　翠

参考文献

『呪いと日本人』小松和彦（角川ソフィア文庫）
『日本の15大財閥　現代企業のルーツをひもとく』菊池浩之（平凡社新書）
『国会議員の仕事　職業としての政治』林芳正／津村啓介（中公新書）
『権力の館を歩く　建築空間の政治学』御厨貴（ちくま文庫）
『官僚の掟　競争なき「特権階級」の実態』佐藤優（朝日新書）
『日本国外務省検閲済　外務省犯罪黒書』佐藤優（講談社＋α文庫）
『ドキュメント候補者たちの闘争　選挙とカネと政党』井戸まさえ（岩波書店）
『総理の実力　官僚の支配　教科書には書かれていない「政治のルール」』倉山満（TAC出版）
『官房長官と幹事長　政権を支えた仕事師たちの才覚』橋本五郎（青春新書）
『雑巾がけ　小沢一郎という試練』石川知裕（新潮新書）
『悪党　小沢一郎に仕えて』石川知裕（朝日新聞出版）

ジュエル文庫をお買い上げいただき、ありがとうございます!
ご意見・ご感想をお待ちしております。

ファンレターの宛先

〒102-8177　東京都千代田区富士見2-13-3
株式会社KADOKAWA　ジュエル文庫編集部
「御厨 翠先生」「北沢きょう先生」係

ジュエル文庫
http://jewelbooks.jp/

悪党《あくとう》
巫女姫《みこひめ》は永田町《ながたちょう》の覇王《はおう》に奪《うば》われる

2019年10月1日　初版発行

著者　御厨 翠

イラスト　北沢きょう

発行者 ———— 青柳昌行
発行 ———— 株式会社 KADOKAWA
〒102-8177 東京都千代田区富士見2-13-3
0570-06-4008(ナビダイヤル)
装丁者 ———— Office Spine
印刷 ———— 株式会社暁印刷
製本 ———— 株式会社暁印刷

●お問い合わせ（アスキー・メディアワークス ブランド）
https://www.kadokawa.co.jp/（「お問い合わせ」へお進みください）
※内容によっては、お答えできない場合があります。
※サポートは日本国内のみとさせていただきます。
※ Japanese text only

※定価はカバーに表示してあります。

Printed in Japan
ISBN 978-4-04-912777-5 C0193

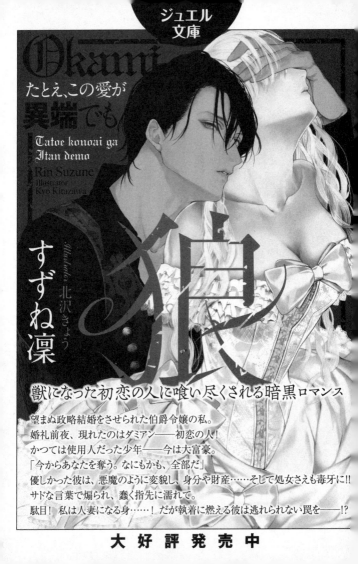

ジュエル文庫
龍の執恋
お嬢様はヤクザに堕とされる、恋に。
草野來
Illustrator 北沢きょう
ヤクザの一途な恋！　凶暴な男の不器用な純愛！
箱入りお嬢様だったひづるの日常は一変した。
冷酷かつ凶暴なヤクザの組長・朱鷺に囚われ、身体の隅々まで嬲られる
日々に——。鍛えぬいた肉体、熱い肉楔はまるで凶器。
奥まで深く貫かれ、烈しくぶつけられる欲望。
ひどい人——なのに優しさを見せる瞬間も。
素直になれないだけ？　本当は純粋な人……？　心揺れるなか、敵のヤクザに
襲われ絶体絶命!?　命がけで守ってくれたのは朱鷺で——！
大好評発売中